KB041238

운전석의 여자

운전석의 여자

뮤리얼 스파크 중단편선

뮤리얼 스파크

이연지 옮김

문예출판사

차례

운전석의 여자

1

"그리고 이 원단에는 얼룩이 남지 않습니다."

점원이 말한다.

"얼룩이 남지 않는다고요?"

"신소재예요. 특별 가공되어 자국이 생기지 않아요. 앞자락에 아이스크림이나 커피를 흘리시더라도 얼룩질 일이 없죠."

점원이 설명한다.

젊은 여성 고객은 갑자기 원피스 목 부분의 여밈 장식을 잡아 뜯고 지퍼를 끌어당긴다.

"이거 벗겨줘요. 벗기란 말이에요, 지금 당장."

점원이 그녀에게 소리를 지른다. 방금까지만 해도 밝은색 원피스를 더없이 마음에 들어 하던 고객이었다. 하얀 바탕 위에 녹색과 보라색 네모 무늬가 인쇄되고, 녹색 네모 안에는 파란 점들이, 보라색 네모 안에는 분홍색 점들이 찍힌 이 제품은 별 성공을 거두지 못했다. 신소재로 제작된 다른 원피스는 잘 팔렸지만, 고객

대부분의 취향에 비해 너무나 현란한 이 원피스는 다른 사이즈의 옷 세 벌과 뒤편 창고에 걸려 다음 주 파격 세일을 기다리던 중이었다. 하지만 이 고객은 지금 신속하게 발을 빼낸 다음 극도로 짜증스럽게 바닥에 집어 던진 원피스를 처음 입어봤을 때까지만 해도 거의 흡족한 미소를 지었던 것이다.

"딱 제 옷이네요."

점원은 단을 줄일 필요가 있다고 말해주었다.

"좋아요. 하지만 내일 입어야 하는데요."

"금요일 전까지는 어렵습니다. 죄송해요."

"그럼 제가 하죠, 뭐."

고객은 대답하고, 긴 거울에 비친 옆모습을 감상하기 위해 돌아섰다.

"잘 맞네요. 색깔도 근사하고요."

"게다가 얼룩이 남지 않죠."

점원은 덧붙였다. 점원의 눈은 이 만족한 고객에게 권할 만한 또 다른 신소재의 인기 없는 여름 원피스를 향하고 있었다.

"얼룩이 안 생긴다고?"

고객이 원피스를 내팽개쳤다.

점원이 부연하려는 듯 소리친다.

"특별 가공된 원단이에요……. 셰리주 같은 걸 흘리더라도 닦아내면 그만이죠. 손님, 그렇게 하시면 목 부분이 찢어져요."

"내가 옷에 뭘 질질 흘리는 사람 같아? 음식도 제대로 먹을 줄 모르는 사람처럼 보이느냐고!"

손님이 악을 쓴다.

"손님, 저는 그냥 원단에 대해 말씀드린 거예요. 손님이 외국으로 휴가를 간다고 하셨잖아요. 여행하다 보면 항상 옷에 뭔가 묻기 마련이니까요. 저희 제품을 그렇게 다루지 마세요. 손님, 저는 그저 얼룩이 남지 않는다고 했을 뿐인데 과민한 반응을 보이시네요. 그전까진 마음에 들어 하셨잖아요."

"누가 얼룩이 안 남는 원피스가 필요하댔어?"

확고한 결의에 차 신속하게 본인의 블라우스와 치마로 갈아입으며, 고객이 큰 소리로 외친다.

"색깔을 마음에 들어 하셨던 것 아닌가요? 원단이 마음에 드셨다면, 얼룩이 안 생긴다는 걸 알게 되셨다고 대체 뭐가 달라져요?"

점원도 목소리를 높인다.

고객은 가방을 집어 들고 거의 달리듯 문으로 향한다. 다른 두 점원과 두 명의 고객이 말문이 막힌 채 이 광경을 바라본다. 문에 다다른 고객은 뒤돌아서서, 논란의 여지 없이 자신이 이 상황에서 우위를 점했다는 만족감을 드러내며 말한다.

"난 모욕을 참지 않아!"

그녀는 자신이 원하는 원피스, 꼭 필요한 원피스를 찾아 진열창을 훑으며 대로를 따라 걷는다. 입술이 약간 벌어져 있다. 병가를 낸던 몇 달을 제외하고는 열여덟 살 때부터, 즉 십육 년 하고도 몇 달간 줄곧 근무해온 회계 사무소에서는 일상적인 못마땅함으로 보통 굳게 다물고 있는 그 입술 말이다. 말하거나 먹지 않을 때는 재무제표에 그어진 선처럼 꾹 맞물려 있으며, 구식 립스틱을 일자로 표시하듯 칠한 이 결정적이며 비판적인 입술은 정밀 기기, 세부 사항의 관리자에 비할 만하다. 그녀는 밑으로 다섯 명의 여자 직원과 두 명의 남자 직원을 두고 있으며, 위로는 두 명의 여자 상사와 다섯 명의 남자 상사가 있다. 직속 상사는 그녀에게 금요일 오후 반차를 주는 호의를 베풀었다.

"짐 싸야 하죠, 리제. 집에 가서 짐 챙기고 쉬어요."

그녀는 거절했다.

"쉴 필요 없어요. 마무리할 일도 잔뜩 있고요. 보세요."

작고 뚱뚱한 상사는 두려움을 머금은 안경알 너머로 그녀를 바라봤다. 리제는 미소 지으며 책상 위로 고개를 숙였다.

"돌아와서 해도 상관없어요."

상사가 말했고, 리제는 무테안경 가득 도전적인 용기를 표출하는 상사를 올려다보았다. 그러고는 발작적인 웃음을 터뜨렸다. 웃음을 그친 뒤 펑펑 눈물을 흘리기 시작한 그녀는 다른 직원들의 동요와 작고 뚱뚱한 상사의 갑작스러운 뒷걸음질 덕에 자신이 지난 오 년간 하지 않았던 일을 되풀이했다는 사실을 깨달았다. 그녀는 화장실로 달려가며 자신을 따라오거나 도우려는 사무실 사람들을 향해 소리쳤다.

"그냥 내버려 둬요. 괜찮으니까. 무슨 상관이에요?"

삼십 분 뒤 사무실 사람들이 말했다.

"당신에겐 휴식이 필요해요, 리제. 휴가가 필요하다고요."

"갈 거예요. 가서 실컷 즐길 거예요."

그리고 그녀는 자기 밑의 남자 둘과 여자 다섯 그리고 떨고 있는 상사를 차례로 바라보았다. 그들의 존재를 죽 그어 삭제해버릴 수도 있을 것 같은 일직선의 입술을 하고.

지금, 상점을 떠나 길을 걷는 그녀의 입술은 비밀스러운 맛이라도 음미하듯 살짝 벌어져 있다. 실은 콧구멍과 두 눈도 평소보다 조금 더 열린 채 벌어진 입술이 수행 중인 임무, 즉 그녀가 반드시 사야 하는 원피스를 감지하는 일에 은밀하면서도 빈틈없이 동참한다.

방향을 바꾼 그녀가 백화점 문 안으로 들어선다. 휴양지 패션관에서 원피스를 발견했다. 윗도리는 레몬 색깔이고, 치마 부분은 주황, 연보라와 파란색의 밝은 V 무늬로 가득하다.

"이것도 그 얼룩이 남지 않는 원단으로 만든 건가요?"

원피스를 입은 그녀가 거울 속 자기 모습을 들여다보며 묻는다.

"얼룩이 안 남는다고요? 글쎄요. 세탁이 가능한 면이지만, 저라면 드라이클리닝을 맡기겠어요. 줄어들 수도 있으니까요."

리제가 웃자 점원이 덧붙인다.

"죄송하지만 저희 제품 중 얼룩이 안 남는 건 없습니다. 그런 건 들어본 적도 없고요."

리제의 입술이 일직선을 그린다. 그리고 말한다.

"이걸로 하죠."

동시에 옷걸이에서 빨간색과 흰색의 줄무늬가 촘촘하고 하얀 옷깃이 달린 여름 코트를 빼낸다. 그녀는 재빨리 새 원피스 위에 코트를 걸쳐본다.

"보시다시피, 그렇게는 잘 안 어울리죠. 따로따로 보셔야 할 거예요."

점원이 말한다.

리제는 귀 기울이는 것 같지 않다. 그녀는 피팅 룸의 거울 속 자기 모습을 이리저리 살핀다. 드레스가 드러나도록 코트 앞섶을 벌려둔 채 벌어진 입과 가느다란 눈을 하고 숨을 쉬는 모습이 마치 무아지경에 빠진 듯하다.

점원이 재차 말한다.

"그 원피스 위에서는 코트의 진가가 드러나지 않을 겁니다."

리제는 갑자기 그 소리가 들린 양 눈을 뜨고 입을 다문다. 점원이 계속한다.

"둘을 함께 입긴 힘들겠지만, 흰색이나 남색의 평범한 원피스, 아니면 이브닝드레스 위에 입으면 아주 멋질 코트예요."

"둘이 아주 잘 어울리는데요."

이렇게 말한 리제가 코트를 벗어 점원에게 건네준다.

"이걸로 할게요. 원피스랑 같이 주세요. 기장은 제가 손볼 수 있어요."

리제는 입고 온 블라우스와 스커트에 손을 뻗으며 덧붙인다.

"원피스와 코트 모두 제게 완벽하게 어울리는 색깔이네요. 아주 자연스러워요."

점원이 리제를 달래려 말한다.

"오, 물론 고객님이 직접 착용해보신 소감이 중요하죠. 고객님께서 입으실 옷이니까요."

리제는 탐탁지 않다는 기색으로 블라우스의 단추를 잠근다. 그리고 점원을 따라가 값을 치른 뒤, 잠시 기다렸다가 잔돈과 새 옷이 담긴 커다랗고 묵직한 종이 가방을 넘겨받아서는, 윗부분을 안이 들여다보일 정도로 열고, 손을 넣어 옷 두 벌이 포장된 박엽지 귀퉁이를 찢는다. 본인이 산 옷이 맞는지 확인하려는 게 분명하다. 점원이 아마도 "아무 문제 없으신 거죠?" 혹은 "감사합니다, 안녕히 가세요, 고객님", 그것도 아니라면, "다 잘 넣었으니 걱정 마세요"라고 말하려던 찰나, 리제가 먼저 입을 연다.

"이 색들은 서로 흠잡을 데 없이 어울려요. 여기 북부 사람들은 색깔에 무지하죠. 얼마나 보수적인 데다 구식인지! 제게는 자연스러운 조합인데 말이에요. 아주 자연스럽다고요."

그녀는 답을 기다리지 않고, 엘리베이터가 아닌 에스컬레이터를 향해 돌아서서, 진열된 원피스 사이 짧은 통로를 일부러 비집고 지나간다.

갑작스레 에스컬레이터 앞에 멈춰선 그녀는 뒤를 돌아보더니 꼭 기대하던 일이 보이고 들리는 양 미소 짓는다. 고객이 이미 에스컬레이터를 타고 사라졌다고 생각한 점원은 검은 옷차림의 동료에게로 돌아선다.

"그 색깔을 한꺼번에! 그 현란한 색들을! 그래 놓고는 완전히 자연스럽다는 거야. 자연스럽다고! 게다가 여기 북부 사람들은 글쎄……."

리제의 눈과 귀가 자신을 향하고 있다는 걸 알아챈 그녀가 말을 멈춘다. 점원은 진열대에 걸린 원피스를 만지작대며, 두드러지는 표정 변화 없이 다른 주제에 관해 이야기하는 척한다. 큰 소리로 웃음을 터뜨린 리제는 에스컬레이터를 타고 내려간다.

❀

"재미있는 시간 보내, 리제. 엽서 보내줘."

전화기 속 목소리가 말한다.

"당연하지."

전화를 끊은 리제는 쾌활한 웃음을 터뜨린다. 웃음을 멈추지 않고 세면대로 간 그녀는 유리컵에 가득 채운 물을 꾸르륵 소리와 함께 한 컵, 또 한 컵 마시고, 여전히 꺽꺽대며 새롭게 한 컵을 비운다. 웃음이 멎었고, 이제 리제는 거친 숨을 몰아쉬며 끊어진 전화에 대고 말한다.

"당연하지, 오, 당연하고말고."

기진맥진한 그녀는 가슴을 들썩이며 침대로 쓰이는 벽 부착형 의자를 빼낸 뒤 신발을 벗어 침대 곁에 내려놓는다. 새 코트와 원피스가 든 커다란 쇼핑백은 벽장 속 미리 챙겨둔 여행 가방 옆에 넣는다. 침대 곁 램프 달린 협탁 위에 핸드백을 올려놓은 그녀가 자리에 눕는다.

엄숙한 얼굴로 누운 그녀는 일단 갈색 소나무 목재 문을 꿰뚫듯 응시한다. 호흡은 곧 정상으로 돌아온다. 방은 흠잡을 데 없이 깔끔하다. 그녀는 공동 주택 내 방 한 칸짜리 아파트에 산다. 이 아파트가 세워진 이후 설계자는 실내장식으로 여러 상을 받았고, 그의 명성은 전국 방방곡곡 그리고 국경 너머로 퍼져나가 이제는 웬만한 가격의 건물을 가진 사람들이 범접할 수 없는 존재로 거듭났다. 침실의 선은 깨끗하다. 그 자체가 하나의 무늬를 이룬 공간에 솜씨 좋게 둘린 소나무 목재 경계선은 디자이너가 아직 젊고, 무명이고, 학구적이며 원칙을 고수하던 시절의 천재성과 금욕적인 취향의 결과물이다. 이 아파트를 소유한 회사는 소나무 인테리어의 가치에 무지하지 않다. 소나무 목재 자체도 설계자의 명성과 맞먹는 희소성을 획득한 현재, 법 때문에 임대료를 대폭 올리지 못하고 있을 뿐이다. 세입자들은 장기 계약을 맺고 있다. 리제는 십 년 전 아파트가 신축이었을 당시 입주했다. 방에는 살림을 거의 들이지 않았는데, 다용도로 활용이 가능하며, 겹쳐서 수납할 수 있는 붙박이 가구 덕에 필요한 게 거의 없었기 때문이다. 육 인용 정찬을 대비해 마련된 여섯 개의 의자는 한 장으로 포갤 수 있다. 식탁으로 늘릴 수 있는 책상도 사용하지 않을 때는 소나무 벽 속에 숨길 수 있으며, 이때 밖에 남은 부착등은 위를 향한 벽등이 되었다. 리제가 누운 침대 역시 낮 동안에는 위쪽에 책장이 달린 폭이 좁은 의자로, 밤이 되면 옆으로 돌려 잠자리로 활용됐다. 리제는 무늬가 있는 그리스산 러그를 깔고, 긴 의자 좌석 위에는 거친 천의 깔개를 씌웠다. 다른 세입자들과 달리 창에 불필요한 커튼은 달지 않았다. 리제의 아파트는 들여다보일 염려가 없었으며, 여름에는 끝까지 내린 베니션 블라인드를 살짝 열어 빛을 들였다. 침실 옆에는 작은 저장고이자 부엌이 있었다. 여기에도 모든 것이 소나무 본연의 위엄 아래 자취를 감추도록 고안되었다. 욕실 역시 밖에 널브러진 물건이 하나도 눈에 띄지 않았다. 침대틀, 선반, 연장이 가능한 책상, 겹쳐 올릴 수 있는 탁자 모두가 수수한 독신자 아파트에서는 다시 볼 수 없을 고급 소나무 목재로 만들어졌다. 리제는 아파트에 흡사 사람이 살지 않는 듯 선을 정확하게 맞춰 퇴근 후 깔끔한 공간으로 돌아올 수 있도록 신경 썼다. 솔방울이 나뒹구는 숲에서 몸을 흔들던 장신의 소나무들은 순종적인 부피만 남긴 채 고요 속으로 침잠했다.

리제는 지쳐 곯아떨어진 듯한 숨소리를 내지만, 이따금 가늘게 눈을 뜨곤 한다. 램프 달린 협탁 위 갈색 가죽 가방을 향해 손을 뻗은 그녀는 가방을 가까이 끌어당기며 몸을 일으킨다. 한쪽 팔꿈치에 기댄 그녀가 침대 위에 내용물을 쏟는다. 하나씩 들어 올려 신중하게 점검을 마친 물건은 다시 가방 속에 집어넣는다. 항공권이 든 여행사 봉투와 파우더 팩트, 립스틱과 빗 그리고 열쇠 뭉치가 있다. 그들을 향해 미소 짓는 그녀의 입술이 벌어진다. 쇠고리에 달린 여섯 개의 열쇠 중 두 개는 예일에서 제작한 문 열쇠이며, 하나는 벽장이나 서랍용 열쇠고, 하나는 지퍼가 달린 여행 가방에 딸린 작은 은색 열쇠, 두 개는 변색된 자동차 열쇠다. 리제는 그중 자동차 열쇠를 분리해 따로 내려놓는다. 나머지는 다시 가방 안으로 들어간다. 투명한 플라스틱 봉투에 담긴 여권도 마찬가지다. 다시 입술을 일자로 다문 그녀는 내일의 출발을 준비한다. 포장을 푼 새 코트와 원피스를 옷걸이에 건다.

다음 날 아침 그녀는 새 옷을 입는다. 떠날 준비를 마친 뒤 전화기에 번호를 입력하고, 아직 소나무 벽널 안으로 모습을 감추기 전인 거울에 자기 모습을 비춰본다. 리제는 자신의 옅은 갈색 머리카락을 만지며 반대편에서 들려온 목소리에 답한다.

"마고, 나 이제 출발해. 차 열쇠는 봉투에 넣어서 아래층 경비원에게 맡겨둘게. 알겠지?"

"고마워. 휴가 즐겁게 보내. 재미있게 놀고. 엽서 보내줘."

"그럼, 당연하지, 마고."

"당연하지."

수화기를 내려놓은 리제가 반복한다. 서랍에서 봉투를 꺼낸 그녀는 위에 이름을 적고, 두 개의 열쇠를 집어넣은 다음 봉투를 봉한다. 그리고 전화로 택시를 부르고, 층계참에 여행 가방을 내놓은 뒤, 가방과 봉투를 챙겨 아파트를 나선다.

일 층에 도착한 그녀는 나무 테두리를 두른 경비실 창가에 멈춰 선다. 벨을 누르고 기다리지만 아무도 나타나지 않는다. 밖에 택시가 멈추자 리제는 기사에게 소리를 지른다.

"곧 나가요!"

기사는 리제가 가리킨 여행 가방을 챙긴다. 그가 택시 앞에 가방을 싣는 동안 갈색 작업복 차림의 여인이 리제 뒤로 다가온다.

"절 찾으세요?"

리제는 빠르게 뒤로 돌아 여인을 마주한다. 손에 봉투를 쥔 리제가 막 입을 열려는 순간 여인이 말한다.

"이런, 이런, 세상에, 화려하기도 하지!"

그녀는 리제의 빨갛고 흰 줄무늬 코트와 열린 앞섶 밑으로 드러난 보라, 주황, 파란색 V 무늬 치마에 노란 상의가 달린 강렬한 드레스를 바라본다. 여인은 즐거움을 억눌러봐야 득 될 게 없는 사람처럼 크게 웃고 또 웃으며 경비실의 소나무 문을 연다. 안으로 들어간 그녀는 미닫이 창문을 열더니 리제의 얼굴에 대고 소리 높여 웃는다.

"서커스단에라도 들어가시게요?"

그러고는 고개를 뒤로 젖히고 반쯤 감은 눈으로 리제의 옷을 내려다보며, 손으로는 가슴이 흔들리지 않도록 움켜쥔 채, 고대부터 저잣거리에서 울려 퍼져온 밭은기침 같은 웃음소리를 낸다. 리제는 차분하고 위엄 있게 말한다.

"무례하군요."

여인은 아랑곳없이 다시 웃음을 터뜨리는데, 이제는 자연스럽게 우러나는 소리가 아니라, 리제가 습관적으로 팁에 야박하거나 어쩌면 한 번도 팁을 준 적 없다는 사실을 전달하기 위한 고의적이고 악의 가득한 소리를 낸다.

말없이 택시로 걸어가는 리제의 손에는 여전히 차 열쇠가 담긴 봉투가 들려 있다. 그녀는 걸음을 옮기며 봉투를 바라보는데, 입술을 살짝 벌린 침착한 얼굴만 봐서는 고의로 봉투를 두고 오지 않았는지, 아니면 여인의 웃음소리에 주의가 산만해져 깜박했는지 확신하기 어렵다. 여인은 정문으로 다가와 택시가 시야에서 사라질 때까지, 웃음 가스를 담은 갈색 용기처럼 소리를 뿜어낸다.

2

리제는 가냘프다. 신장은 약 167센티미터 정도다. 엷은 갈색의 머리는 아마도 염색한 듯하며, 아주 옅은 빛깔의 가닥이 머리 꼭대기부터 앞이마 중간까지 뻗어 있다. 옆과 뒤를 짧게 자른 머리는 위로 손질된 상태다. 나이는 최소 스물아홉 살에서 최대 서른여섯 살 정도로, 그보다 적거나 많을 것 같지는 않다. 공항에 도착한 그녀는 서둘러 다른 곳으로 떠나고 싶어 하는 추상적인 열망이 담긴 표정으로 재빨리 택시비를 지불했다. 짐을 든 기사가 무게를 측정할 탑승 수속 데스크로 따라올 때도 마찬가지다. 리제 눈에는 기사가 보이지 않는 듯하다.

리제 앞에는 두 사람이 있다. 간격이 넓은 리제의 두 눈은 흐릿한 청회색이며, 입술은 일직선이다. 잘나지도 못나지도 않은 외모다. 코는 짧으며, 곧 4개 국어의 신문에 실릴 초상에서보다 폭이 넓다. 이 초상은 부분적으로는 몽타주 기술을, 부분적으로는 실제 사진을 이용해 만든 것이다.

리제는 앞에 선 두 사람을 응시한다. 눈에 보이는 얼굴 반쪽만
으로 지인 여부를 구별하거나 혹은 움직임과 주시로 그녀가 느끼
는 조바심을 가라앉히기 위해서, 이쪽에서 저쪽으로 몸을 흔들며
여자와 남자를 차례로 바라본다.

자기 순서가 오자 리제는 여행 가방을 저울 위에 올려놓고 직원
에게 최대한 빨리 항공권을 내민다. 직원이 항공권을 확인하는 동
안 리제는 뒤에 서 있는 커플을 향해 돌아선다. 두 사람의 얼굴을
바라본 리제는 그녀의 밝은색 옷에 대한 공통의 의견을 담은 채
자신을 향하는 시선을 무시하고 직원에게 몸을 돌린다.

"휴대 수하물이 있으신가요?"

수속 데스크 너머로 직원이 묻는다.

리제는 윗니로 아랫입술을 물며 히죽 웃고는 짧게 숨을 들이마
신다.

"휴대 수하물 있으세요?"

분주한 젊은 직원은 "**당신**은 대체 뭐가 문제예요?"라고 묻고 싶
은 듯 리제를 바라본다. 리제는 어제 옷 가게에서 요란스러운 옷
을 구매하며 직원과 대화할 때, 그리고 전화를 걸 때, 또 오늘 아침
경비실의 여자에게 말할 때와는 다른 목소리로 직원에게 대답한
다. 지금 그녀는 어린 소녀 같은 어조로 말하는데, 그 소리가 들릴
만큼 가까이 있는 사람들은 아마 이 끔찍한 음성이 그녀의 평소
목소리라고 여길 것이다.

"핸드백이 전부예요. 전 여행은 가볍게 다녀야 한다고 믿어요. 여행을 많이 다니기 때문에 비행기에 대형 수하물을 들고 타서 옆 사람의 발밑 공간을 온통 침범하는 게 얼마나 끔찍한 일인지 알고 있거든요."

직원은 한숨을 내뱉는 것과 동시에 입술을 오므리고, 눈을 감고, 손에는 턱을, 책상에는 팔꿈치를 괸다. 리제는 등을 돌려 뒤에 서 있던 커플에게 말한다.

"저처럼 여행을 많이 하는 사람은 가볍게 여행을 다녀야만 해요. 보세요, 전 거의 빈손으로 오다시피 했어요. 원하는 건 여행지에서도 얼마든지 구할 수 있기 때문이죠. 제가 저 여행 가방을 가져온 유일한 이유는 여행 가방 없이 다니면 세관의 의심을 살 수 있어서예요. 블라우스 밑에 마약이나 다이아몬드를 숨겨 밀반입한다는 의심을 살 수도 있으니까요. 보통 휴가 갈 때 필요한 물건들을 챙기긴 했지만, 전부 꽤 불필요한 일이었던 것이, 소위 경험자로서 수년간 4개 국어를 구사하며 이리저리 여행을 다니면 자연히 이해하게 되는 것처럼, 여행을 어떻게 해야 하는지 알게 되고⋯⋯."

"저기요, 고객님. 뒤의 고객님들을 방해하고 계시잖아요. 저희는 바빠서요."

직원이 몸을 곧추세우고 그녀의 항공권에 스탬프를 찍으며 말한다.

리제는 당황한 표정의 커플에게서 몸을 돌려 항공권과 탑승권을 내미는 직원을 마주한다.

"탑승권입니다. 탑승은 이십오 분 후에 시작되고요. 다음 고객님."

리제는 서류를 움켜쥐고, 여행의 다음 형식상 절차에 관한 생각에만 몰두한 듯 물러난다. 항공권을 가방에 넣고, 여권을 꺼내 그 안에 탑승권을 끼운 그녀는 여권 심사대로 직행한다. 흡사 여행객 수천이 몰린 칠월의 공항에서 자신의 존재감을 성공적으로 각인시키고, 더 원대한 목표의 일부를 달성했다는 것을 만족스러워하는 듯한 태도다. 출국 심사대에 도착한 그녀는 줄을 서고 여권을 제출한다. 그리고 지금, 돌려받은 여권을 손에 쥔 리제는 출국라운지로 향하는 문을 통과하는 중이다. 맨 끝까지 걸어간 그녀는 갔던 길을 되돌아온다. 리제의 외모는 잘나지도 못나지도 않았다. 입술은 살짝 벌어져 있다. 출발 시간표를 확인하기 위해 잠시 멈춘 그녀가 다시 걸음을 내딛는다. 주변 사람 대부분은 물건을 사거나 항공기 번호를 확인하는 데 정신이 팔려 그녀의 존재를 눈치채지 못하지만, 옆에 휴대용 짐을 두고 아이들과 함께 가죽 의자에 앉아 탑승을 기다리던 몇몇은 그들 곁을 스쳐 가는 리제가 입은, 상의는 노랗고 치마에는 주황과 보라, 파란색이 섞인 원피스와 그 위에 헐렁하게 걸쳐진 빨간색과 흰색의 현란한 줄무늬 코트를 말없이 주목한다. 그들은 각별히 짧은 치마를 입은 소녀 혹은 꽃무늬나 속이 비치는 꼭 끼는 셔츠를 입은 남자를 보는 눈길로 지나가는 그녀를 바라본다. 하지만 리제의 옷차림에서 두드러진 점은 오로지 색의 조합뿐인데, 무릎 바로 아래까지 오는 밑자락은 몇 년 전부터 구식으로 취급받는 길이로, 출발 라운지를 가득 채운 생기 없는 여인들의 밋밋한 원피스의 길이와 같기 때문이다. 리제는 핸드백에 여권을 집어넣고 탑승권을 손에 쥔다.

책 판매대 앞에 멈춰 선 그녀는 손목시계를 확인한 뒤 문고판 책을 들여다보기 시작한다. 탁자 위에 쌓인 양장본 책을 뒤적이던 백발의 키 큰 여인이 뒤로 돌아서서는 문고판 책을 가리키며 리제에게 영어로 말을 건다.

"거기 주로 분홍이나 초록, 베이지색으로 된 책이 있나요?"

"뭐라고 하셨죠? 뭘 찾으신다고요?"

리제가 예의 바르게, 외국 악센트가 섞인 영어로 대답한다.

"오, 미국인이신 줄 알았어요."

"아니에요. 하지만 4개 국어로 의사소통이 가능하답니다."

"난 요하네스버그에서 왔어요. 요하네스버그랑 케이프타운의 씨포인트에 집이 한 채씩 있죠. 변호사인 아들은 요하네스버그에 아파트를 가지고 있고요. 집마다 여분의 침실들이 있는데 녹색이 둘, 분홍색이 둘, 베이지색이 셋이라 어울리는 책을 찾고 있죠. 그런 파스텔톤 책은 눈에 안 띄네요."

"영어로 된 책은 저기 가게 앞쪽에 있는 것 같은데요."

"거긴 이미 봤는데, 제가 찾는 색은 없었어요. 여기 있는 건 영어로 된 책이 아닌가요?"

"아뇨. 하지만 전부 굉장히 밝은색이긴 하네요."

미소를 지은 리제는 입술을 벌리고 빠른 속도로 문고판 책들을 훑어보기 시작한다. 그녀는 하얀 배경에 글자는 밝은 녹색이고, 작가의 이름은 파란 번개처럼 보이도록 인쇄된 책을 한 권 꺼낸다. 표지 중간에는 해바라기로 된 화환만을 쓴 갈색 피부의 소년과 소녀가 그려져 있다. 책값을 치르는 리제에게 백발의 여인이 말한다.

"여기 있는 색들은 저에겐 너무 밝아요. 제 마음에 드는 색은 없네요."

코트 위에 책을 든 리제는 행복하게 키득거리며, 꼭 감탄해주길 바라는 듯 백발의 여인을 올려다본다.

"휴가 가시나요?"

여인이 묻는다.

"네. 삼 년 만이에요."

"여행 많이 다니세요?"

"아뇨. 지갑 사정이 안 좋아서요. 하지만 이번엔 남쪽으로 떠나요. 전에도 갔었죠. 삼 년 전에요."

"즐거운 시간, 정말로 재밌는 시간 보내길 바라요. 정말 근사해 보이는군요."

커다란 가슴을 가진 여인은 분홍색 여름 코트와 원피스 차림이다. 상냥한 미소를 띤 채 리제와 찰나의 친밀감을 나누는 그녀는 자신이 얼마 지나지 않아 신문을 통해 경찰이 리제가 누구고, 여행 중 누구를 만났고, 어떤 이야기를 나눴는지 추적 중이라는 걸 알게 되어, 약 하루 하고도 반나절의 망설임과 요하네스버그에서 변호사로 일하는 아들과 자정에 나눈 긴 통화 끝에, 아들의 만류에도 불구하고 목격자로 나서서, 리제와 나눈 대화에서 자신이 기억하는 것과 기억하지 못하는 것 전부, 그리고 자신이 사실이라 믿는 세부 요소와 실제 사실과 일치하는 사항 전부를 되풀이하게 되리라는 걸 전혀 예감하지 못하고 있다.

"아주 멋져요."

여인은 아주 너그러운 태도로, 리제의 강렬한 옷차림 구석구석에 미소를 보내며 말한다.

"즐거운 시간을 보낼 예정이에요."

리제가 대답한다.

"만나는 젊은이가 있나요?"

"네, 남자친구가 있죠!"

"지금은 떨어져 지내는 모양이죠?"

"곧 만날 거예요. 지금 절 기다리고 있거든요. 그러고 보니 면세점에서 선물을 하나 사다 줘야겠네요."

두 사람은 출발 시간표를 향해 걸어간다.

"난 스톡홀름에 가요. 사십오 분 더 기다려야 하네요."

여인이 말한다.

리제가 시간표를 들여다보고 있을 때 공항의 소음 사이를 뚫고 증폭된 안내음이 들려온다. 리제가 말한다.

"제 비행기네요. 탑승구는 14번이고요."

리제는 요하네스버그에서 온 여인이 애초에 존재하지 않았던 것처럼 먼 곳을 응시하며 자리를 뜬다. 14번 탑승구로 가던 그녀는 선물 가판대를 훑어보기 위해 멈춰 선다. 그녀는 전통 의상을 입은 인형과 코르크스크루를 살펴본다. 그리고 황동색에 유색 보석이 박힌 언월도 모양의 종이칼을 집어 든다. 휘어진 칼집에서 칼을 꺼낸 그녀는 깊은 관심을 기울여 칼날과 칼끝을 검사한다.

"얼마죠?"

그녀가 다른 고객을 응대 중인 점원에게 묻는다. 점원은 리제에게 짜증스레 답한다.

"가격표 위에 적혀 있어요."

"너무 비싼데요. 반대편에서 더 싸게 살 수 있어요."

리제가 칼을 내려놓으며 말한다.

"면세점은 다 정찰제예요!"

점원이 14번 탑승구로 가는 리제의 뒤에 대고 소리친다.

탑승을 기다리는 사람들이 작은 무리를 형성하고 있다. 점점 더 많은 사람이 성향에 따라 느릿느릿 다가오거나 조바심 내며 합류한다. 리제는 함께 탑승할 승객들을 한 명씩 매우 신중하게, 그러나 관심을 끌지 않도록 주의하며 살펴본다. 대열에 합류하는 리제의 발과 다리 놀림은 마치 꿈을 꾸는 듯하지만, 그녀의 눈은 14번 탑승구에서 탑승해 비행을 함께할 각각의 얼굴, 원피스, 양복, 블라우스, 청바지와 휴대용 수하물, 목소리를 흡수하듯 빨아들이는 그녀의 머릿속이 꿈속에 잠겨 있지 않다는 것을 분명히 드러낸다.

3

내일 아침 그녀는 다수의 자상을 입고 손목은 실크 스카프로, 발목은 남성용 넥타이로 묶인 채, 현재 14번 탑승구에서 탑승 중인 비행기를 타고 도착할 낯선 도시의 공원 안 텅 빈 저택의 장원에서 시체로 발견될 것이다.

활주로를 가로질러 비행기로 향하는 리제는 결국 접근할 대상을 결정한 듯 한 승객의 뒤를 성큼성큼 쫓는다. 그는 발그레한 얼굴을 가진 서른 살 정도의 건장한 젊은이로, 어두운 사무용 정장을 입고 검은 서류 가방을 들고 있다. 그녀는 결의에 찬 태도로 남자의 뒤를 따라가는데, 우왕좌왕 서두르다 둘 사이에 끼어들 위험이 있는 다른 승객들의 진로를 가로막는 것도 잊지 않는다. 한편 리제의 바로 뒤에는 거의 곁이라 할 수도 있을 정도로 바싹 붙어 걸으며, 그녀를 놓치지 않기 위해 조바심 내는 듯한 남자가 한 명 있다. 리제의 관심을 끌어보려는 그의 시도는 별로 성공적이지 않다. 안경을 쓰고 엷은 미소를 띤 이 젊은 남성의 머리 색은 짙고, 코는 길며, 자세는 구부정하다. 그는 체크무늬 셔츠와 베이지색 코듀로이 바지 차림에 어깨에는 카메라를, 팔에는 코트를 걸고 있다.

반들대는 분홍 얼굴의 회사원과 그 뒤에 바싹 붙은 리제와 굶주린 표정으로 그녀를 쫓는 남자가 차례로 계단을 올라 비행기에 탄다. 여성 승무원이 문가에서 아침 인사를 건넨다. 이코노미석 안쪽에서는 남성 승무원 한 명이 젊은 여성과 두 아이의 코트를 선반에 올려놓는 걸 도와주느라 휘청대는 승객들의 전진을 막고 있다. 마침내 길이 뚫렸다. 리제의 회사원은 삼 인용 좌석 오른편의 창가 자리에 앉는다. 리제는 그 바로 왼편의 중간 자리를 차지하고, 야윈 매 같은 남자는 코트와 카메라를 재빨리 선반에 던져 넣은 뒤 리제 옆 복도 좌석에 앉는다.

리제는 안전벨트를 찾아 자리를 더듬대기 시작한다. 처음에는 어두운 양복 차림 남자의 자리와 맞닿은 오른편에 손을 뻗고, 동시에 벨트의 왼쪽 부분을 들어 올린다. 그러나 그녀의 오른손에 붙잡힌 건 이웃의 버클이다. 노력해봐도 왼쪽 부분에 들어맞지 않는다. 역시 안전벨트를 찾아 주위를 더듬던 양복 차림의 이웃은 리제가 잘못된 부분을 가지고 있다는 걸 깨닫고, 인상을 찌푸리더니 알아들을 수 없는 소리를 낸다. 리제가 말한다.

"제가 그쪽 버클을 잡고 있나 보네요."

그가 리제의 손에 있는 버클을 낚아챈다.

"맞네요. 정말 죄송해요."

키득거리는 리제에게 정중한 미소를 지었다가 거둔 남자는 집중해서 안전벨트를 채운 다음, 창문 너머 직사각형 조각이 은색으로 빛나는 비행기 날개를 바라본다.

리제의 왼편에 앉은 남자가 미소 짓는다. 스피커는 승객들에게 안전벨트를 채우고 흡연을 자제해달라고 당부한다. 리제를 흠모하는 남자의 갈색 눈은 따뜻하고, 이마만큼이나 광활한 미소가 기름기 없는 얼굴의 대부분을 채우고 있다. 리제는 항공기 안의 다른 목소리들을 압도하는 큰 소리로 말한다.

"《빨간 망토》의 할머니를 닮으셨네요. 절 잡아먹고 싶으신가요?"

엔진이 회전수를 높인다. 리제의 열정적인 이웃은 활짝 벌린 입술로 깊고 만족스러운 웃음을 터뜨리며, 박수를 보내듯 리제의 무릎을 내리친다. 화들짝 놀란 리제의 또 다른 이웃이 그녀를 바라본다. 무릎 위에 브리프케이스를 올려놓고, 한 손으로 서류 뭉치를 끄집어내려던 그는 꼭 아는 사람을 만난 것처럼 리제를 응시한다. 리제의 어떤 면, 왼쪽 남성과 주고받은 대화의 무언가가 가방에서 서류를 꺼내려던 그를 일종의 마비 상태에 빠뜨린 것이다. 남자는 잊고 지내던 한때의 지인과 재회한 듯 리제를 응시하며 놀라움에 벌어진 입으로 숨을 들이켠다. 리제는 그에게 미소를 짓는다. 안도와 기쁨의 미소다. 남자는 다시 손을 움직여 가방에서 반쯤 꺼냈던 서류를 바삐 밀어 넣는다. 떨면서 안전벨트를 푼 그는 서류 가방을 움켜쥐고 좌석에서 일어나려는 듯한 몸짓을 한다.

이튿날 저녁 그는 경찰에게 정직하게 털어놓을 것이다.

"그 여자를 처음 본 건 공항에서였습니다. 그다음에는 비행기에서 만났고요. 제 옆자리에 앉았거든요."

"그 전엔 한 번도 본 적이 없습니까? 아는 사이도 아니었고요?"

"아뇨, 아닙니다."

"비행기에선 무슨 얘기를 나눴죠?"

"아무 얘기도 안 했습니다. 전 자리를 바꿨죠. 두려웠거든요."

"두려웠다고요?"

"네, 겁을 먹었죠. 그래서 다른 자리로 갔어요. 그 여자에게서 떨어지려고요."

"뭐에 겁을 먹었다는 거죠?"

"모르겠습니다."

"당시에 왜 자리를 바꾼 겁니까?"

"모르겠어요. 직감 때문이었겠죠."

"그 여자가 당신에게 말을 걸었나요?"

"별말은 하지 않았습니다. 제 안전벨트를 자기 걸로 착각했죠. 그러고는 반대편 끝에 앉은 남자와 시시덕거렸고요."

현재, 남자는 활주로를 내달리는 비행기에서 일어선다. 갑작스러운 움직임에 놀란 리제와 복도 좌석의 남자가 그를 올려다본다.

그가 지나가고 싶다는 뜻을 내비치지만, 안전벨트 탓에 자리에 매인 그들은 바로 공간을 만들어줄 수가 없다. 당혹감에 더해 패배감 혹은 신체적 무력감을 느낀 듯, 리제는 순간적으로 조금 노쇠해 보인다. 의지의 무자비한 좌절에 저항하거나 울음을 터뜨리려는 걸지도 모른다. 그런데 남자가 서 있는 걸 본 여성 승무원이 출구 자리를 떠나 그들 좌석 쪽 통로로 급히 다가온다.

"비행기가 곧 이륙합니다. 자리에 앉아서 안전벨트를 매주시겠어요?"

남자가 외국 악센트로 말한다.

"죄송합니다. 자리를 바꾸고 싶어요."

그러더니 리제와 이웃을 비집고 지나가기 시작한다.

분명 화장실이 급한 모양이라 생각한 여성 승무원은 두 사람에게 남자가 지나가도록 잠시만 일어섰다가 다시 착석해줄 수 있겠느냐고 묻는다. 둘은 안전벨트를 푼 다음 통로 한쪽에 비켜서고, 남자는 여성 승무원의 뒤를 따라 급히 비행기를 가로지른다. 그러나 그는 화장실까지 가지 않는다. 뚱뚱한 백발 남자와 소녀 사이, 두 사람이 휴대용 수하물과 잡지를 던져둔 중간 좌석 곁에 멈춘다. 바깥쪽에 앉은 소녀와 좌석 사이를 비집고 들어간 그가 가방을 치워달라고 부탁한다. 기력이 모두 빠진 떨리는 손으로 직접 가방을 들어 올리기까지 한다. 여성 승무원이 돌아서 저지하려 했을 때는 두 사람이 이미 남자를 위해 순순히 짐을 치운 뒤였다. 남자는 여성 승무원과 그녀의 질책 담긴 이의 제기를 무시하고 자리에 앉아 안전벨트를 채운 뒤, 가까스로 죽음을 피하기라도 한 듯 깊은 한숨을 내쉰다.

리제와 옆자리의 동반자는 이 광경을 모조리 지켜보았다. 리제가 씁쓸하게 미소 짓는다.

그녀 옆자리의 검은 머리 남자가 묻는다.

"저 사람은 왜 저런답니까?"

"우리가 마음에 들지 않은 거예요."

"우리가 무슨 짓을 했다고요?"

"아무것도요. 아무 짓도 안 했죠. 미친 사람인 게 분명해요. 제정신이 아닐 거예요."

이륙 활주를 위해 속도를 높이기 직전 비행기가 잠시 정지한다. 엔진이 포효하고, 이륙한 비행기는 상승과 함께 비행을 시작한다. 리제는 이웃에게 묻는다.

"대체 뭐 하는 사람일까요?"

"미친놈이겠죠. 하지만 우리끼리 친해질 수 있으니 더 잘된 일입니다."

그가 힘줄이 드러난 손으로 리제의 손을 잡으며 말한다. 손을 힘주어 붙든 채 그가 말을 잇는다.

"저는 빌입니다. 당신은요?"

"리제예요."

리제는 남자가 자기 손을 잡고 있다는 사실을 거의 인지하지 못하는 것처럼 내버려 둔다. 목을 늘여 앞에 앉은 사람들의 머리 너머를 건너본 그녀가 말한다.

"그 남자, 저기서 아무 일도 없었다는 듯 신문을 보고 있네요."

여성 승무원이 신문을 나누어주고 있다. 그녀 뒤를 따라온 남성 승무원은 어두운 양복 차림의 남자가 자리 잡고 앉아 평온하게 신문 앞면을 훑어보고 있는 좌석에 멈춰 선다. 승무원이 묻는다.

"이제 괜찮으신 겁니까?"

쑥스러운 미소와 함께 승무원을 올려다본 남자가 수줍은 사과를 건넨다.

"네, 괜찮습니다. 죄송합니다…….."

"아까는 무슨 문제가 있으셨나요?"

"아뇨, 아닙니다. 전 괜찮습니다. 죄송합니다……. 아무것도 아니었습니다. 아무것도요."

남성 승무원은 승객의 기이한 행동에 대한 체념의 표시로 눈썹을 약간 치뜬 채 멀어진다. 비행기는 웅웅대며 전진한다. 흡연 금지등이 꺼지고, 스피커가 승객들에게 안전벨트를 풀고 흡연해도 좋다는 것을 확인시켜준다.

리제는 안전벨트를 풀고 빈 창가 좌석으로 옮겨 간다.

"저 남자가 좀 이상하다는 걸 알고 있었어요."

빌은 그녀 옆의 중간 좌석으로 자리를 옮긴다.

"이상한 게 아니에요. 그냥 엄숙주의적인 발작이죠. 우리 둘이 죽이 잘 맞으리라는 걸 알고 무의식적으로 질투한 겁니다. 그러고는 우리가 저속한 행동이라도 했다는 양 격분한 척한 거라고요. 잊어버려요. 내가 봤을 땐 보험 중개인 나부랭이일 거예요. 끔찍하게 관료적인 데다 세상 경험도 적을 테죠. 당신 취향은 아니었어요."

"그걸 어떻게 알죠?"

리제는 빌의 과거 시제 사용에 반응하듯 즉각 되묻더니, 그 남자가 계속해서 현재에 존재한다는 요지의 반증을 들어 그에 반박하듯, 여덟 열 앞 통로 반대쪽의 중간 좌석에 앉아 고개를 숙이고 신문에 열중한 남자를 찾기 위해 반쯤 일어선다.

"앉아요. 그런 유형과는 상종하지 않는 게 좋아요. 그 친구는 당신의 현란한 옷차림이 무서웠던 거예요. 겁을 잔뜩 먹었다고요."

"그렇게 생각해요?"

"그래요. 난 아니지만."

여성 승무원들이 통로를 따라 전진하며 승객들 앞에 기내식 쟁반을 내려놓기 시작한다. 리제와 빌도 자기 몫을 받기 위해 좌석 앞 테이블을 내린다. 상추 위의 살라미 햄, 녹색 올리브 두 개, 안에 감자 샐러드와 작은 피클을 넣고 돌돌 만 삶은 햄을 빵 한 조각에 올린 가벼운 아침나절용 식사다. 생크림과 초콜릿 크림이 회오리 모양을 그리는 둥근 케이크와 은박지에 싸인 가공 치즈, 셀로판지로 포장된 비스킷도 있다. 각 쟁반 위에는 빈 플라스틱 커피

잔도 준비되어 있다.

리제는 쟁반에서 살균된 식사용 나이프, 포크와 스푼이 든 투명한 플라스틱 봉투를 들어 올린다. 나이프의 칼날을 만져본 그녀가 손가락 두 개로 포크의 갈래살을 누른다.

"별로 날카롭지 않네요."

"어차피 쓸모도 없는걸요. 그렇지 않나요? 끔찍한 음식이잖아요."

빌이 말한다.

"괜찮아 보이는데요. 전 배고파요. 아침에 시간이 없어서 커피한 잔밖에 못 마셨거든요."

"제 것도 드셔도 됩니다. 저는 최대한 아주 분별 있는 식습관을 유지하려고 노력하죠. 이건 독소와 화학 물질로 가득한 독극물과다름없어요. 지나치게 음에 가까운 음식이라 할 수 있죠."

"알아요. 하지만 기내식이라는 걸 감안한다면……."

"음이 뭔지 아시나요?"

빌이 묻는다.

리제가 약간 쑥스러운 듯 답한다.

"대충은요……. 하지만 이건 그냥 기내식일 뿐이잖아요. 아닌가요?"

"음이 뭘 말하는지 알고 계시는 거죠?"

"뭐, 대충 이런 걸 말하는 것 아닌가요? 이것저것 조각조각."

"아니에요, 리제."

"요즘들 쓰는 말이잖아요. 이건 좀 음에 가까운데, 이런 식으로 말이죠……."

분명 어림짐작해보려는 수다.

"음은 양의 반대를 뜻합니다."

빌이 말한다.

키득키득 웃은 리제는 반쯤 일어서서 아직도 마음에 걸리는 남자를 찾아 두리번대기 시작한다.

"이건 중요한 문제예요."

빌이 그녀를 거칠게 당겨 앉히며 말한다. 리제는 웃음을 터뜨리고 식사를 시작한다.

"음과 양은 철학입니다. 음은 공간을 상징하죠. 음의 색은 보라색이고, 원소는 물이에요. 외부적인 거고요. 저 살라미는 음이고, 저 올리브도 음이에요. 전부 독소로 가득하죠. 매크로바이오틱* 음식에 대해서 들어본 적 있어요?"

"아니요, 그게 뭐죠?"

리제가 빵을 덮지 않은 살라미 샌드위치를 칼로 자르며 묻는다.

* 음양의 원리에 기초하여 친환경, 유기농의 곡류나 채소를 뿌리와 껍질까지 통째로 먹는 식생활법으로, 일본인 의사 이지즈카 사겐이 20세기 초반 고안했으며 사쿠라자와 유키카즈와 구시 미치오를 통해 20세기 중반 유럽과 미국까지 보급되었다.

"배워야 할 게 많으시군. 쌀, 특히 현미가 매크로바이오틱 식단의 기본입니다. 전 다음 주에 나폴리에서 센터를 시작할 거예요. 신체적, 정신적이고 영적인 식단이죠."

"전 쌀을 싫어해요."

"아뇨, 그냥 싫어한다고 생각할 뿐이에요. 귀 있는 자는 들을지어다.*"

그는 리제를 향해 활짝 웃으며, 숨결이 닿을 정도로 얼굴을 가까이 대고 그녀의 무릎을 만진다. 리제는 태연하게 식사를 이어간다.

"전 매크로바이오틱 운동을 널리 알리는 대표 역할을 하고 있죠."

여성 승무원이 두 개의 기다린 금속 주전자를 들고 다가온다.

"차나 커피 하시겠습니까?"

"커피요."

리제가 빌 앞으로 플라스틱 컵을 든 팔을 뻗으며 말한다. 커피를 따라준 여성 승무원이 빌에게 묻는다.

"무엇을 드릴까요?"

빌은 손으로 컵을 덮고 온화하게 고개를 젓는다.

"식사를 안 하시나요?"

* 〈마태복음〉 11장 15절. 원문은 "He who hath ears let him hear"이다.

빌의 손대지 않은 쟁반을 보고 승무원이 묻는다.

"전 괜찮습니다."

빌이 대답한다.

리제가 끼어든다.

"제가 먹을게요. 다는 아니더라도요."

승무원은 무심하게 다음 열로 넘어간다.

"커피도 음이죠."

빌이 말한다.

리제는 그의 쟁반 쪽을 바라본다.

"오픈 샌드위치 정말 안 드실 건가요? 맛이 좋은데. 안 드실 거라면 제가 먹을게요. 어쨌든 값은 지불된 거 아닌가요?"

"좋을 대로 하세요. 하지만 당신도 곧 식습관을 바꾸게 될 겁니다. 저를 만났으니까요."

"외국 여행을 할 땐 대체 뭘 드세요?"

리제가 커피잔을 뺀 자신의 쟁반을 그의 쟁반과 바꾸며 묻는다.

"제가 먹을 음식을 챙겨 다니죠. 피치 못할 상황이 아니면 레스토랑이나 호텔 음식은 먹지 않습니다. 정 그래야 할 때는 선택에 신중을 기해요. 생선과 쌀 그리고 염소 치즈 정도를 먹을 수 있는 곳으로 갑니다. 이건 다 양의 음식이거든요. 크림치즈를 포함해서, 버터, 우유, 소에게서 나온 음식 전부는 극단적인 음의 음식이라 할 수 있어요. 소를 먹으면 소가 되는 법이죠."

펄럭이는 흰 종이를 잡은 손이 뒤쪽으로부터 그들 사이에 끼어든다.

둘은 뒤돌아 정체를 확인한다. 빌이 붙든 종이는 비행 일지로 항공기의 고도와 속도, 현재의 지리적 위치와 함께 읽고 넘겨 달라는 요청이 적혀 있다.

리제는 계속해서 눈에 띈 뒷자리의 얼굴을 바라본다. 포동포동한 여자와 십 대 소녀 옆 창가 좌석에 병색을 띤 남자 한 명이 앉아 있다. 쑥 꺼진 눈구멍 안의 눈은 물기 젖은 황갈색이며, 얼굴은 옅은 녹색이다. 종이를 넘겨준 건 바로 이 남자였다. 리제는 입술을 살짝 벌린 채로 남자를 바라보며 정체를 추측하듯 인상을 찌푸린다. 당황한 남자는 처음에는 창문 밖을, 그다음에는 바닥을 바라보며 시선을 피한다. 여자는 눈썹 하나 까딱하지 않지만, 리제의 시선을 무언의 질문으로 해석한 소녀가 말한다.

"그냥 비행 일지예요."

그러나 리제는 눈길을 거두지 않는다. 병색 짙은 남자는 동행들에게 돌렸던 눈을 무릎으로 내리 깐다. 리제의 응시는 남자의 상태에 도움이 되는 것 같지 않다.

빌이 쿡 찌른 덕에 정신을 차린 그녀는 몸을 돌려 앞을 보고 앉는다. 빌이 말한다.

"그냥 비행 일지예요. 보시겠어요?"

리제가 대답하지 않자 빌은 비행 일지를 앞자리 사람들의 귓가에 찔러 넣고 그들이 받기를 기다린다.

리제는 두 번째 식사를 시작한다.

"빌, 생각해보니 자리를 옮긴 그 정신 나간 남자에 대해서는 당신이 옳은 것 같아요. 그 남자는 절대 제 취향이 아니었고, 저도 그 남자의 취향이 아니었어요. 관심사의 문제와 마찬가지죠. 전 그 남자를 거의 의식하지도 못한 데다가, 낯선 사람을 호려보려는 것도 아니니까요. 하지만 당신이 그 남자가 제 취향이 아니었다고 한 김에 짚고 넘어가죠. 그 남자, 제가 자기 환심을 사려고 애쓸 거라 생각했다면 오산한 거예요."

"당신의 취향은 나예요."

빌이 말한다.

리제는 커피를 마시며 고개를 돌려 좌석 사이로 뒷자리 남자를 슬쩍 바라본다. 남자는 멍한 데다 상당히 불안정한 시선으로 정면을 응시하는데, 지나치게 크게 확장된 두 눈은 현실과의 정신적인 괴리를 제외하곤 아무것도 나타내지 않는다. 그에게는 이제 자신을 주시하는 리제가 보이지 않는다. 혹 보이더라도, 신경 쓰거나 곤란해하던 데서 어느새 초탈해버린 듯하다.

빌이 말한다.

"날 봐요. 저 남자 말고."

리제는 쾌활하고 관대한 미소와 함께 빌에게로 돌아앉는다. 여성 승무원이 쟁반을 요령 있게 겹겹이 쌓아 올리며 다가온다. 그들의 접시가 치워진 뒤, 빌은 먼저 리제의 테이블을 올려준 다음 자신의 테이블을 올린다. 그리고 리제의 팔짱을 낀다.

"당신의 취향은 나예요. 당신은 내 취향이고. 친구 집에 머물 예정인가요?"

"아뇨. 하지만 만나야 할 사람이 있어요."

"언제 우리 둘이 만나지 않겠어요? 얼마나 오래 머물 계획이죠?"

"확실히 정한 건 없어요. 하지만 오늘 저녁에 한잔하러 만날 수는 있죠. 딱 한 잔이에요."

"전 메트로폴에 숙박합니다. 당신은요?"

"작은 숙소예요. 호텔 톰슨이라고."

"처음 듣는 곳 같네요."

"조그만 곳이에요. 싸지만 깨끗해요."

"메트로폴에선 귀찮은 질문을 받을 일이 없죠."

"저로서는 누가 어떤 질문을 해도 상관없어요. 전 이상주의자거든요."

"저도 마찬가지입니다. 이상주의자죠. 저 때문에 기분이 상하신 건 아니죠? 전 그저 우리 둘이 서로를 좀 알아가자는 거였습니다. 저는 당신의 취향이고, 당신은 제 취향이니까요."

"전 괴상한 식단은 싫어요. 식단 조절을 할 필요도 없고요. 전 아주 건강하거든요."

"자, 그건 그냥 넘어갈 수 없군요, 리제. 당신이 몰라서 하는 말입니다. 매크로바이오틱 체계는 단순한 식단을 넘어선 삶의 방식이라고 할 수 있죠."

"전 오늘 오후나 저녁에 만날 사람이 있어요."

"무슨 일로요? 남자친구인가요?"

"제 일에 참견 말고, 당신은 음과 양에나 신경 쓰세요."

"음과 양을 이해하는 건 아주 중요합니다. 우리 단둘이 아주 잠시만, 한 방에서 평화롭게 잠깐 이야기를 나눌 수 있다면, 제가 어느 정도 설명을 해드릴 수 있을 텐데요. 그야말로 완벽주의자를 위한 삶의 방식이거든요. 나폴리의 젊은이들도 관심을 가지길 바라고 있죠. 많은 젊은이가 관심을 가졌으면 합니다. 매크로바이오틱 전문 식당도 열 예정이거든요."

리제는 앞을 응시하는 병든 남자를 돌아보며 말한다.

"이상한 사람이에요."

"공공 식당 뒤에는 제7 요법을 철저히 준수하는 사람들을 위한 공간을 마련할 겁니다. 제7 요법은 오직 곡물과 극소량의 액체만을 섭취하죠. 하루에 남자라면 세 번, 여자라면 두 번만 소변을 보면 될 만큼 아주 적은 양의 액체를 마시는 겁니다. 매크로바이오틱 중에서도 매우 고차원적인 요법이라 할 수 있죠. 나무가 되는 것과 마찬가지예요. 당신이 먹는 음식이 곧 당신이니까요."

"그럼 그쪽은 염소 치즈를 드시고 염소가 되는 건가요?"

"네, 염소처럼 기름기는 빠지고 힘줄이 두드러지죠. 보시다시피, 제 몸에 여분의 지방이라곤 없습니다. 제가 괜히 홍보 대표인 게 아니거든요."

"염소 치즈를 꽤 오래 드셨나 봐요. 우리 뒤에 앉은 남자는 꼭 나무 같아요. 보셨어요?"

"제7 요법 준수자들을 위한 공간 뒤에는 평온과 고요를 위한 또 하나의 작은 공간이 마련될 겁니다. 나폴리에서 청년 운동을 일으키고 나면 그다음은 다 잘될 거예요. 청년 운동은 음-양-영Young 이라는 이름으로 불릴 예정이죠. 덴마크에서는 성공하고 있고요. 이 식단을 따르는 중년층도 있습니다. 미국에서는 상당수의 노년층이 매크로바이오틱을 실천 중이고요."

"나폴리 남자들은 섹시해요."

"북유럽 지역의 마스터는 이 식단에서 최소 하루 한 번 오르가슴을 느끼도록 권장하죠. 지중해 국가에서는 아직 연구 중이랍니다."

"제가 무서운가 봐요."

리제가 머릿짓으로 뒷자리 남자를 가리키며 속삭인다.

"왜 다들 저를 무서워하는 거죠?"

"무슨 말씀이세요? 저는 당신이 무섭지 않은걸요."

빌은 조급히, 오직 리제의 비위를 맞추기 위해서인 것처럼 돌아본다. 그는 다시 눈길을 돌린다.

"저 사람은 신경 쓰지 말아요. 몰골이 엉망이네요."

리제는 자리에서 일어난다.

"실례지만, 저는 씻으러 가야겠어요."

"꼭 돌아오도록 해요."

그가 말한다.

손에 핸드백과 공항에서 산 문고판 책을 든 리제는 그를 지나쳐 통로로 나오며, 뒷자리에 앉은 세 사람을 주의 깊게 살펴볼 기회를 얻는다. 병색이 완연한 남자, 포동포동한 여인과 소녀는 서로 모르는 사이인 듯 대화 없이 앉아 있다. 손목에 핸드백이 걸린 팔을 들어 네 손가락과 엄지손가락 사이에 끼운 문고판 책이 잘 보이도록 한 리제는 잠시 통로에 선 채로 머문다. 흡사 미리 약속해둔 신호로 서로를 알아보고, 특정한 신문을 독특한 방식으로 드는 식으로 다른 요원과의 연락책을 확인하는 이야기 속 스파이라도 되는 양 의도적으로 책을 내보이는 것 같다.

빌이 그녀를 올려다보고 묻는다.

"무슨 문제라도 있나요?"

그녀는 앞으로 나아가기 시작하는 동시에 빌에게 답한다.

"문제라뇨?"

"그 책은 필요하지 않을 텐데요."

손에 들린 책을 출처가 의아하다는 듯 바라본 리제는 살짝 웃으며 그의 곁에서 얼마간 주저하다가 자신의 좌석에 책을 집어 던지고 비행기 앞쪽 화장실로 향한다.

리제 앞에는 두 사람이 일렬로 차례를 기다리고 있다. 그녀는 무심히 줄에 합류하는데, 실은 첫 번째 이웃이었던 회사원이 앉은 열과 거의 나란한 위치에 선다. 그러나 그녀는 그를 의식하지 않고 그가 그녀를 두 번, 세 번 올려다보며 처음에는 우려 가득하던 태도를 그녀의 계속되는 무시에 차츰 누그러뜨리는 것도 전혀 신경 쓰지 않는 듯하다. 그는 다음 장으로 넘긴 신문을 읽기 편하도록 접어서는 더 이상 리제를 바라보지 않고 읽는다. 좌석 깊숙이 자리 잡는 그의 입에서 방문객을 보내고 마침내 혼자 남은 이의 가벼운 한숨이 새어 나온다.

알고 보니 병색이 완연한 남자는 곁에 앉았던 통통한 여인, 소녀와 무관한 사이가 아니었다. 지금 그는 여인과 소녀를 대동하고 병약하지는 않으나 완전히 탈진한 모습으로 공항 건물을 나서는 중이다.

리제는 몇 야드 떨어진 곳에 서 있다. 그녀 곁에는 빌이, 그들 옆 보도 위에는 둘의 짐 가방이 있다.

"저 사람 저기 있네요!"

리제는 빌의 곁을 떠나 병색을 띤 눈의 남자에게 달려간다.

"잠시만요!"

그는 망설이더니 어색하게 물러난다. 뒤로 두 걸음을 내디딘 그는 걸음과 함께 가슴과 어깨, 다리와 얼굴을 더한층 거두어들이려는 것 같다. 소녀가 그 자리에 서서 바라보는 동안 통통한 여인은 리제를 미심쩍게 살핀다.

리제는 남자에게 영어로 말을 건다.

"실례지만 중심가까지 가는 리무진을 함께 타고 싶으신지 궁금해서요. 승객들끼리 합승하면 택시보다 싸고, 버스보다 빠르거든요."

남자는 내면에서 끔찍한 경험을 겪고 있는 사람처럼 보도를 응시한다. 통통한 여인이 답한다.

"고맙지만 괜찮아요. 마중 나올 사람이 있어서요."

그리고 남자의 팔을 건드리더니 자리를 옮긴다. 남자는 교수대로 향하는 양 뒤를 따르고, 멍하니 리제를 바라보던 소녀는 그녀를 에돌아 지나친다. 그러나 리제는 재빨리 그들과 함께 움직여 다시 한번 남자를 마주한다.

"우리 전에 어디선가 분명 만난 적이 있어요."

남자는 치통이나 두통 때문인 듯 살짝 머리를 흔든다. 리제가 말한다.

"태워주신다면 무척 감사할 거예요."

"유감스럽지……."

여인이 말문을 뗀다. 바로 그때 운전기사 제복 차림의 남자가 나타난다.

"좋은 아침입니다, 나리. 차는 저쪽에 있습니다. 여행은 즐거우셨습니까?"

남자는 입을 크게 벌렸으나 아무런 소리도 내지 않는다. 이제 그는 입술을 굳게 다문다.

"가자."

통통한 여인이 말하고 소녀는 무심히 돌아선다. 여인은 리제를 스쳐 지나가며 다정하게 말한다.

"미안하지만 지금은 빨리 움직여야 해서요. 차가 기다리고 있고, 차에는 남는 자리가 없어요."

리제가 소리친다.

"하지만 짐 가방, 짐 가방을 깜빡하셨잖아요."

쾌활하게 돌아선 기사가 어깨 너머로 말한다.

"짐은 없어요, 아가씨. 이분들은 짐을 안 가지고 다니십니다. 필요한 건 모두 빌라에 있거든요."

윙크한 그가 경쾌하게 소임으로 돌아간다.

세 사람은 그를 쫓아 길 건너 대기 중인 차량 행렬로 향하고, 그 뒤를 공항 건물에서 밀려 나오는 다른 여행객들이 뒤따른다.

리제는 급히 빌에게 돌아온다. 빌이 묻는다.

"무슨 일입니까?"

"아는 사람인 줄 알았어요."

리제가 말한다. 그녀는 뚝뚝 눈물을 흘리며 울고 있다.

"그 사람이 적임자라 확신했는데. 저는 만나야 할 사람이 있어요."

"울지 말아요, 울지 말라니까. 사람들이 쳐다보잖아요. 대체 무슨 일이죠? 이해할 수가 없군요."

동시에 그는 이 불가해한 욕구가 진심일 리 없다고 단언하듯 널찍한 입으로 미소 짓는다.

"이해가 되지 않아요."

주머니에서 남성용 종이 손수건 두 장을 꺼낸 그는 하나를 골라 리제에게 건넨다.

"저 사람을 누구라고 생각했다는 거죠?"

리제는 눈가를 닦고 코를 푼다. 주먹에 종이 손수건을 움켜쥔 그녀가 말한다.

"휴가가 초반부터 실망스럽네요. 확신이 있었거든요."

"원하신다면 다음 며칠간은 저와 함께 보내시죠. 저를 또 만나고 싶지 않으신가요? 자, 택시를 잡읍시다. 택시를 타면 기분이 나아질 거예요. 그렇게 울면서 버스를 탈 수는 없잖아요. 이해가 되지 않아요. 당신이 원하는 건 제가 드릴 수 있으니, 두고 보시죠."

앞쪽 도보에서 택시를 기다리는 무리 사이에 정장 차림의 건장한 젊은이가 서류 가방을 들고 서 있다. 리제는 무기력하게 빌을 바라보더니 빌 저편에서 발그레한 얼굴을 그녀에게 돌린 젊은이를 역시 무기력한 태도로 주시한다. 리제를 보자마자 여행 가방을 집어 든 그는 차가 붐비는 길을 건너 재빨리 멀어지고 또 멀어진다. 그러나 리제는 더는 그를 응시하고 있지 않다. 심지어 그녀는 그를 기억조차 하지 못한 것 같다.

택시 안에서 빌이 키스하려 들자 리제는 냉혹한 웃음을 터뜨린다. 그러더니 그녀는 키스를 허락하고, 다음은 뭐냐고 묻는 듯 눈썹을 치켜올린 채 접촉에서 벗어난다.

"당신의 취향은 나예요."

빌이 말한다.

택시는 시내에 있는 호텔 톰슨의 회색 건물 앞에서 멈춘다.

"바닥에 저게 다 뭐죠?"

리제가 흩뿌려진 작은 씨앗들을 가리킨다. 이를 가까이 들여다본 빌의 시선은 이내 아주 약간 열려 있던 자신의 지퍼 달린 가방으로 향한다.

"쌀입니다. 견본 중 하나가 터진 게 틀림없어요. 가방이 제대로 닫히지 않았네요. 신경 쓰지 말아요."

지퍼를 닫은 그가 말한다.

폭이 좁은 여닫이문까지 리제를 데려다준 빌은 그녀의 가방을 짐꾼에게 넘겨준다.

"일곱 시에 메트로폴 홀에서 만납시다."

그는 리제의 볼에 입을 맞추고 리제는 또다시 눈썹을 치켜든다. 여닫이문을 밀어젖힌 그녀는 뒤돌아보지 않고 문 뒤로 사라진다.

4

호텔 데스크 앞의 리제는 자신이 어디에 와 있는지 잘 모르겠
다는 듯 다소 혼란스러워하는 모습이다. 자기 이름을 댄 그녀에
게 직원은 여권을 요구하는데, 처음엔 덴마크어로, 그다음에는 프
랑스어로 무엇을 원하느냐 되묻는 리제는 그의 요청을 바로 이해
하지 못한 것이 분명하다. 그녀는 이탈리아어, 마지막으로 영어로
질문한다. 미소 지은 직원은 이탈리아어와 영어에 응답하고, 두
언어를 사용해 다시 한번 그녀에게 여권을 달라고 요청한다.

"얼떨떨하군요."

리제가 여권을 건네주며 영어로 말한다.

"네, 손님의 일부를 집에 남겨두고 오셨으니까요. 놓고 오신 그
부분은 아직 이 나라로 오는 중이지만 몇 시간 후면 손님과 합류
할 겁니다. 비행기로 여행할 때 종종 일어나는 일이죠. 승객이 자
기 자신을 앞질러 도착하곤 하거든요. 객실로 술이나 커피를 올려
보내 드릴까요?"

"고맙지만 됐어요."

그녀는 대기 중이던 벨보이를 따라가려고 돌아섰다가 다시 데스크로 몸을 돌린다.

"제 여권은 언제 다시 돌려받을 수 있죠?"

"아무 때나, 아무 때나요, 손님. 다시 내려오실 때나 외출하실 때, 아무 때나요."

그는 리제의 원피스와 코트에 시선을 주고는 막 도착한 다른 사람들을 향해 돌아선다. 달랑이는 열쇠를 든 벨보이가 그녀를 객실로 안내하기 위해 기다리는 동안, 리제는 잠시 멈춰 그들을 면밀하게 관찰한다. 어머니, 아버지, 두 아들과 어린 딸로 구성된 가족은 모두 유창한 독일어를 구사한다. 한편 두 아들이 리제의 눈길을 되받아친다. 등을 돌린 리제는 벨보이에게 초조한 손짓으로 엘리베이터 쪽을 가리킨 뒤 그의 뒤를 따른다.

객실에 도착한 리제는 신속하게 벨보이를 내보내고, 코트도 벗지 않은 채 침대에 누워 천장을 바라본다. 몇 분간 그녀는 깊숙하고 신중하게 숨을 들이쉬고 내쉰다. 그런 다음 일어서 코트를 벗고 객실 안을 살펴본다.

녹색 이불이 덮인 침대와 협탁, 러그, 화장대와 의자 두 개, 작은 서랍장이 있다. 넓고 높다란 창문은 이 객실이 지금은 호텔의 경제적 이익을 위해 두세 칸의 객실로 나뉜, 한때는 훨씬 컸던 방의 일부였다는 사실을 알려준다. 작은 욕실은 비데와 변기, 세면대와 샤워 시설을 갖추고 있다. 노르스름한 미색이었던 벽과 붙박이장은 이전의 가구를 빼버리거나 재배열한 흔적인 어두운 자국들로 지저분하다. 리제의 여행 가방은 거치대 위에 놓여 있다. 침대 머리맡에는 양피지 갓을 씌운 크롬 스탠드가 곡선을 그리고 서 있다. 리제는 스탠드를 밝힌다. 얼룩덜룩한 유리구 속 중앙 조명의 스위치도 올린다. 불은 들어오기가 무섭게 다시 꺼진다. 수없는 고객들에게 두말 않고 봉사해온 끝에, 리제를 감당하기가 갑작스레 힘에 부친다는 듯이.

발을 구르며 욕실로 가서 주저 없이, 무엇이 들어 있을지 뻔하다는 듯 유리컵을 들여다본 리제는 과연 예상했던 것을 발견한다. 바싹 마른 두 알의 알카셀처*다. 짐작하건대 이전 숙박객이 남겨둔 것으로, 분명 취기를 쫓고자 했으나 끝에 가서는 컵에 물을 채워 마시고 유익한 효과를 볼 기력 혹은 기억력을 소진했을 것이다.

침대 곁의 작은 직사각형 상자 위에는 별도의 문구 없는 그림 세 장이 객실 담당 직원을 호출하려면 어떤 누름단추를 눌러야 하는지를 모든 언어권의 고객에게 전달한다. 리제는 인상을 찌푸리고 이를 뜯어본다. 이를테면 문자에 더 익숙한 사람에게 필요한

---

* 1931년에 미국에서 출시된 발포 소화제로 숙취 해소용으로도 사용한다.

노력을 기울여, 주름 장식된 복장을 입고 어깨에는 긴 손잡이의 먼지떨이를 걸친 청소 담당 직원, 다음으로는 쟁반을 든 웨이터, 마지막으로 단추 달린 유니폼 차림에 팔에는 접힌 옷가지를 걸친 남자가 그려진 세 장의 그림을 해독하는 것이다. 리제는 청소 담당 직원 단추를 누른다. 상자에 들어온 불이 청소부 그림을 밝힌다. 리제는 침대에 앉아 기다린다. 그 후 신발을 벗고는 잠시간 더 문을 바라보다가, 단추 달린 유니폼의 세탁 담당 직원을 호출하나 역시 나타나지 않는다. 룸서비스 또한 몇 분이 흘러도 감감무소식이다. 수화기를 들어 데스크 직원을 요청한 리제는, 누름단추에는 아무런 응답이 없고, 방은 지저분한 데다가, 이전 숙박객이 사용한 양치 컵이 그대로 있고, 중앙 조명에는 새로운 전구가 필요하며, 침대 매트리스는 여행사의 사전 설명과 달리 너무 푹신하다는 항의를 퍼붓는다. 데스크 직원은 청소 담당 직원을 호출하라 조언한다.

리제가 불만 사항을 처음부터 다시 열거하기 시작했을 때, 얼굴에 물음표를 띄운 청소 담당 직원이 마침내 모습을 드러낸다. 요란하게 수화기를 내려놓은 리제는 조명을 가리키고, 스위치를 올려본 직원은 고개를 끄덕여 상황을 이해했다는 것을 알리더니 떠나려 한다.

"잠시만요!"

리제는 처음에는 영어로, 다음에는 프랑스어로 외치지만, 직원은 어느 쪽에도 대답하지 않는다. 리제는 밑바닥에 알카셀처가 자리 잡은 유리컵을 보여준다.

"불결해요!"

리제가 영어로 말한다. 직원은 유리컵에 고분고분하게 수돗물을 채워 리제에게 건넨다.

"더럽다고요!"

리제가 프랑스어로 소리친다. 이해한 직원은 별일도 아니라는 듯 웃고는, 유리컵을 들고 이번에는 재빨리 방을 나선다.

리제는 벽장 미닫이문을 열고 나무 옷걸이를 꺼내 덜커덕 소리와 함께 방을 가로질러 내던진 다음 침대 위에 눕는다. 그녀는 시계를 바라본다. 한 시 오 분이다. 그녀는 여행 가방에서 조심스럽게 짧은 가운을 꺼낸다. 뒤이어 꺼낸 드레스 한 벌을 벽장 안에 걸었다가, 옷걸이에서 내려 단정히 개어서는 다시 원래 자리에 넣는다. 세면도구 가방과 침실용 실내화를 꺼낸 그녀는 가운을 입고 욕실 안으로 들어가 문을 닫는다. 막 샤워를 시작하는 찰나, 방에서 뭔가 긁히는 소리와 함께 남자와 여자의 목소리가 들려온다. 욕실 밖으로 머리를 내민 리제의 눈에 밝은 갈색 작업복을 입고 낮은 사다리와 전구를 든 남자와 청소 담당 직원이 보인다. 리제는 물기를 제대로 닦지도 않은 채 가운을 입고 나오는데, 분명히 침대 위에 놓인 핸드백을 지키기 위해서다. 가운이 그녀의 몸에 척척하게 달라붙는다.

"양치 컵은 어디 있죠?"

청소 담당 직원은 깜빡했다는 의미로 머리에 손을 가져다 대고, 치맛자락을 날리며 리제가 아는 한 결코 되돌아오지 않을 길을 떠난다. 하지만 리제는 바로 데스크에 전화를 걸어 당장 유리컵을 가져오지 않으면 호텔을 떠나겠다는 위협과 함께 컵에 대한 요구를 전달한다.

위협의 효력이 나타나길 기다리는 동안 리제는 다시 한번 여행 가방 속 내용물을 들여다본다. 분홍색 면 드레스를 꺼내 벽장에 걸었다가 잠깐 망설이고는, 옷걸이에서 내려 신중하게 접어 다시 가방에 넣는 그녀는 난관에 봉착한 듯 보인다. 어쩌면 실제로 호텔에서 즉각 떠날지를 고민 중일 수도 있다. 그러나 두 개의 유리컵을 든 다른 청소 직원이 도착해 이탈리아어로 사과하고 이전 청소 직원은 근무가 끝났다고 설명해도, 리제는 여전히 착잡한 표정으로 소지품을 검토할 뿐 더는 아무것도 가방 밖으로 꺼내지 않는다.

침대 위에 리제가 입고 온 밝은색 원피스와 코트가 펼쳐져 있는 걸 본 청소 직원은 그녀에게 해변에 갈 참이냐고 붙임성 있게 묻는다.

"아뇨."

리제가 답한다.

"미국인이세요?"

직원이 질문한다.

"아뇨."

"영국인?"

"아뇨."

돌아선 리제는 계속해서 여행 가방 속 옷가지를 면밀하게 점검하고, 직원은 달갑지 않은 태도로 방을 나간다.

"좋은 하루 보내세요."

리제는 사색이 수반하는 멍한 태도로 꼼꼼히 꾸린 짐의 귀퉁이를 들어 올리고 있는데, 누가 그 의중을 알겠는가? 그러던 그녀는 갑작스러운 결단력을 발휘하여 가운과 실내화를 벗고 여행길에 입었던 옷을 다시 걸치기 시작한다. 옷을 다 입은 후에는 가운을 개키고 실내화를 비닐 가방에 담아 여행 가방에 다시 집어넣는다. 세면도구 가방에서 꺼냈던 것들 또한 전부 집어넣어 짐을 꾸린다.

이제 여행 가방 안쪽 주머니에서 책자 하나를 꺼낸 리제는 안에 삽입된 지도를 침대 위에 펼쳐놓는다. 먼저 호텔 톰슨의 위치를 찾아 그곳에서부터 중심가로 이어지고 멀어지는 다양한 경로를 손가락으로 따라 그리며 지도를 꼼꼼히 연구한다. 그러다 지도 위로 몸을 굽히고 일어선다. 아직 오후 두 시도 되지 않았지만 방 안은 어둑하다. 리제는 중앙 조명을 밝힌 뒤 지도에 몰두한다.

지도 여기저기에 역사적 건물, 미술관과 기념물을 나타내는 작은 그림들이 흩어져 있다. 마침내 리제는 가방에서 가져온 볼펜으로 도시에서 가장 큰 정원이 있는 녹색 부분에 표시한다. "파빌리온"이라는 설명이 붙은 작은 그림 옆에는 조그만 십자 모양을 그려 넣는다. 그 후에는 지도를 접어 책자 안에 끼우고 책자를 가방 안에 밀어 넣는다. 볼펜은 침대에 남겨둔 걸 보니 잊어버린 듯하다. 거울 속 자기 모습을 들여다본 리제가 머리를 매만진 뒤 여행 가방을 잠근다. 오늘 아침 두고 왔어야 했던 자동차 열쇠는 다시금 열쇠고리에 끼운다. 열쇠 뭉치를 핸드백에 집어넣은 그녀는 문고판 책을 집어 들고 밖으로 나가 문을 잠근다. 그녀가 무슨 생각을 하는지 대체 누가 알겠는가?

리제가 선 아래층 데스크에서는 직원들이 분주하고, 뒤로는 제각각 편지, 소포, 객실 열쇠가 들어 있거나 비어 있는 우편함이, 위로는 두 시 십이 분을 나타내는 시계가 보인다. 리제는 카운터에 객실 열쇠를 내려놓고 커다란 목소리로 여권을 달라고 하는데, 그 바람에 응대하는 직원은 물론 계산기 앞에 앉아 일하던 다른 직원과 호텔 로비 여기저기에 앉아 있거나 서 있던 다른 사람까지 그녀를 주목한다.

여자들의 시선이 리제의 옷에 머문다. 그녀들 역시 남부의 여

---

* 보통 공원이나 정원에서 파티, 연주회 등의 행사에 사용하는 사방이 뚫린 건물을 말한다.

름에 걸맞은 밝은 옷차림이지만, 이 휴가지에서조차 리제 옷의 명도는 한층 두드러진다. 시선을 끄는 건 아마도 색 자체라기보다는 코트의 붉은색과 원피스의 보라색 조합일 것이다. 한편, 가녀린 두 어깨로 인류의 기벽이란 기벽은 전부 떠받치고 있는 듯 보이는 직원은 리제에게 비닐커버 속 여권을 건네준다.

유행하는 짧은 치마를 입은 늘씬한 다리의 두 소녀가 리제를 빤히 쳐다본다. 두 소녀의 어머니로 보이는 두 여인도 마찬가지다. 아마도 세련되지 못하게 무릎 아래로 한참 내려오는 치마가 오늘 아침 리제가 뒤로한 구식의 북쪽 도시에서와는 달리 리제의 외양을 한층 더 충격적으로 만드는 듯하다. 여기 남부에서는 다들 짧은 치마를 입는다. 그 옛날에는 통상적인 기준에 못 미치는 치마의 길이로 매춘부를 식별했다. 지금 미니스커트를 입은 두 소녀와 적어도 무릎을 드러낸 어머니들 곁에서는, 무릎을 가리는 옷을 입은 리제가 기이하게도 길거리 매춘부 계급의 일원처럼 보인다.

그렇게 리제는 머지않아 인터폴이 추적하고, 그녀의 정체가 밝혀지기까지 며칠 동안 유럽 언론인들이 능란하게 묘사할 자취를 남긴다.

"택시를 잡아줘요."

리제가 출입문 옆에 서 있던 유니폼 입은 소년에게 큰 목소리로 말한다. 소년은 거리로 나가 호각을 분다. 리제는 그 뒤를 쫓아 보도 위에 선다. 오직 잔뜩 주름진 얼굴만이 고령임을 드러내는, 노란 면 원피스 차림의 자그마하고 말쑥하며 민첩한 노부인이 보도로 리제를 쫓아온다. 그녀는 온화한 목소리로 자신도 택시를 타야 한다면서 동승을 제안하고 리제에게 어디로 가는지 묻는다. 리제에게서 이상한 구석이라곤 발견하지 못한 듯 자신 있는 접근이다. 사실 즉각 눈치채기는 힘들지만, 노부인의 시력과 청력이 꽤 약해서 리제의 현란함이 정상적인 지각 기관에 미치는 영향을 무력화하기 때문이다.

"오, 저는 중심가로 가요. 확실한 계획은 없지만요. 계획을 세우는 건 멍청한 짓이죠."

리제가 요란하게 웃는다.

"고마워요. 그럼 함께 가면 되겠네요."

리제의 웃음을 무언의 동의로 해석한 여인이 말한다.

그리고 두 사람은 정말로 한 택시에 올라 출발한다.

"여기 오래 머무를 예정인가요?"

여인이 묻는다.

"이러면 안전할 거예요."

리제가 의자 등받이 아래쪽에 여권을 보이지 않도록 쑤셔 박으며 말한다.

이 작전이 펼쳐지는 방향으로 노부인이 정정한 코를 돌린다. 잠시 어리둥절해 보이던 그녀는 그 조치에 순응하여 리제가 더 수월하게 여권을 밀어 넣을 수 있도록 앞으로 비켜준다.

"자, 됐어요."

의자에 등을 기댄 리제는 심호흡을 하고 창밖을 내다본다.

"날씨가 참 좋군요!"

리제가 불어넣은 신뢰감에 기대는 양 노부인도 뒤로 몸을 젖힌다. 그녀는 말한다.

"내 여권은 호텔에 있어요, 데스크에요."

"각자 취향대로 하는 거죠."

리제가 창문을 열자 가벼운 바람이 불어 든다. 도시 외곽 대로의 공기를 들이마시는 리제의 입술이 더없이 행복하게 벌어진다.

곧 그들은 혼잡한 구간에 들어선다. 기사는 두 사람에게 정확히 어디서 하차하고자 하는지 묻는다.

"우체국이요."

리제가 답한다. 동승자가 고개를 끄덕인다.

리제가 그녀를 바라본다.

"저는 쇼핑하러 가요. 휴가를 오면 맨 처음 하는 일이죠. 가족들 선물부터 먼저 사두면 마음이 편하거든요."

"오, 하지만 **요즘** 같은 시대에."

노부인이 답한다. 그녀는 장갑을 접어 무릎 위에 두고 도닥이고 미소와 함께 내려다본다.

"우체국 근처에 큰 백화점이 있어요. 원하는 건 뭐든 거기서 살 수 있죠."

리제가 말한다.

"오늘 저녁에 내 조카가 도착해요."

"이 차들 좀 보세요!"

택시가 메트로폴 호텔을 지날 때 리제가 말을 잇는다.

"저 호텔에 제가 마주치고 싶지 않은 남자가 있어요."

"세상이 달라졌어요."

노부인이 말한다.

"여자가 시멘트로 만들어진 건 아니잖아요. 하지만 이젠 세상이 달라졌어요. 정말이지 모든 게 변했어요."

리제가 대꾸한다.

우체국에 내린 두 사람은 기사의 초조하며 얼룩덜룩하고 울퉁불퉁한 손바닥 위에 한 푼 두 푼 보탠 동전이 총액과 동등하게 협의한 팁을 충족할 때까지, 생소한 주화를 각자 세심하게 이바지해가며 요금을 치른다. 이어 그들은 커피와 샌드위치가 간절한 채로 보도 위에 서서 낯선 도심의 배치 형태, 횡단보도, 분주한 주민들, 느긋하거나 조급한 관광객들, 우세풍을 들이마시는 영양처럼 보이지 않는 뿔이 달린 고개를 꼿꼿이 세우고 확고하게 발 디딘 땅을 한 번 내려다보지도 않으며 군중 사이를 이리저리 빠져나가는 자유분방한 젊은이들에게 적응한다. 리제는 스스로가 충분히 과시적인지 자문하듯 자기 옷차림을 내려다본다.

그러더니 나이 든 여인의 팔을 붙들고는 말한다.

"커피 한잔하러 가요. 신호등 있는 데서 건너가죠."

모험에 들뜬 노부인은 리제가 이끄는 대로 횡단보도로 간다. 신호가 바뀌기를 기다리던 도중, 노부인이 헉 소리를 내며 충격으로 소스라친다. 그녀가 소리친다.

"택시에 아가씨 여권을 두고 내렸잖아요!"

"거기 두는 게 안전해서 그런 거예요. 걱정하지 마세요. 다 해결된 문제니까요."

"오, 그렇군요."

안심한 노부인은 횡단보도에서 신호를 기다리던 무리에 섞여 리제와 함께 길을 건넌다.

"내 성은 피드커예요. 남편은 십사 년 전 세상을 떠났고요."

작은 식당에 들어간 두 사람은 작고 둥근 탁자 위에 가방과 리제의 책을 내려놓고, 팔꿈치를 괴고 앉아 각각 커피와 햄 토마토 샌드위치를 주문한다. 리제는 문고판 책을 가방으로 받쳐 세우는데, 이를테면 그 밝은 표지로 관계자들의 주의를 환기하려는 것이다.

"나는 노바스코샤에서 왔는데, 아가씨는 집이 어디예요?"

"별 볼 일 없는 곳이에요."

리제는 하찮은 문제라는 듯 일축한다.

"여권에 적혀 있죠. 제 이름은 리제예요."

리제는 양팔을 줄무늬 면 코트의 소매에서 빼내 의자 등받이 뒤로 늘어뜨린다.

"남편은 모든 걸 내게 남기고 누이에겐 한 푼도 주지 않았어요. 하지만 내가 떠나면 조카가 전부를 상속받게 되지. 이 사실이 그 여자 귀에 들어가는 자리에 나도 있었더라면 좋았을 텐데. 벽에 붙은 파리라도 되어서 말이에요."

샌드위치와 커피를 가져온 웨이터가 상을 차리며 리제의 책을 옮겨 놓는다. 웨이터가 떠나자 리제는 책을 다시 세워둔다. 다른 자리들과 바 앞에 서서 커피나 주스를 마시는 사람들을 둘러본 그녀가 말한다.

"친구를 만나야 하는데, 그 남자가 여기에는 없는 것 같네요."

"저런, 나 때문에 늦거나 계획에 지장이 생기면 안 될 텐데요."

"그럴 리가요. 걱정하지 마세요."

"친절하게도 나와 동행해줘서 고마워요. 낯선 장소에서는 도무지 정신을 차릴 수가 없거든요. 당신은 정말 친절한 아가씨예요."

"친절하지 않을 이유가 없잖아요?"

리제는 갑작스러운 온화함을 보이며 미소 짓는다.

"식사를 마친 뒤에는 나 혼자 여기 있어도 상관없어요. 주변을 둘러보고 쇼핑이나 좀 하면 되니까. 아가씨를 붙잡지는 않을게요."

"저와 함께 쇼핑하러 가시면 되죠. 피드커 부인, 저는 환영이에요."

리제가 매우 상냥하게 말한다.

"아가씨는 정말로 친절하네요!"

"우리는 항상 친절을 베풀어야 해요. 더는 그럴 기회가 없을지도 모르니까요. 길을 건너다가, 아니면 그냥 보도 위를 걷다가 언제라도 죽을 수 있는걸요. 언제가 될지는 아무도 모르죠. 그러니 우리는 항상 친절해야만 해요."

리제는 샌드위치 한 조각을 얌전하게 잘라 입에 넣는다.

"아주 훌륭한 마음가짐이네요. 그러나 사고에 대해선 생각하지 말아요. 확실하게 말해두자면 나는 정말 자동차가 무섭답니다."

"저도 그래요. 정말 무서워요."

"차를 몰 줄 아나요?"

"네, 하지만 운전하는 건 겁이 나요. 다른 차의 운전석에 어떤 미치광이가 타고 있을지 절대 알 수 없으니까요."

"요즘 시대는 참."

"여기서 그리 멀지 않은 곳에 백화점이 있어요. 가시겠어요?"

그들은 샌드위치를 먹고 커피를 마신다. 그 후 리제는 무지개 아이스크림을 주문하고, 자신도 무엇이든 더 시켜볼지 고민하던 피드커 부인은 결국 아무것도 주문하지 않는다.

"말소리들이 희한하네요. 귀 기울여봐요."

피드커 부인이 주변을 둘러보며 입을 뗀다.

"흠, 알아들으면 그렇지 않아요."

"이 나라 말을 할 줄 아나요?"

"조금요. 저는 4개 국어를 한답니다."

피드커 부인이 인자하게 감탄하고, 리즈는 식탁보 위 빵부스러기를 수줍게 만지작댄다. 웨이터가 무지개 아이스크림을 가져온다. 막 한 숟갈을 뜨려는 리제에게 피드커 부인이 말한다.

"지금 입은 옷과 잘 어울리는군요."

그 말에 리제가 터뜨린 웃음은 좀처럼 멈추지 않는데, 피드커 부인은 이를 예상하지 못한 듯하다.

"아름다운 색이에요."

피드커 부인이 기침약을 권하듯 칭찬을 건넨다. 밝게 줄무늬 진 아이스크림 앞에 숟가락을 쥐고 앉은 리제는 계속해서 웃는다. 피드커 부인은 겁먹은 듯 보이며, 웃음소리의 주인공을 보느라 바에서 들리던 대화가 뚝 끊기자 한층 더 겁에 질린 듯하다. 건조하고 주름진 얼굴의 노부인은 어쩔 줄 몰라 하며 몸을 움츠리고, 두 눈마저 눈구멍 더 깊숙한 곳으로 물러난다. 리제가 갑자기 웃음을 뚝 그치고 말한다.

"정말 재미있었어요."

소란의 조짐을 살피려 그들의 탁자로 다가오던 바텐더가 뭔가를 중얼대며 걸음을 멈추고 돌아선다. 바 주변의 몇몇 젊은이들이 웃고 웃고 또 웃는 소리를 흉내 내려다가 바텐더에게 제지당한다.

"제가 이 원피스를 사러 갔을 때 말이죠, 직원이 제게 처음에 뭘 권했는지 아세요? 얼룩이 생기지 않는 원피스요. 믿어지세요? 커피나 아이스크림을 흘려도 얼룩이 남지 않는 드레스라는 거예요. 새로운 합성 소재라나요. 아무렴 제가 얼룩도 남지 않는 드레스를 원할까 봐서요!"

리제의 웃음 앞에서 수그러들었던 열의를 서서히 되찾기 시작한 피드커 부인이 리제의 원피스에 눈길을 주고는 말한다.

"얼룩이 생기지 않는다고요? 여행에 매우 유용하겠군요."

"이 원피스가 아니에요."

리제가 무지개 아이스크림을 먹어 치우며 답한다.

"그건 다른 원피스였어요. 사지는 않았거든요. 형편없는 안목을 드러내는 옷 같았어요."

리제는 아이스크림을 비웠다. 두 여인은 다시 지갑 속을 더듬거리고, 그와 동시에 리제는 테이블 위의 작은 가격표 두 장에 전문가다운 시선을 던진다. 리제는 그중 한 장을 한쪽으로 밀어둔다.

"저건 아이스크림 가격표예요. 다른 건 반씩 내기로 하죠."

"정말 끔찍하게 괴로워요. 그 남자가 정확히 언제 어디서 나타날지 모른다는 게요."

리제가 말한다.

그녀는 피드커 부인을 앞질러 에스컬레이터를 타고 백화점 삼층으로 향한다. 대형 시계가 네 시 십 분을 알리고 있다. 남부의 쇼핑 시간*을 깜빡한 두 사람은 개장까지 삼십 분 이상을 기다려야만 했고, 그사이 리제의 친구를 찾아 블록을 돌아다니던 어느 시점에선가 피드커 부인은 리제가 처음 이 친구를 언급했을 때 느꼈던 당혹감을 떨쳐버렸고, 이제는 오직 수색에 열정적으로 협력하려는 기색만을 드러낼 뿐이다. 백화점 문이 열리기를 기다리느라 블록을 돌며 거대한 쇠 덧문을 지나치고 또 지나치는 동안, 피드커 부인은 행인들을 유심히 살피기 시작했다.

"저 남자는 어떨까요? 옷차림이 꼭 아가씨처럼 화사하잖아요."

"아뇨, 저 남자는 아니에요."

"선택지가 너무 많은 것도 문제군요. 저 사람은 어때요? 아니 내 말은, 저기 차 앞을 지나고 있는 저 사람 말이에요. 너무 비대한가요?"

"아뇨, 저 남자는 아니에요."

"어떤 용모의 사람인지 모른다면 정말로 어려워요."

"차를 몰고 있을 수도 있어요."

드디어 백화점 문이 열리던 순간 리제는 그 앞에서 말했다.

이제 두 사람은 위를 향해 미끄러지듯 움직이며 지나치는 매 층의 전경을 내려다볼 수 있게 해주는 에스컬레이터를 타고, 화장실

---

* 상점들이 오후 두세 시경 문을 닫았다가 다섯 시경에 다시 문을 여는 스페인 등지의 영업시간을 염두에 둔 표현으로 보인다. 다만 이 작품은 리제의 여행지가 어디인지 분명하게 말해주지 않는다.

이 있는 삼 층으로 올라간다.

"신사분들이 많지는 않군요. 여기서 아가씨 친구를 찾기는 힘들겠어요."

피드커 부인이 지적한다.

"저도 그렇게 생각해요. 그렇지만 여기에는 남자 직원도 꽤 근무하고 있으니까요."

"오, 그 남자가 점원일 수도 있나요?"

"그럴지도요."

"요즘 시대는 참."

리제는 여자 화장실에서 피드커 부인을 기다리며 머리를 빗는다. 방금 손을 씻은 세면대 앞에 서서는 입술을 꾹 다물고 거울 속 자기 모습을 바라보며 흰머리를 뒤로 빗어 넘긴 뒤, 그 가닥을 상당한 집중력을 기울여 정수리 위 어두운 머리칼 사이에 위치시킨다. 그녀 양쪽의 세면대에는 두 명의 젊은 여인이 머리와 화장을 손보는 데 몰두하고 있다. 리제는 손가락 끝을 적셔 눈썹을 다듬는다. 양쪽의 여인들은 소지품을 챙겨 자리를 뜬다. 쇼핑백을 든 펑퍼짐한 중년 여인이 부산스레 들어와서 화장실 칸 안으로 들어간다. 피드커 부인이 들어간 칸의 문은 아직도 닫혀 있다. 리제는 몸단장을 마쳤다. 기다리던 그녀는 결국 피드커 부인이 있는 칸의 문을 두드린다.

"별문제 없으신 거죠?"

리제가 되풀이한다.

"별문제 없으신 거죠?"

그리고 다시 문을 두드린다.

"피드커 부인, 괜찮으세요?"

마지막에 들어온 여인이 화장실 칸을 박차고 나와 세면대로 향한다. 리제는 피드커 부인이 있는 칸의 손잡이를 잡아 흔들며 그녀에게 말한다.

"이 안에 노부인이 계신데 아무 소리도 들리지 않아요. 무슨 일이 일어난 게 틀림없어요."

그러고는 다시 외친다.

"괜찮으세요, 피드커 부인?"

"누구신데요?"

세면대 앞 여인이 묻는다.

"모르는 분이에요."

"하지만 같이 오신 거 아니에요?"

중년 부인이 리제를 자세히 뜯어본다.

"가서 사람을 불러오겠어요."

리제는 그렇게 말하고 한 번 더 손잡이를 흔든다.

"피드커 부인! 피드커 부인!"

그녀는 문에 귀를 가져다 붙인다.

"아무 소리도 안 들려요. 아무 소리도요."

그러더니 세면대에 있던 가방과 책을 챙겨 여자 화장실에서 달려 나가고, 남겨진 여인은 피드커 부인이 있는 칸에 귀를 기울이며 문을 흔든다.

문밖 첫 번째 매장에는 스포츠 용품이 늘어서 있다. 곧장 앞으로 나아가던 리제는 멈춰 서서 스키 한 쌍을 어루만지며 나무의 감촉을 느껴본다. 점원이 다가오지만 리제는 이미 그 자리를 떠나 붐비는 학생 의류 매장에 발을 들인다. 여기서 그녀는 카운터 위에 진열된, 모피를 안에 댄 작고 빨간 장갑을 두고 머뭇댄다. 카운터 뒤에는 언제라도 응대할 준비가 된 여직원이 있다. 리제는 그녀를 올려다본다.

"조카딸에게 사주고 싶은데 사이즈가 기억나지 않아서요. 모험을 하고 싶진 않네요, 고맙습니다."

층을 가로질러 장난감 매장으로 간 리제는 줄에 부착된 스위치를 누르면 짖고, 걷고, 꼬리를 흔들고, 앉기도 하는 나일론 강아지를 뜯어보며 시간을 보낸다. 리넨 매장을 지난 리제는 에스컬레이터를 타고 내려가며 가까워지는 매 층을 훑어보지만, 일 층에 도착할 때까지 어떤 층계참에도 머물지는 않는다. 그녀는 일 층에서 흑백 무늬가 있는 실크 스카프를 구입한다. 소형 기기 판매대에서 판매원이 값싼 전기 블렌더를 선보이고 있다. 리제는 이를 구입하며, 유리한 흥정을 위해 매력을 발휘해보려 애쓰는 직원을 응시한다. 직원은 갓 중년에 접어든 마르고 창백한 남자다. 두 눈은 간절하다.

"휴가 중이신가요? 미국에서 오셨습니까? 아니면 스웨덴?"

리제는 답한다.

"제가 좀 급해서요."

실수했다는 사실을 받아들인 그는 상품을 포장하고, 리세에게 돈을 받아 계산대에 입력한 뒤 거스름돈을 건네준다. 그 후 리제는 지하로 향하는 폭넓은 계단을 내려간다. 그녀는 지하에서 지퍼 달린 비닐 가방을 구입해 포장된 꾸러미들을 담는다. 레코드와 레코드플레이어 매장에 멈춰선 리제는 새로운 팝 그룹의 음악을 들으러 모인 무리 사이에서 배회한다. 문고판 책은 눈에 잘 보이도록 들었는데, 핸드백과 새로운 비닐 가방은 왼팔 손목 바로 위에 걸고, 양손으로는 책을 난민의 신원 확인 증명처럼 가슴 앞에 붙잡고 있다.

우리 집으로 와서

샌드위치 들어요, 두 사람 모두

언제라도……

레코드판이 멈춘다. 갈색 머리를 양 갈래로 땋은 소녀가 리제 앞을 뛰어다닌다. 팔꿈치와 청바지 입은 다리 그리고 머릿속으로 계속해서 박자를 타는 모습은 방금 머리가 잘렸는데도 잠시간 팩

꽥대는 소리 없이 소명을 지속해보려는 닭을 닮았다. 리제 뒤로 나타난 피드커 부인이 리제의 팔을 건드린다. 리제는 뒤로 돌아 미소 지으며 말한다.

"저 바보 같은 여자애 좀 보세요. 춤을 멈추지 못하네요."

"잠깐 잠이 들었던 것 같아요. 문제가 있었던 건 아니에요. 그냥 곤드라졌지 뭐예요. 사람들이 얼마나 친절하던지. 나를 택시 태워 보내려고 하더군요. 하지만 내가 뭐 하러 호텔로 돌아가겠어요? 내 가엾은 조카 녀석은 오늘 밤 아홉 시가 되어서나 아니면 그보다 늦게 도착할 텐데요. 더 일찍 오는 비행기를 놓친 게 틀림없어요. 수위가 매우 친절하더군요. 전화를 걸어 다음 비행기가 언제인지 알아봐주었지요."

"저 여자애를 좀 보세요."

리제가 속삭인다.

"좀 보시라니까요. 아니, 잠시만요! 저 남자가 다음 레코드를 틀면 다시 춤추기 시작할 거예요."

레코드에서 음악이 흘러나오고 소녀는 몸을 흔든다. 리제가 묻는다.

"매크로바이오틱을 믿으시나요?"

"나는 여호와의 증인이에요. 남편이 죽은 뒤에 몸담게 됐지. 이제 내겐 신경 써야 할 일이 없어요. 남편이 누이와 절연한 건, 그 여자가 종교를 믿지 않았기 때문이에요. 의문이 많은 여자였거든.

의문을 품어서는 안 되는 일이 있는 법이에요. 하지만 한 가지 확실한 건, 지금 남편이 살아 있었다면 그 사람 역시 여호와의 증인이었을 거란 점이에요. 사실 깨닫지 못했다 뿐이지, 그는 여러 가지 측면에서 살아생전 이미 여호와의 증인이나 마찬가지였지."

"매크로바이오틱은 삶의 방식이에요. 메트로폴에 있다는 그 남자 있죠, 그 남자를 비행기에서 만났거든요. 자기가 매크로바이오틱 홍보 대표라고 하더라고요. 지금 제7 요법을 준수하고 있고요."

"정말 근사하네요!"

"하지만 그 사람은 제 취향이 아니에요."

양갈래 머리를 한 소녀는 계속해서 두 사람 앞에서 춤을 춘다. 소녀가 갑작스레 뒷걸음질을 치는 바람에 피드커 부인은 물러나야만 했다.

"저런 애를 히피라고 부르는 거죠?"

그녀가 묻는다.

"비행기에 다른 남자도 두 명 있었어요. 제 취향이라고 생각했지만, 아니었죠. 실망스러웠어요."

"하지만 곧 아가씨의 애인을 만날 거라고 하지 않았나요?"

"오, **그 남자**는 제 취향이죠."

"조카에게 실내화를 사줘야겠어요. 270밀리를 신죠. 그 녀석이 비행기를 놓쳤지 뭐예요."

"저 사람이 히피예요."

리제가 머릿짓으로 수염 기른 구부정한 자세의 젊은이를 가리키며 말한다. 그는 완전히 색이 바랜 꼭 끼는 청바지를 입고, 어깨에는 계절에 어울리지 않게도 여러 겹의 카디건과 술 장식이 달린 옷을 걸치고 있다.

피드커 부인은 그를 관심 있게 지켜보고 리제에게 속삭인다.

"저 사람들은 양성구유예요. 본인들 잘못은 아니죠."

젊은이가 자기를 건드린 푸른 정장을 입은 거구의 매장 요원을 돌아본다. 수염 기른 젊은이는 몸짓을 섞어 언쟁을 시작하지만, 체구가 좀 작은 또 다른 요원이 나타나 그의 반대쪽 어깨를 붙잡는 결과를 낳았을 뿐이다. 그들은 항의하는 젊은이를 비상구 계단 쪽으로 데려간다. 그러자 레코드를 들던 무리 사이에서 가벼운 소동이 일어나는데, 몇몇은 젊은이의 편을 들고 몇몇은 반대편에 선다.

"그 사람이 무슨 나쁜 짓을 한 것도 아니잖아!"

"끔찍한 냄새를 풍겼다고!"

"**당신**이 대체 뭔데?"

텔레비전 매장을 향하는 리제를 피드커 부인이 안절부절못하며 따른다. 그들 뒤로는 양갈래 머리의 소녀가 근처 군중을 향해 목소리를 높이고 있다.

"여기가 사람 생긴 게 마음에 안 든다는 이유로 끌고 나가 총을 쏴버리는 미국인 줄 아는 모양이야."

한 남자가 맞서 고함을 지른다.

"그 남자가 어떻게 생겼는지 수염 때문에 제대로 볼 수도 없었어. 너희 나라로 돌아가, 이 창녀야! 이 나라에서 우리는……."

두 사람이 텔레비전 세트에 가까워질수록 등 뒤의 언쟁 소리는 누그러진다. 판매원에게 관심을 기울이던 몇몇 사람들은 차분하게 이어지는 그의 설명과 레코드 매장에서 막 시작된 정치적 봉기 사이에서 갈팡질팡하는 것 같다. 하나는 커다랗고 하나는 작은 두 개의 텔레비전 화면이 똑같은 야생 다큐멘터리의 결말 부분을 보여주고 있다. 한 화면에서는 크고 한 화면에서는 작은 버팔로 무리가 두 시야의 구역을 가로질러 돌격하는 동안, 누가 들어도 대단원에 어울리는 음악이 두 대의 텔레비전에서 동일한 음량으로 흘러나온다. 더 큰 세트의 음량을 줄인 판매원은 이제 두 명으로 줄어든 고객을 향한 설명을 이어가는데, 그의 흥미 어린 눈길은 뒤편을 맴도는 리제와 피드커 부인을 향하고 있다.

"아가씨 애인으로 저 사람은 어때요?"

화면에 영화 제작에 참여한 사람들의 명단이 뜨고, 또 다른 명단 그리고 또 다른 명단이 뜨는 동안 피드커 부인이 묻는다. 리제가 답한다.

"저도 그 생각 중이었어요. 꽤 점잖은 사람 같죠."

"결정은 아가씨에게 달렸죠. 아가씨는 젊고, 또 앞날이 창창하니까요."

크고 작은 두 개의 화면에 말쑥한 차림의 여성 아나운서가 등장해 먼저 현 시각이 오후 다섯 시라는 것을 알린 다음, 최근 중동 국가에 군사 쿠데타가 발발했으나 세부 사항은 아직 알려지지 않았다는 초저녁 뉴스를 전달한다. 잠재적 고객들이 각자 숙고하도록 내버려 둔 판매원은 피드커 부인을 향해 고개를 숙이더니 도움이 필요한지 묻는다.

"고맙지만 괜찮아요."

리제가 이곳의 언어로 답한다. 그러자 가까이 다가온 판매원이 피드커 부인에게 영어로 말을 건다.

"저희는 이번 주에 대폭 할인을 진행 중입니다, 부인."

그는 리제에게 추파를 던지고, 이내 다가가 그녀의 팔을 붙잡는다. 리제는 피드커 부인 쪽으로 돌아선다.

"안 되겠어요. 돌아가요. 시간이 늦었네요."

그러고는 노부인을 층 맨 끝의 선물과 수집품 매장으로 안내한다.

"제가 찾는 남자가 전혀 아니에요. 제게 수작을 걸려고 들지 뭐예요. 제가 찾는 사람은 제가 어떤 여자인지 단번에 알아볼 거예요, 아무런 두려움 없이 말이죠."

"믿을 수가 없네요! 아무래도 그 사람을 신고해야겠군요. 안내 데스크가 어디죠?"

분개한 피드커 부인이 텔레비전 매장을 바라본다.

"소용없어요. 증거도 없는걸요."

"조카 녀석의 실내화는 다른 곳에서 사야겠어요."

"조카분께 정말로 실내화를 사주고 싶으세요?"

"나는 실내화를 환영 선물로 여겨요. 가엾은 조카 녀석, 호텔 수위는 정말 친절했어요. 그 가엾은 녀석은 원래 코펜하겐에서 오늘 아침 비행기로 도착하게 되어 있었어요. 얼마나 기다렸는지 몰라요. 그 녀석, 비행기를 놓친 게 틀림없어요. 수위가 비행 일정표를 찾아보니 오늘 밤 도착하는 또 다른 비행편이 있더군요. 깜빡하고 잠이 들지 않도록 주의해야지. 비행기는 열 시 이십 분에 도착한다지만, 그 녀석이 호텔에 도착하는 건 열한 시 반, 자정이 다 되어서일 수도 있으니까요. 누가 알겠어요."

리제는 도시의 문장이 돋을새김된 지갑들을 바라보고 있다.

"근사하네요. 이걸 사다 주시는 건 어때요? 그럼 부인에게 받은 선물이라는 걸 평생토록 기억할 텐데요."

"실내화로 하겠어요. 왠지 실내화여야만 할 것 같아요. 내 가엾은 조카 녀석은 병을 앓았어요. 치료받으러 보내야만 했지요. 그게 아니면 남은 선택지는 하나뿐이라 우리로선 어쩔 도리가 없었어요. 이제는 많이 나아졌어요, 좋아졌지. 하지만 휴식이 필요해요. 휴식, 휴식 또 휴식을 취하라는 의사의 처방이 있었어요. 그 아이는 270밀리 신발을 신어요."

리제는 코르크스크루와 도자기 손잡이의 코르크 마개를 차례로 만지작댄다.

"실내화를 받으면 병자가 된 기분이 들 수도 있어요. 레코드나 책을 사주시는 건 어때요? 지금 몇 살이죠?"

리제가 묻는다.

"겨우 스물넷이에요. 모계 쪽 유전이지. 아무래도 다른 상점에 가 봐야겠어요."

리제는 계산대 위로 몸을 숙여 남성 실내화를 사려면 어느 매장으로 가야 하는지 묻는다. 그리고 진득한 태도로 피드커 부인에게 대답을 통역해준다.

"신발 매장은 삼 층에 있다는군요. 다시 위층에 올라가야겠어요. 다른 상점들은 너무 비싸요. 부르는 게 값이거든요. 여행 책자에서 이곳을 정찰제를 시행하는 장소로 추천했어요."

두 사람은 다시 한번 위층으로 향하며 뒤로 멀어지는 매장들을 바라본다. 실내화를 구입한 둘은 일 층으로 내려온다. 정문 근처에서 또 다른 선물 용품 매장에 진열된 갖가지 물건이 그들을 유혹한다. 리제는 밝은 주황색 스카프를 한 장 더 구입한다. 남색과 노란색이 섞인 남성용 줄무늬 넥타이도 산다. 직후 리제는 사람들 틈으로 더 다양한 남성용 넥타이가 걸린 진열대를 발견하는데, 각각이 투명한 플라스틱에 깔끔하게 포장된 그 모습에 리제는 방금 산 넥타이에 대한 마음을 바꾼다. 판매대의 여자 점원은 환불에

얽힌 복잡한 절차가 달갑지 않아 혹 교환이 가능한지 확인하기 위해 리제를 데리고 진열대로 향한다.

리제는 검은 면직 편물 넥타이와 녹색의 두 가지 넥타이를 고른다. 그러더니 다시 한번 마음을 바꾼 그녀가 말한다.

"녹색은 너무 밝은 것 같네요."

직원은 짜증을 표하고, 리제는 신경질적인 체념의 태도로 말한다.

"좋아요, 검은색을 두 장 살게요. 검은색은 항상 쓸모가 있으니까요. 가격표는 제거해주세요."

리제는 피드커 부인과 헤어졌던 판매대로 돌아와 차액을 지불한 다음 포장된 상품을 챙긴다. 피드커 부인은 출입구 근처에서 가죽 지갑 두 개를 햇빛에 비춰보고 있다. 그녀가 상품을 들고 달아날 경우를 대비해 뒤에서 맴돌던 판매원이 판매대로 피드커 부인을 뒤따라온다. 그가 말한다.

"두 제품 다 매우 질 좋은 가죽입니다."

피드커 부인이 답한다.

"걔한테 지갑은 이미 있을 거예요."

그녀는 칼집에 든 종이칼을 고른다. 지켜보던 리제가 말한다.

"출발하기 전 공항에서 저도 제 남자친구에게 그걸 사줄까 했어요. 거의 비슷하지만 같은 제품은 아니네요."

황동색 금속으로 된 종이칼은 언월도처럼 구부러져 있다. 칼집은 올록볼록하지만 리제가 앞서 사려던 것과 달리 보석 장식은 없다.

"실내화면 충분하잖아요."

리제가 말한다.

피드커 부인이 답한다.

"아가씨 말이 맞아요. 버릇을 망쳐놓으면 안 되죠."

그녀는 열쇠 지갑을 살펴본 다음 종이칼을 산다.

"조카분이 종이칼을 사용한다면 히피가 아니라는 건 분명하네요. 히피였다면 손으로 편지 봉투를 열 테니까요."

"폐가 되지 않는다면 이걸 아가씨 가방에 좀 넣어도 될까요? 실내화도 함께요. 아니, 실내화가 어디로 갔지?"

부인이 산 실내화가 없다. 사라져버렸다. 그녀는 가죽 지갑 두 개를 비교하러 문 앞으로 가면서 실내화를 판매대에 올려놨다고 주장한다. 누군가 실내화를 들고 사라져버린 것이다. 모두가 실내화를 찾아보며 안타까워하고, 부인 자신에게 책임이 있다는 사실을 지적한다.

"어쩌면 조카분께는 이미 실내화가 많을지도 몰라요."

리제가 말한다.

"그 사람이 제 취향의 남자라고 생각하세요?"

"우리 관광을 좀 다니는 게 좋겠어요. 유적을 볼 수 있는 이 황금 같은 기회를 놓쳐서는 안 될 일이잖아요."

피드커 부인이 제안한다.

"제 취향이라면 만나보고 싶어요."

리제가 말한다.

"취향이고말고. 지금이 그 애의 전성기지."

"그렇게 늦게 도착한다니 아쉽네요. 저는 그전에 남자친구와 약속이 있거든요. 그렇지만 만일 조카분이 도착할 때까지 남자친구가 나타나지 않는다면, 대신 조카분을 만나고 싶어요. 이름이 뭐라고 했죠?"

"리처드예요. 우리는 한 번도 그 애를 딕이라는 애칭으로 부른 적이 없어요. 오직 걔 엄마만 그렇게 부를 뿐이에요. 우리는 아니지. 비행기를 잘 탔어야 할 텐데. 아니, 종이칼이 어디로 갔지?"

"여기 넣으셨어요."

리제가 자신의 지퍼 달린 쇼핑백을 가리키며 말한다.

"걱정하지 마세요. 안전하게 있으니까요. 이제 여기서 나가요."

두 사람이 떠나는 쇼핑객들에게 휩쓸려 화창한 거리로 나서는 동안, 피드커 부인이 입을 뗀다.

"그 녀석이 비행기를 탔길 바라요. 먼저 바르셀로나로 가서 자기 엄마를 만난 다음에 여기로 날 만나러 오겠다는 얘기가 있었어요. 하지만 난 승낙하지 않았어요. 안 된다고 했어요. 바르셀로나로 가지 말라고 말했지요. 사실 나는 독실한 신자예요. 여호와의 증인이지. 그러나 사후 세계를 믿는 나라의 항공사와 조종사들에겐 전혀 믿음이 없어요. 사후 세계를 믿지 않는 조종사일수록 안전해요. 그런 점에서는 스칸디나비아의 항공사들이 꽤 믿음직하다고 들었어요."

길 이쪽저쪽을 둘러본 리제가 한숨짓는다.

"이제 얼마 남지 않았어요. 제 친구가 곧 나타날 거예요. 그 사람은 제가 자기를 만나러 이 먼 길을 왔다는 걸 알고 있어요. 알고 있고말고요. 어디선가 기다리고 있을 거예요. 그 사람을 만나는 걸 빼면 제게 다른 계획은 없어요."

"축제 의상을 입고 돌아다니네!"

한 여인이 리제를 뚫어져라 바라보며 말하고는, 어떤 경사면과 맞닥뜨려도 끊임없이 흘러내리게 마련인 물줄기처럼 웃고 또 웃으며 멀어져간다.

5

"문득 떠오른 생각이 있어요."

피드커 부인이 말한다.

"지금 온통 그 생각뿐인데, 바로 아가씨와 내 조카 녀석이 천생 연분이라는 거예요. 의심의 여지가 없어요. 그 애에겐 당신이 딱 어울려요. 어쨌든 그 애도 누군가를 만나야 하니까. 그것도 틀림 없지요."

"고작 스물네 살이라고 하셨잖아요."

리제가 생각에 잠긴다.

"너무 어려요."

두 사람은 유적지로부터 이어지는 가파른 길을 내려가고 있다. 흙바닥을 깎아 만든 계단은 고르지 않고, 계단 가장자리마다 가느다란 나뭇조각을 둘러놓았을 뿐이다. 리제는 피드커 부인의 팔을 잡고 그녀가 한 칸 한 칸 내려서는 것을 돕는다.

"그 애 나이를 어떻게 아는 거죠?"

피드커 부인이 묻는다.

"아까 말씀해주시지 않으셨어요? 스물네 살이라고요."

"맞아요. 하지만 그 애를 못 본 지 꽤 오래되었어요. 먼 곳에 가 있었거든."

"어쩌면 그보다 더 어릴 수도 있겠네요. 조심해서, 천천히 가 세요."

"아니면 그 반대일 수도 있지. 다년간 고초를 겪은 사람들은 나이가 들게 마련이니까. 아무튼 우리가 저 위의 고대 사원에서 흥미로운 포장도로를 구경하는 동안 그런 생각이 들었어요. 리처드가 아마 당신이 찾는 그 사람일지도 모른다는."

"뭐, 그건 부인 생각이죠. 제 생각은 아니잖아요. 제가 그 사람을 보지 않는 한 알 수 없어요. 제 생각에, 제가 찾는 그 남자는 어딘가 모퉁이만 돌면 나타날 것 같거든요. 지금 당장, 언제이건 간에."

"어떤 모퉁이 말인가요?"

노부인은 계단 아래 펼쳐진 길을 이리저리 살핀다.

"어떤 모퉁이라도 상관없어요."

"그 사람 존재가 느껴질 것 같아요? 그렇게 찾게 되는 건가요?"

"존재라기보다는 결핍의 부재에 가까워요. 그를 찾게 되리라는 걸 알아요. 그때까지 계속 부딪쳐봐야겠죠."

리제가 매우 작은 소리로 훌쩍이며 눈물을 흘리기 시작하자 두 사람은 그 자리에 멈춰 선다. 리제는 피드커 부인이 떨리는 손으로 가방에서 꺼낸 분홍색 화장지로 눈가를 닦고 코를 푼다. 훌쩍이며 갈기갈기 찢은 휴지 조각을 던져버린 리제가 다시 피드커 부인의 팔을 잡고 계단을 내려가기 시작한다.

"공포와 수줍음에서 비롯된 지나친 자제력, 그게 남자들의 문제예요. 다들 겁쟁이들이죠. 대부분이요."

"나도 항상 **그렇게** 생각해왔어요. 두말할 것도 없지. 남자들이란."

두 사람은 길에 다다랐다. 저물어가는 햇빛 속에서 차들이 우레와 같은 소리를 내며 지나간다.

"어디서 건널까요?"

리제가 위협적인 길을 좌우로 둘러보며 말한다.

"그들은 우리와 같은 권리를 요구하고 있어요. 내가 절대 자유당에 표를 주지 않는 이유예요. 향수며, 목걸이며, 어깨까지 머리를 기르려 들잖아요. 그렇게 태어난 사람들을 뭐라는 건 아니에요. 어쩔 도리가 없는 사람들은 섬으로 보내 격리할 수밖에. 내가 문제 삼는 건 다른 부류예요. 남자들이 우리가 지나가면 자리에서 일어서고 앞서 문을 열어주던 시절이 있었지요. 그들은 모자를 벗곤 했어요. 하지만 이제는 평등을 원한다잖아요. 내 말은, 신이 남성들과 우리가 동등하길 바랐다면 겉보기에 그렇게 다르게 만들지는 않으셨을 거란 말이에요. 이제는 다들 똑같은 차림을 하길 거부하잖아요. 오직 우리에게 반항하기 위해서요. 남성은 고사하고라도 군대를 그렇게 운영해서야 되겠어요? 남편에겐 미안한 말이고, 그 사람이 평안을 찾았길 바라지만, 남성들을 다루는 게 점점 힘들어지고 있어요. 물론 제 남편은 남자로서 자기 위치를 알았어요. 그건 인정해줘야 해요."

"교차로까지 걸어가야겠어요, 여기선 택시를 못 잡을 거예요."

리제가 저 멀리 차의 소용돌이에 둘러싸인 경찰 방향으로 피드커 부인을 데려가며 말한다.

"모피 코트에 꽃무늬 포플린 셔츠를 입지 않나."

피드커 부인은 다가오는 사람들과 부딪치지 않도록 방향을 틀어주는 리제와 함께 구불구불 나아간다.

"서두르지 않으면 그들이 우리 집과 아이들을 차지하고는, 우리가 자기들을 보호하기 위해 싸우고 부양하기 위해 일하는 동안 한가롭게 잡담이나 나눌 거예요. 동등한 권리를 얻은 걸로는 만족하지 않겠죠. 그런 다음에는 아마 우리를 이겨 먹으려 들걸요. 명심해요. 신문에서 다이아몬드 귀걸이에 관한 기사를 읽었지."

"시간이 늦었네요."

리제의 입술은 살짝 벌어지고, 눈과 코도 평소보다 약간 더 열려 있다. 지금 그녀는 한 걸음 한 걸음 바람의 냄새를 맡고 나아가는 사슴과 같이 피드커 부인을 위해 보폭을 절제하고는 있지만, 동시에 특정한 기류와 눈길, 암시를 찾고 있는 것처럼 보인다.

"나는 여행 중에는 치약으로 다이아몬드를 닦아요. 물론 더 상급품은 고향의 은행 금고에 보관해두었지만요. 보험금이 정말 비싸잖아요? 그래도 아주 빈손으로 올 수는 없죠. 가져온 다이아몬드는 내 칫솔과 일반 치약으로 닦은 다음 세수수건으로 문지른답니다. 그럼 아주 반짝반짝해져요. 보석상들은 믿을 수가 없거든. 항상 진품을 들어내고는 모조품으로 바꿔치기해놓는단 말이야."

피드커 부인이 털어놓는다.

"시간이 늦었어요. 이 많은 얼굴들을 보세요. 이 얼굴들이 다 어디에서 왔을까요?"

"낮잠을 좀 자두어야 하는데. 조카 녀석이 왔을 때 너무 피곤하지 않도록 말이에요. 가엾은 녀석. 우리는 내일 아침 카프리로 가요. 친척 전부가 모이거든요. 근사한 빌라를 잡아두었고 아무도 과거를 들먹이지 않을 거예요. 내 오라비가 모두에게 단단히 주의를 주었지. 내가 오라비에게 단단히 주의를 주었어요."

원형 교차로에 다다른 그들은 골목으로 들어간다. 몇 미터 앞 모퉁이에 택시 한 대가 서 있는 승차장이 있다. 그들이 다가가는 동안 누군가 그 택시에 오른다.

"타는 냄새가 나는데."

모퉁이에 서서 다른 택시가 오길 기다리던 중 피드커 부인이 말한다. 리제는 입술을 살짝 벌리고, 두 눈으로는 행인들의 얼굴을 이리저리 두루 살피며 코를 킁킁댄다. 그러더니 재채기한다. 길거리 사람들에게 뭔가 이변이 일어났다. 그들은 주위를 둘러보며 역시 코를 킁킁댄다. 근처 어디에서인가 요란한 함성이 들려온다.

돌연 모퉁이 너머에서 사람들이 밀려든다. 리제와 피드커 부인을 떼어놓고 사방으로 밀쳐대는 무리는 다수의 젊은 남성과 소수의 작고 늙고 더 음울한 남성, 여기저기 보이는 젊은 여성들로 구성되어 있고, 함께 소리치면서 빠른 속도로 어딘가로 향하고 있다.

"최루탄이다!"

누군가 소리치자 그 뒤를 이어 수많은 사람이 부르짖는다.

"최루탄이야!"

리제 근처 한 상점의 덧문이 급박한 덜거덕 소리와 함께 내려가고, 다른 상점들도 문을 닫기 시작한다. 리제가 넘어지자 한 다부진 남성이 그녀를 일으켜 세우더니 내버려 두고 달려 나간다.

군중은 길목이 원형 교차로로 이어지는 경계에 도착하기 직전 멈춘다. 회색 옷을 입고 최루탄 가방과 방독면을 소지한 경찰 무리가 대형을 이뤄 그들에게 돌진한다. 원형 교차로에는 차량의 흐름이 멈췄다. 리제는 무리에 섞여 정비소로 방향을 트는데, 작업복 차림의 몇몇 정비공 일부는 차 뒤에 웅크리고 있고, 일부는 정비 중이라 받침대 위에 올려둔 차 밑에 숨어 있다.

리제는 몸싸움을 벌인 끝에 정비소 안쪽, 여기저기 찌그러진 빨간 소형차가 더 큰 차 뒤에 주차된 어두운 구석에 다다른다. 그녀는 당연히 잠겨 있으리라 생각하는 듯 문손잡이를 있는 힘껏 비틀어 당긴다. 문은 너무나 쉽게 열리고, 거의 뒤로 넘어질 뻔했던 그녀는 균형을 되찾자마자 차 안으로 들어간다. 문을 잠근 리제는 무릎 사이에 얼굴을 묻고 심호흡하며, 최루탄 냄새와 희미하게 뒤섞인 휘발유 냄새를 들이마신다. 정비소 안에 도열한 시위대는 곧 경찰에게 발견되어 끌려 나간다. 고함 소리만 제외한다면 그들은 꽤 질서정연하게 퇴장한다.

리제는 쇼핑백과 핸드백을 들고 차에서 나오며 옷이 훼손되지 않았는지 살핀다. 정비소의 정비공들은 사건에 대해 목청껏 한마디씩 던지고 있다. 그중 하나는 배를 움켜쥐고는 자신이 중독된 게 틀림없다며, 최루탄이 입힌 영구 손상에 대해 경찰을 고소할 거라 천명한다. 또 다른 정비공은 목을 쥐고 숨이 막힌다며 헐떡인다. 다른 이들은 모국어의 저속하고 외설적인 조롱조 표현을 동원하여, 그들 없이도 사는 데 아무 지장이 없다며 학생들의 연대 행위에 악담을 퍼붓는다. 리제가 절뚝이며 등장하자 모두가 말을 멈춘다. 남자들은 총 여섯 명으로, 그중에는 젊은 견습생 한 명과 작업복 대신 흰 셔츠와 바지를 걸쳐 확고한 소유주의 분위기를 풍기는 건장한 몸집의 남성이 끼어 있다. 리제를 자기 정비소를 휩쓸고 간 골칫거리의 잔류물로 간주한 건지, 이 커다란 남성은 리제에게 돌아서 분노를 쏟아내며 무절제한 히스테리를 부린다. 그는 리제에게 그녀가 사는 사창가로 돌아가라면서, 그녀의 할아버지가 열 번이나 오쟁이를 졌다는 것과 리제가 어느 배수로에서 잉태되어 또 다른 배수로에서 태어났다는 것을 일깨워준다. 요점을 전달하기 위해 몇몇 예시를 더한 그는 마침내 리제를 학생이라 부른다.

리제는 어느 정도 도취된 채 서 있다. 표정만 봐서는 거의 위안을 받은 듯한 모습인데, 이 사태가 공황 이후 극도의 긴장 상태를 완화해준 탓일 수도, 다른 이유가 있을 수도 있다. 그렇긴 하지만, 그녀는 손을 올려 두 눈을 가리며 이 나라 말로 말한다.

"세상에, 제발요. 저는 관광객이에요. 뉴저지, 아이오와에서 온 교사라고요. 발을 다쳤어요."

손을 떨어뜨린 그녀는 검은색의 기다란 기름 자국이 남은 자기 코트를 바라본다.

"제 옷을 좀 보세요. 새 옷인데. 세상에 태어나지 않는 게 제일이에요. 저희 부모님이 피임하셨더라면 좋았을 거예요. 당시에 피임약이 있었다면 얼마나 좋았겠어요. 토할 것 같아요. 끔찍한 기분이에요."

남자들 모두는 리제에게 깊은 인상을 받는다. 몇몇은 뚜렷하게 화색을 띤다. 정비소 주인은 양팔을 벌리고 이쪽저쪽으로 몸을 돌리며 모두에게 자신이 빠진 진퇴양난의 상황을 목격하게 한다.

"제가 어떻게 알았겠습니까? 죄송하지만, 전 아가씨가 학생 중 하나라고 생각했어요. 학생들에게 여간 시달리고 있는 게 아니라

서요. 정말로 미안합니다, 아가씨. 도움이 필요하신가요? 응급 처치 요원을 부르겠습니다. 일단 와서 앉으시죠, 아가씨. 여기, 제 사무실 안에 앉으세요. 밖에 도로 상황을 보셨죠, 지금 상황에서 어떻게 구급차를 부르겠어요? 앉아요, 아가씨."

그 뒤 작은 창문이 달린 좁은 방으로 리제를 안내한 그는, 조그맣고 경사진 장부 정리 책상 옆 유일한 의자에 그녀를 앉히고 직원들에게는 일이나 하라고 호통을 친다.

리제가 말한다.

"부탁이니 아무도 부르지 마세요. 저는 택시를 타고 호텔로 돌아가면 되니까요."

"택시라니! 지금 도로 상황을 보세요!"

정비소의 아치형 입구 밖으로 꽉 막혀 오도 가도 못 하는 차들이 보인다.

주인은 계속해서 도로를 이리저리 살펴보다 리제에게 돌아오길 반복한다. 그는 리제의 코트를 닦을 벤진과 천을 찾는다. 용도에 맞는 깨끗한 천이 없자 자그마한 사무실 문 뒤편에 걸린 코트의 가슴 주머니에서 하얗고 커다란 손수건을 꺼내온다. 리제는 검은 얼룩이 진 코트를 벗어놓고, 주인이 벤진에 적셔 갖다 댄 손수건 아래서 얼룩이 지저분하게 번져나가는 동안 신발을 벗고 발을 문지른다. 그녀는 한쪽 발을 비스듬한 책상 위에 올려놓고 비빈다.

"그냥 멍이 들었을 뿐이에요. 삐진 않았네요. 운이 좋았죠. 결혼하셨어요?"

거구의 남자가 답한다.

"네, 아가씨. 결혼했지요."

그러더니 기운 넘치게 수행하던 작업을 중단하고는 리제를 조심스러운 눈길로 살피듯 바라본다.

"아이가 셋입니다. 아들 둘에 딸이 하나죠."

그는 사무실 밖 갖가지 작업에 분주한 직원들을 내다보는데, 한두 명이 책상에 발을 올린 리제에게 흘깃 시선을 주긴 하지만 누구도 고용주가 텔레파시로 전달하고 있을지 모르는 곤경의 신호를 감지한 것 같지는 않다.

덩치 큰 남자가 리제에게 묻는다.

"그럼 당신은요? 결혼하셨나요?"

"저는 과부예요. 그리고 지식인이죠. 지식인 집안 출신이에요. 고인이 된 제 남편도 지식인이었어요. 아이는 없답니다. 남편은 교통사고로 사망했어요. 그는 건강 염려증을 앓아서 자기가 하늘 아래 존재하는 모든 질병에 시달린다고 생각했어요."

"이 얼룩을 지우려면 드라이클리닝을 맡기셔야겠습니다."

그가 굉장히 조심스럽게 리제가 입을 수 있도록 코트를 내밀며 말한다. 이 구식 요부가 자신의 정비소에서 나가주길 바라는 듯 코트를 들고 있는 동안, 그의 시선은 어디에도 머물지 못하고 이리저리 방황한다.

책상에서 발을 내린 리제는 일어서서 신을 신고 원피스의 치마 부분을 흔들더니 남자에게 묻는다.

"색이 마음에 드세요?"

"감탄스러울 정도네요."

남자가 대답한다. 지식인 집안 출신에 겉모습은 부조화한, 곤경에 처한 이국의 숙녀와 대치하며 그는 눈에 띄게 자신감을 잃고 있다.

"차들이 움직이기 시작했네요. 택시나 버스를 타야겠어요. 시간이 늦었으니까요."

리제가 사무적인 태도로 코트를 입으며 말한다.

"아가씨는 어디 머물고 계십니까?"

"힐튼 호텔요."

리제가 대답한다.

그는 무력하고 어쩔 수 없다는 죄책감에 짓눌린 듯 정비소를 돌아보며 말한다.

"차로 데려다드려야겠는데."

그는 근처 정비공에게 중얼거린다. 정비공은 대답하지 않지만, 자기가 결정할 일은 아니라는 듯 가벼운 손짓을 해 보인다.

여전히 정비소 주인은 망설이고, 리제는 그의 말을 듣지 못한 것처럼 소지품을 챙겨서 손을 내민다.

"안녕히 계세요. 도움에 감사드려요."

그리고 나머지 남성들을 향해 외친다.

"가 볼게요. 안녕히들 계세요. 정말 고마워요!"

덩치 큰 주인은 리제의 손을 붙잡고 놓지 않는다. 그 자체로 이 예기치 못한, 이국적이고 지적이면서도 자신에게 허용된 것이 분명한 보물을 놓치지 않겠다는 내면의 결단을 드러내는 듯하다. 아무튼 그는 자신이 바보가 아니라는 듯 그녀의 손을 잡는다.

"아가씨, 제가 차로 호텔까지 데려다드리죠. 이 혼란한 상황에서 혼자 가시게 할 수는 없습니다. 버스를 타려면 몇 시간은 있어야 할 거예요. 택시는 불가능에 가깝고요. 학생, 다 학생들 덕이죠."

그리고는 날카로운 목소리로 견습생을 불러 차를 가져오라고 한다. 갈색 폭스바겐으로 향하는 견습생에게 그가 고함을 지른다.

"피아트!"

그러자 견습생은 먼지 쌓인 크림색 피아트 125로 방향을 틀어 앞창을 걸레로 문지른 다음 차에 올라 주 경사로로 몰고 온다.

리제는 손을 빼내고 저항한다.

"이보세요, 저는 데이트가 있어요. 이미 늦었다고요. 친절한 제안이지만 죄송하게도 수락할 수가 없네요."

그녀가 한 덩어리처럼 천천히 움직이는 차량과 버스 정류장 앞에 늘어선 줄을 내다보고는 말한다.

"걸어가야겠군요. 길은 알고 있으니까요."

"아가씨. 반대 의견은 듣지 않겠습니다. 제가 원해서 데려다드리겠다는 겁니다."

그는 리제를 견습생이 문을 열고 기다리는 차로 데려간다.

"저는 당신을 잘 알지도 못하는걸요."

"저는 카를로라고 합니다."

남자가 리제를 태우고 문을 닫으며 답한다. 그는 소리 없이 히죽대는 견습생을 무슨 의미로건 한 번 밀친 뒤에, 차를 돌아 반대편 문으로 간다. 그는 길을 향해 천천히 운전해 나가서, 느리고 조심스럽게 긴 차량 사이의 틈을 찾아서는 그 사이로 끼어들고, 다가오는 차량은 그의 차가 차량 행렬에 합류할 동안 멈춰 선다.

카를로의 차가 도로에서 속도를 높였다 줄였다 하는 동안 날은 어두워지고, 그동안 카를로는 혼란을 초래한 학생과 경찰을 격렬히 비난한다. 드디어 뻥 뚫린 구간으로 진입하자 카를로가 말한다.

"제 아내는 못된 여자죠. 한 번은 제가 없다고 생각하고 통화하는 걸 들었거든요. 다 들었다고요."

"내 존재를 드러내지 않고 엿듣는 대화는 항상 더 심각하게 들린다는 사실을 아셔야만 해요. 원래 의도보다 훨씬 더 좋지 않게 들린다는 것을요"

"이건 정말 심각했어요."

카를로가 투덜거린다.

"아내의 통화 상대는 남자였거든요. 아내와는 육촌 관계의 사촌이죠. 그날 밤 아내와 대판 싸웠죠. 하지만 아내는 부정합니다.
어떻게 부정할 수가 있죠? 제가 다 들었는데도요."

"만일 지금 제게 품은 어떤 기대를 정당화하려고 이러시는 거
라면 단단히 오해하신 거예요. 원한다면 저를 여기 내려주셔도 돼
요. 아니면 힐튼 호텔에서 음료나 한 잔 사주시고 헤어지든지요.
청량음료를 말하는 거예요. 저는 술은 안 마셔요. 전 데이트가 있
고 이미 늦었거든요."

"도시에서 조금만 벗어나면 제가 아는 장소가 있어요. 제가 피
아트를 끌고 온 건 아시죠? 앞좌석이 뒤로 완전히 젖혀지죠. 편안
하실 거예요."

"당장 멈춰요. 아니면 창밖으로 머리를 내밀고 도와달라고 외
치겠어요. 당신이랑 섹스하고 싶지 않아요. 섹스는 제 관심사가
아니에요. 제겐 다른 관심사가 있고, 사실 반드시 해치워야만 하
는 일도 있어요. 당장 멈추라니까요."

그녀가 운전대를 잡고 갓길로 차를 돌리려고 한다.

"알겠어요, 알겠습니다."

리제의 개입으로 약간 방향을 튼 차에 대한 통제력을 되찾으며
그가 말한다.

"알겠습니다. 힐튼으로 데려다드리죠."

"힐튼으로 가는 길처럼 보이지 않는데요."

리제가 말한다. 눈앞의 신호등이 빨갛게 바뀌었으나 이 넓고 어

두운 주택가의 도로는 거의 비어 있다시피 해서 카를로는 위험을 감수하고 그대로 달린다. 리제는 창밖으로 머리를 내밀고 도와달라고 외친다.

그는 저편으로 작은 빌라 두 채의 불빛이 보이는 바깥 차선에 멈춘다. 그 너머로는 균열투성이의 바위뿐이다. 그가 리제를 껴안고 세차게 키스하자, 리제는 그를 걷어차고 밀어내려 애쓰며 거부의 뜻을 표한다. 숨을 돌리려 멈춘 그가 말한다.

"이제 의자를 젖히고 제대로 해봅시다."

그러나 벌써 차 밖으로 뛰쳐나간 리제는 한 집의 문을 향해 내달리며 입을 닦고 소리친다.

"경찰, 경찰을 불러줘요!"

덩치 큰 카를로가 문밖에서 그녀를 제압한다.

"입 다물어요. 조용히 하고 차로 돌아가요. 부탁입니다. 다시 데려다드리겠다고 약속하죠. 미안합니다, 아가씨. 제가 다치게 한 것도 아니잖아요? 그냥 키스 좀 했을 뿐이죠. 키스가 뭐 별건가요."

달려간 리제가 운전석의 문에 손을 뻗자 그가 뒤에서 소리친다.

"반대쪽이에요!"

차에 탄 리제는 시동을 걸고 빠르게 후진해 차선을 벗어난다. 그녀는 몸을 구부려 반대편 문을 잠가 가까스로 카를로를 막는다.

"당신은 절대 내 취향이 아니에요!"

리제가 소리친다. 그러고는 출발하는데, 빠른 속도 때문에 카를로는 막 붙잡았던 뒷문을 여는 데 실패한다. 그런데도 그는 차를 쫓아 달려오고, 리제는 계속해서 소리친다.

"경찰에 신고한다면 진실을 밝히고 당신 가족에게도 추문을 알리겠어요."

곧이어 그녀는 멀리, 그에게서 완전히 벗어난다.

능숙한 솜씨로 질주하던 리제는 적절한 때에 신호등 앞에 멈춘다. 신호를 기다리는 동안 그녀는 부드럽게 노래를 흥얼대기 시작한다.

이 중 누굴 고를까요
감자는 어떻게 해드릴까요?
프라이팬 속 약간의 그레이비는
식인종 섬의 왕을 위한 것이지.*

그녀의 쇼핑백은 차 바닥에 놓여 있다. 신호가 바뀌길 기다리는 동안 그녀는 쇼핑백을 의자 위에 올려놓고 지퍼를 열어 각기 다른 모양의 포장된 물건들이 보람찬 하루 노동의 결실이라도 되는 양 일종의 만족감 어린 시선으로 바라본다. 그녀는 교통 체증이 시작

---

* "잉키-핑키-윙키-웡Inky-pinky-winky-wong"으로 시작되는 영미권의 구전 동요로 여러 사람 중 한 명을 고를 때 부르는 노래다.

된 교차로에 다다른다. 그곳에서 근무 중인 경찰의 지시에 따라 교차로를 지나가며 그녀는 창문을 열고 그에게 힐튼 호텔로 가는 길을 묻는다.

젊은 경찰은 길을 알려주기 위해 몸을 숙인다.

"권총 가지고 계세요?"

리제가 묻는다. 당황한 기색의 그가 답하지 못하는 동안 리제가 덧붙인다.

"왜냐하면, 그렇다면 절 쏘실 수도 있을 테니까요."

리제는 여전히 말문이 막힌 경찰을 두고 떠난다. 거울 속으로 멀어지는 차를 바라보는 경찰이 보인다. 아마도 차 번호를 유념해 두려는 것이리라. 실제로 그는 차 번호에 주목하고 있으며, 다음 날 오후 그녀의 시체를 보게 되었을 때 "네, 그 여자가 맞아요. 얼굴을 알아보겠네요. '총을 가지고 있다면 저를 쏘실 수 있겠네요' 라고 했어요"라고 말했다. 이는 몇 시간 뒤 차와의 연결 고리가 발견되어, 여섯 시간의 취조 후에 가까스로 풀려난 카를로의 사생활에 벌어질 다양한 문제로 이어진다. 나라 안 모든 신문에는 카를로는 물론 의욕적으로 기자 회견을 주최한 젊은 견습생의 사진까지 실릴 것이다.

그러나 지금, 리제의 차는 힐튼 호텔 입구에 채 들어가지 못하고 멈춰 서 있다. 앞에는 차가 몇 줄로 늘어 서 있고, 그 앞에는 경찰 무리가 있다. 반대편 입구의 주차 구역에는 두 대의 경찰차가 보인다. 나머지 진입로에는 네 대의 커다란 리무진이 줄지어 서 있고, 각각의 곁에는 제복 입은 운전사가 대기 중이다.

호텔 출입문 양쪽에 모인 경찰들의 얼굴에 밝은 불빛이 비치고, 검은 옷차림에 검은 머리칼을 높이 손질한, 일란성 쌍둥이로 보이는 두 명의 여인이 계단을 내려와 모습을 드러낸다. 그 뒤로 셰이크* 같은 머리 장식과 옷차림, 주름진 얼굴과 반짝이는 눈을 한 중요 인물 같은 아라비아인이 땅에서 약 5센티미터 정도 둥둥 떠 있는 듯한 걸음으로 등장한다. 양옆에는 사업용 정장에 안경을 쓴 두 명의 남성이 있다. 로브 차림의 남성이 첫 번째 리무진으로 다가가자 검은 옷을 입은 두 명의 여인은 존경을 품은 고용인 같은 태도로 물러서고, 그가 리무진 안쪽 깊숙이 몸을 싣는 동안 다른 두 남자도 물러선다. 그 후 검은 옷을 입고 얼굴 아래의 반쪽을 베일로 가렸으며 머리를 천으로 감싼 여인 두 명이 내려온다. 그 뒤를 따르는 두 명의 남자 시종은 옷걸이에 걸어 비닐을 씌운 옷 여러 벌을 높이 치켜들고 있다. 수행원의 나머지 구성원들도 둘씩 짝을 지어 내려오는데, 어찌나 합이 잘 맞는지 하나의 영혼을 공유하고 있는 게 아니라면, 완벽하게 숙련된 베르디 오페라의 코러스 배역인 듯한 느낌마저 든다. 빨간 페즈Fez** 를 제외하면 서구식

* 아랍 국가의 족장이나 우두머리, 왕족을 칭하는 고유어다.

** 챙이 없으며 위쪽에 검은 술이 달린 원통형의 빨간 모자로 튀니지의 수도 튀니스에서 유래했다고 여겨지며 오스만 제국 시대에 널리 전파되었다.

으로 차려입은 두 명의 남성도 때맞춰 기다리던 리무진에 올라타고, 리제가 구경꾼들 사이에 합류하기 위해 막 차에서 나오는 순간 구겨진 회색 바지와 흰 셔츠를 입은 두 젊은 아랍인이 행렬을 마무리한다. 각자 들고 있는 커다란 바구니에는 오렌지가 가득하고, 그 사이로 거대한 보온병이 얼음 바구니 속 샴페인처럼 비스듬히 자리 잡고 있다.

리제 근처에서는 꼼짝 못 하는 택시와 차 안에서 나와 차도 위에 서 있던 사람들이 이 사건을 두고 토론 중이다.

"이리로 휴가 왔다는 걸 텔레비전에서 봤어. 쿠데타가 일어나서 돌아가는 거래."

"왜 돌아가야 하는 거지?"

"아니, 장담하는데 안 돌아갈걸. 절대로."

"어느 나라라는데? 우리에게 영향이 없어야 할 텐데. 지난번 쿠데타 때는 주식이 하락해서 거의 정신이 나가는 줄 알았다고. 심지어는 뮤추얼 펀드도……."

경찰들은 차로 돌아갔고, 카라반은 그들의 호위를 받으며 장중하게 행차한다.

급히 카를로의 차로 돌아간 리제는 차를 최대한 빨리 주차장으로 몰고 간다. 주차장에 차를 세운 리제는 열쇠를 뽑는다. 그 후 호텔 안으로 뛰어드는 그녀에게 수위는 분개한 듯한 시선을 던지는데, 짐작건대 그녀의 조급함, 옷차림, 코트 위에 번진 얼룩, 저녁나절 벌어진 일련의 사건의 결과인 헝클어진 면모는 물론, 그의 내장된 계산 체계가 '낮음'으로 평가한 그녀의 지출 규모가 못마땅한 것이리라.

곧장 여성 화장실로 가서 겉모습을 최대한으로 수습한 리제는 부드러운 조명이 밝혀진 편안한 의자에 앉아 쇼핑백에 담긴 물건을 하나하나 점검하며 곁에 있는 작은 테이블 위에 늘어놓는다. 푸드 블렌더가 든 상자는 겉면만 만져본 뒤 쇼핑백에 다시 집어넣는다. 넥타이가 든 부드러운 꾸러미도 열지 않은 채 둔다. 하지만 사라진 듯한 뭔가를 찾아 핸드백을 뒤진 끝에, 대신 립스틱을 꺼내서는 그 위에 '아빠'라고 적는다. 그녀는 봉해지지 않은 종이봉투를 들여다본다. 주황색 스카프가 들어 있다. 스카프를 제자리에 넣어둔 그녀는 검은색과 흰색의 스카프가 든 또 다른 가방을 꺼낸다. 스카프를 다시 개킨 그녀는 립스틱을 사용해 포장 겉면에 커다란 대문자로 '올가'라고 적는다. 또 다른 꾸러미 앞에서는 어리둥절해한다. 눈을 반쯤 감고 둘레를 더듬어보던 그녀가 꾸러미를 연다. 남성용 실내화가 들어 있다. 피드커 부인이 상점에서 잃어버린 줄 알았던 물건으로, 사실은 리제의 가방 속에 넣어두었던 것이다. 리제는 꾸러미를 다시 감싸 쇼핑백에 넣는다. 마지막으로는 문고판 책을 꺼내고 이어 길쭉한 꾸러미를 꺼내 연다. 선물 상자에는 칼집에 든 금박 입힌 종이칼이 들어 있는데, 이 역시 피드커 부인의 물건이다.

리제는 느릿하게 립스틱을 가방 안에 넣고 책과 종이칼이 든 상자는 곁의 테이블 위에, 쇼핑백은 바닥에 내려둔 뒤 핸드백 안의 내용물을 점검한다. 현금, 도시 지도가 끼워진 여행용 책자, 오늘 아침 가져온 여섯 개의 열쇠, 카를로 차의 열쇠, 립스틱, 빗, 파우더 콤팩트와 항공권이 있다. 살짝 입술을 벌린 그녀는 긴장이 풀린 듯 의자에 기대지만 부릅뜬 눈에 평화로운 기색이라고는 없다. 그녀는 다시 한번 핸드백 속 내용물을 훑어본다. 지폐가 든 지갑과 동전이 든 동전 지갑이 있다. 그녀가 너무나 갑작스레 몸을 세우는 통에 세면대 옆 구석에서 멍하니 앉아 있던 화장실 안내원이 놀라 자리를 박차고 일어선다.

리제는 소지품을 챙긴다. 종이칼이 든 상자를 쇼핑백 옆면에 신중하게 밀어 넣고 지퍼를 닫는다. 핸드백에 들어 있던 소지품들도 여행길에 가지고 온 여섯 개의 열쇠를 제외하고는 가지런히 제자리를 찾는다. 책을 손에 든 그녀는 화장실 안내원에게 주는 동전을 두는 접시 위에 열쇠 여섯 개를 쨍그랑 소리와 함께 내려놓으며 말한다.

"이제 제게는 필요 없을 거예요."

그 후 쇼핑백과 책, 핸드백을 들고, 새로 빗은 머리와 말쑥해진 얼굴을 한 그녀는 문을 밀고 나와 라운지로 향한다. 호텔 데스크 위 시계는 아홉 시 삼십오 분을 가리키고 있다. 바로 라운지로 들어간 그녀는 주변을 둘러본다. 수다 떠는 무리가 탁자 대부분을 차지하고 있다. 그녀는 후미진 곳의 빈 탁자에 앉아 위스키를 시키고, 머뭇대는 웨이터를 재촉한다.

"기차 시간에 맞춰야 해서요."

물 한 병 그리고 땅콩 한 그릇과 함께 위스키가 나온다. 그녀는 위스키에 물을 부어 아주 약간 홀짝이고는 땅콩을 전부 먹어 치운다. 유리잔의 내용물을 다시 약간 홀짝인 그녀는 거의 줄어들지 않은 술잔을 내려놓고, 자리에서 일어나 웨이터에게 영수증을 가져오라 손짓한다. 가방에서 꺼낸 지폐로 고가의 식사 비용을 지불한 그녀는 웨이터에게 잔돈을 가지라고 말한다. 굉장히 후한 팁을 준 셈이다. 이를 의심 서린 위엄과 함께 수락한 웨이터는 바를 떠나는 그녀의 모습을 바라본다. 내일이면 청하지도 않았건만 그녀의 삶을 스쳐 간 사건에 몸서리치는 화장실 안내원과 함께, 그 역시 경찰에게 증언의 한 조각을 제공하게 될 것이다.

리제는 호텔 라운지에 뚝 멈춰서 미소 짓는다. 그러고는 더는 망설이지 않은 채 안락의자가 모여 있는 곳으로 다가가는데, 앉아 있는 사람은 한 명뿐이다. 병색을 띤 남자다. 리제가 그에게 다가서는 순간, 몸을 숙여 그의 말에 귀 기울이고 있던 제복 차림의 기사가 그의 손짓에 응해 뒤돌아 떠난다.

"거기 계셨네요! 종일 당신을 찾아다녔어요. 어디 가셨던 거예요?"

리제가 말한다.

남자가 자리를 바꿔 그녀를 바라본다.

"제너는 요기하러 갔소. 그 후에 우린 빌라로 돌아갈 거요. 시내로 돌아오자고 이 먼 길을 오다니 성가시기 짝이 없군. 제너에게 삼십 분 안에 돌아오라고 전해주시오. 우린 떠나야 하니까."

"그 사람은 금방 돌아올 거예요. 우리 비행기에서 만났는데, 기억 안 나세요?"

"셰이크 말이오, 자기 나라의 빌어먹을 불한당들에게 뒤통수를 맞고 나라를 뺏겼지. 이제 그는 왕좌건 뭐건 자기가 앉았던 자리를 빼앗겨버렸어. 우린 같이 학교에 다녔지. 왜 나를 불러낸 거지? 그가 날 전화로 불러냈소. 시내로 되돌아오는 이 먼 길을 오게 하더니 막상 우리가 여기 도착하자 자기는 빌라에 못 오겠다는 거요. 쿠데타가 발생했다면서."

"제가 빌라에 데려다드릴게요. 자, 제 차로 가요. 밖에 차를 대놨어요."

"마지막으로 셰이크를 본 건 1938년이었지. 우린 같이 사파리 여행을 갔었어. 그는 대형 사냥감을 쏘는 데는 영 재주가 없었소. 중요한 건 자취가 나타나길 기다리는 거요. 자취 사냥이라고 불리는 데는 다 이유가 있거든. 짐승이 사냥감을 처치해서 덤불로 끌고 가면 그 자취를 쫓아가지. 어디에 사냥감을 남겨뒀는지 알아두기만 하면 다 된 거요. 망할 짐승은 다음 날 사냥감을 먹어 치우러 온다오. 맛이 가기 직전의 상태를 좋아하거든. 그때 주어지는 단

몇 초가 전부요. 당신이 여기 있으면 저기에 또 다른 사냥꾼이, 이쪽에 세 번째 사냥꾼이 있소. 여기서 총을 쏠 수는 없어요. 저기 다른 사냥꾼이 있고, 그 사람을 쏠 위험이 있으니까. 이쪽이나 저기 저쪽에서 총을 쏴야 하지. 그리고 이 셰이크, 나와 수년 동안 알고 지낸, 같은 학교를 나온 이 망할 멍청이는 4.5미터 거리에서 1.5미터 차이로 명중에 실패했소."

그의 눈은 정면을 향하고, 입술은 경련을 일으킨다.

"당신은 제 취향이 아니네요. 그렇다고 생각했는데, 착각이었어요."

리제가 말한다.

"뭐라고? 뭘 좀 마시겠소? 제너는 어디 있지?"

리제는 가방의 손잡이를 그러쥐고 책을 집어 든다. 이미 멀어진 과거의 기억을 응시하는 듯 남자를 향해 흐릿한 시선을 던진 그녀는 인사도 하지 않고 떠난다. 꼭 오래전 이미 그에게 작별을 고했던 것처럼.

현관에서 그녀는 몇몇 사람들을 지나치는데, 그들은 오늘 하루 동안 다른 사람들이 그녀에게 보였던 것과 같은 무심한 호기심을 담은 눈길을 던진다. 대부분은 관광객이어서 이미 특출난 광경을 많이 본 그들의 관심은 또 다른 구경거리 한 가지에 오래 머물지 않는다. 밖으로 나간 그녀는 카를로의 차를 대둔 주차장으로 가지만 차를 찾지 못한다.

그녀는 수위에게 가서 묻는다.

"차를 잃어버렸어요. 피아트 125인데. 피아트 몰고 나가는 사람을 못 봤나요?"

"아가씨, 한 시간에 여길 드나드는 피아트만 해도 스무 대가 넘습니다."

"하지만 저기 댄 지 한 시간도 안 됐어요. 크림색 피아트고, 좀 지저분해요. 여행 중이거든요."

수위가 벨보이를 불러 주차 요원을 찾아오게 하자, 곧 주차 요원이 더 부유한 고객과의 대화를 방해받아 화가 난 기색으로 모습을 드러낸다. 그는 덩치 큰 남자가 크림색 피아트를 몰고 가는 것을 보았다고 인정하는데, 주인이리라 추측했다고 한다.

"여분의 열쇠가 있었던 모양이군요."

"이 아가씨가 몰고 오시는 걸 못 봤어?"

수위가 묻는다.

"못 봤어요. 왕족과 경찰 때문에 정신이 없어서요. 아시잖아요. 게다가 이 아가씨는 제게 차에 신경 써달라는 말씀도 안 하셨다고요."

리제는 가방을 열며 말한다.

"뭐, 팁은 나중에 드릴 생각이었지만, 그냥 지금 드리죠."

그러고는 그에게 카를로의 차 열쇠를 내민다.

수위가 말한다.

"이보세요, 아가씨. 우리는 아가씨 차를 책임져드릴 수 없습니다. 데스크의 수위에게 가시면 경찰에게 연락해드릴 겁니다. 이 호텔에 숙박 중이신가요?"

"아뇨. 택시를 잡아줘요."

"면허증은 가지고 계신가요?"

주차 요원이 묻는다.

"저리 가요. 당신은 내 취향이 아니니까."

리제가 답한다.

울그락불그락하는 주차 요원 역시 내일의 증인 중 하나다.

한편 수위는 택시에서 내리는 새 손님들을 돕느라 분주하다. 리제가 택시 기사를 부르자 택시 기사는 그녀를 태우겠다는 합의의 표시로 고개를 끄덕인다.

승객들이 내리자마자 리제는 차 안으로 뛰어든다.

주차 요원이 소리친다.

"그 차가 틀림없는 당신 차였습니까, 아가씨?"

창밖 자갈길 위에 카를로의 키를 내던진 그녀는 뺨 위로 눈물을 떨구며, 기사에게 메트로폴 호텔로 가 달라고 말한다.

"괜찮으신 겁니까, 아가씨?"

기사가 묻는다.

"시간이 늦어지고 있어요. 너무 늦어지고 있다고요."

리제가 울면서 답한다.

"아가씨, 더 빨리 갈 수는 없습니다. 도로 상황을 좀 보세요."

"제 남자친구를 찾을 수가 없어요. 어디로 가버린 건지 모르겠어요."

"남자친구가 메트로폴 호텔에 있다고 생각하세요?"

"언제나 가능성은 있죠. 저는 실수가 잦거든요."

6

강렬한 빛을 공명정대하게 흩뿌리는 메트로폴의 샹들리에 아래, 입구 근처 탁자에 침울하게 앉아 있는 매크로바이오틱 전도사 빌의 모습이 보인다. 들어서는 리제를 본 빌은 튀어 오르듯 일어나 그녀를 반기고, 그가 표현하는 기쁨은 로비 전체에 감명을 준다. 게다가 빌이 어찌나 서둘렀던지, 그가 붙들고 있던 덜 잠긴 비닐봉지에서 흩뿌려진 쌀이 그의 발걸음을 따라 작은 길을 만든다.

함께 그의 자리로 돌아간 리제는 의자에 앉는다.

"제 코트 좀 보세요. 학생들 시위 현장에 휘말렸지 뭐예요. 최루탄 때문에 아직도 눈물이 나고요. 힐튼에서 중요 인물인 셰이크와 저녁 약속이 있었는데, 선물로 줄 실내화를 사다가 너무 늦어버렸어요. 사파리 여행을 한 적이 있다더군요. 그러니 어쨌든 제 취향의 남자는 아니었던 거죠. 동물을 사냥하다니."

"막 당신을 포기하려던 참이었어요. 여기 일곱 시까지 오시기로 하지 않으셨습니까. 점차 자포자기의 심정이 되고 있었죠."

그는 미소로 드러낸 이와 눈을 빛내며 리제의 손을 잡는다.

"다른 사람과 저녁 식사를 하는 잔인한 일을 하진 않으셨겠죠. 저는 배가 고픕니다."

"게다가 제 차를 도둑맞았어요."

"무슨 차 말입니까?"

"그냥, 제 차요."

"차를 가지고 계신 줄 몰랐네요. 임대하신 건가요?"

"당신은 저에 대해 전혀, 아무것도 몰라요."

"뭐, 제게 차가 있습니다. 친구가 빌려주었죠. 그 차를 타고 음-양-영 문화 센터를 시작하기 위해 최대한 빨리 나폴리로 갈 예정입니다. '세계는 어디로 가고 있는가?'라는 제목의 강연으로 활동을 시작할 거예요. 매크로바이오틱을 실천하는 삶에 대한 기본적인 소개를 하는 거죠. 별문제 없이 젊은 친구들을 끌어들일 수 있을 거예요."

"시간이 늦어지고 있어요."

"당신을 거의 포기하려던 참이었어요."

빌이 리제의 손을 꽉 움켜쥔다.

"밖으로 나가 다른 여자를 찾아보려던 참이었어요. 저는 여자를 좋아하는 별종이죠. 꼭 여자여야만 하거든요."

"술 한잔해야겠어요. 술 한 잔이 필요해요."

"아뇨, 안 됩니다. 절대로 안 돼요. 이 요법에서 술은 제외입니다. 제가 아는 집에 함께 식사하러 가시죠."

"누구 집인데요?"

"제가 아는 매크로바이오틱을 실천하는 가족이죠. 저녁을 잘 대접해줄 겁니다. 아들 셋과 딸 넷이 부모님과 함께 살죠. 쌀과 당근을 먹은 후 쌀 비스킷과 염소 치즈, 익힌 사과를 먹을 겁니다. 설탕은 전혀 들어 있지 않아요. 그 가족은 정통파라 여섯 시에 식사하지만, 제가 따르는 갈래는 늦은 식사를 허용하죠. 그렇게 해야 젊은이들과 말이 통하거든요. 그러니 가서 식사를 데워달라고 합시다. 어서요!"

"최루탄의 여파가 아직도 가시지 않았어요."

그녀의 눈에 눈물이 글썽인다. 자리에서 일어난 리제는 쌀로 된 자취를 남기는 빌이 메트로폴 로비 내 모든 인물의 눈앞을 지나쳐 거리로 나와, 차도에 주차된 작은 검은색 실용신안 차량에 이르기까지 자신을 인도해가도록 한다.

"마침내 우리가 함께하게 되어 정말 기쁩니다."

빌이 차에 시동을 걸면서 말한다.

"말해두지만, 당신은 제 취향이 아니에요. 확실하죠."

리제가 훌쩍이며 답한다.

"저를 잘 알지도 못하시면서요! 저에 대해 전혀 모르시잖아요."

"하지만 제 취향은 잘 알죠."

"당신에겐 사랑이 필요해요."

빌이 그녀 무릎에 손을 얹으며 말한다.

리제는 그에게서 시선을 돌린다.

"조심해서 운전하세요. 친구분들은 어디 사시죠?"

"공원 반대편이요. 정말 배가 고프군요."

"그럼 서두르셔야죠."

"시장하지 않으십니까?"

"아뇨, 저는 외로워요."

"저랑 있으면 외롭지 않으실 거예요."

그들은 공원에 접어든다.

"이 길 끝에서 우회전하세요. 지도상으로는 거기 길이 있어요. 보고 싶은 게 있거든요."

리제가 말한다.

"좀 더 가면 더 좋은 장소가 많아요."

"우회전하라고 말했잖아요."

"신경질 내지 말아요. 당신은 긴장을 풀 필요가 있어요. 당신 신경이 그렇게 날카로운 건 잘못된 음식을 먹고 액체를 너무 많이 섭취해서죠. 하루 세 잔의 액체면 충분합니다. 소변은 하루 두 번만 보면 되고요. 여성은 두 번, 남성은 세 번이죠. 그 이상 소변을 봐야 한다면 당신은 너무 많은 액체를 섭취하고 있는 겁니다."

"여기네요. 우회전하세요."

빌은 주변을 둘러보며 천천히 우회전한다.

"어디로 연결되는 길인지 모르겠네요. 하지만 큰길을 따라 좀 더 가면 아주 편리한 장소가 있죠."

"무슨 장소요? 무슨 장소를 말씀하시는 거죠?"

"오늘치 오르가슴을 달성하지 못했거든요. 이 변형된 요법에서 아주 필수적인 부분이죠. 제가 말씀 안 드렸나요? 다수의 매크로 바이오틱 변형 요법에서 오르가슴은 필수 요소입니다. 나폴리 젊은이들이 필수적으로 학습해야 하는 것 중에 하나죠."

"저랑 섹스를 하게 될 거라고 생각하신다면, 단단히 착각하신 거예요. 제겐 섹스할 시간이 없어요."

"리제!"

"정말이에요. 단언하는데, 제게 섹스는 아무 소용이 없어요."

리제가 깊은 곳에서 우러나온 웃음소리를 낸다.

가로등 사이 간격이 넓은 도로는 어둡다. 빌은 좌우를 자세히 살핀다.

"저기 건물이 하나 있어요. 파빌리온이 틀림없어요. 그리고 책자에서 본 바로는 저 뒤의 오래된 빌라를 복구해서 미술관으로 만들 거라는군요. 하지만 저는 파빌리온이 보고 싶어요."

파빌리온이 있는 자리에는 몇 대의 차와 전기 자전거가 주차되어 있다. 이곳으로 연결된 또 다른 도로 위에는 십 대 소년 소녀들이 나무, 자동차 등 기댈 수 있는 곳이라면 어디든지 나른하게 몸을 기대고 서로를 바라보고 있다.

"여기는 어림도 없어요."

빌이 말한다.

"멈춰요, 나가서 둘러보고 싶단 말이에요."

"사람이 너무 많아요. 대체 무슨 생각이에요?"

"파빌리온이 보고 싶을 뿐이에요."

"왜죠? 낮에 오시면 되지 않습니까. 그게 훨씬 나아요."

삼 층으로 된 우아한 파빌리온 앞에는 몇 개의 철제 탁자가 흩어져 있고, 이 층의 외벽 위에는 예스러운 도금 프리즈 장식이 보인다.

빌은 다른 차들 곁에 주차한다. 몇몇 차 안에서는 연인들의 정사가 한창이다. 리제는 차가 멈추자마자 밖으로 뛰쳐나간다. 쇼핑백과 책은 차 안에 남겨둔 채 핸드백만을 가져간다. 그 뒤를 쫓아간 빌은 그녀의 어깨에 팔을 두르고는 말한다.

"자, 시간이 늦어지고 있어요. 보고 싶었던 게 뭐죠?"

"쌀을 차 안에 남겨둬도 괜찮을까요? 문을 잠그셨어요?"

"누가 쌀을 훔쳐 가겠습니까?"

"글쎄요. 저기 젊은이들이 쌀에 열렬한 관심을 가지고 있을 수도 있잖아요."

리제가 파빌리온으로 이어지는 길을 따라가며 말한다.

"청년 운동은 아직 시작되지 않았습니다, 리제. 그리고 이 요법은 붉은 콩도 허락하죠. 참깨 가루도요. 하지만 우리가 말해주지 않는 한 다른 사람들이 그 사실을 알 거라고 기대할 수는 없죠."

파빌리온 일 층의 정면 대부분은 유리로 되어 있다. 다가간 리제가 안을 들여다본다. 식탁보를 벗긴 탁자와 의자들이 보통 하루 영업을 마친 식당이 그렇듯 높이 쌓여 있다. 한쪽 끝에는 기다란 카운터와 커피 머신이 있고, 유리로 된 샌드위치 코너는 비어 있다. 어둠 속에서 절반 정도만 드러난 널따란 바닥에는 흑백의 바둑판무늬가 있다. 리제는 길게 뺀 목을 돌려, 잘 보이지는 않지만 고전 속 한 장면이 그려진 듯한 천장을 응시한다. 말의 뒷다리와 큐피드의 옆모습이 보이는 것의 전부다.

그럼에도 리제는 계속해서 유리 너머를 바라본다. 빌은 그녀를 데려가려 하지만, 그녀는 다시 울기 시작한다.

"아, 상상조차 할 수 없는 이 슬픔, 밤중 당신을 뺀 다른 손님은 아무도 남아 있지 않은 카페에 쌓인 저 의자들."

"자, 병적으로 굴지 말아요. 내 사랑, 이건 다 화학적 문제예요. 당신이 유독한 음식을 먹고, 세상에 원심성의 음과 구심성의 양이라는 두 가지 힘이 존재한다는 사실을 무시해온 까닭이죠. 오르가슴은 양에 해당한답니다."

"슬퍼져요. 집에 가고 싶어진 것 같아요. 집에 돌아가서 다시 그 모든 고독한 슬픔을 느끼고 싶어요. 벌써 너무나 그립네요."

빌은 리제를 확 끌어당기고 리제는 소리를 지른다.

"멈춰요! 그러지 말아요!"

몇 미터 앞을 지나가던 남자 한 명과 여자 두 명이 뒤를 돌아보지만, 젊은이들은 아무런 관심을 기울이지 않는다.

빌이 깊은 한숨을 내쉰다.

"시간이 늦었어요."

그가 리제의 팔꿈치를 꼬집으며 말한다.

"놔줘요. 뒤편을 둘러보고 싶어요. 이 주변이 어떤지 봐야만 해요. 제겐 중요한 일이에요."

"누가 보면 여기가 은행인 줄 알겠어요. 당신은 내일 여길 털 계획이고 말이죠. 당신이 뭐라고 이러는 겁니까? 사람을 뭐로 보고 이러는 거죠?"

리제는 건물 옆을 돌아가며 길을 관찰하기 시작하고, 빌은 그 뒤를 따른다.

"지금 도대체 뭘 하는 겁니까?"

그녀는 건물 측면을 가로질러 뒤쪽으로 돌아간다. 거기에 선 다섯 개의 커다란 쓰레기통이 기다리고 있는 환경미화원들 역시, 내일 멀지 않은 곳에서 칼에 찔려 죽은 그녀를 발견하게 될 것이다. 지금, 먹이를 찾다 방해받은 고양이가 반쯤 열린 쓰레기통에서 나와 인접한 어둠으로 자취를 감춘다.

리제는 지면을 꼼꼼하게 살핀다.

"이봐요, 리제. 내 사랑, 산울타리 근처가 괜찮겠네요."

빌은 파빌리온 뒷마당과 오솔길 사이를 갈라놓는 산울타리 쪽으로 리제를 끌어당긴다. 반쯤 열린 철문을 통해 들여다볼 수 있는 곳이다. 스칸디나비안 말처럼 들리는 언어로 한꺼번에 떠들며 지나가던 키 큰 금발의 청년들이 걸음을 멈추고 빌과 리제의 몸싸움을 구경하며 활기차게 떠들기 시작한다. 리제는 자신이 섹스를 싫어한다고 선언하고, 빌은 자신이 오늘치 오르가슴을 느끼지 못한다면 내일 두 번을 느껴야 한다고 설명한다.

"그러면 소화 불량에 걸리거든요."

그가 구경꾼들의 시선을 피해 리제를 산울타리 뒤 자갈 위로 눕히며 말한다.

"하루에 두 번이라니. 게다가 상대는 꼭 여자여야만 하죠."

이제 리제는 영어, 프랑스어, 이탈리아어와 덴마크어 4개 국어를 사용하여 날카롭게 도움을 청하는 소리를 지른다. 그녀는 들고 온 핸드백을 산울타리로 내던진다.

"저 남자가 제 핸드백을 가져갔어요!"

리제가 4개 국어로 소리친다.

"저 남자가 제 핸드백을 가지고 도망쳤다고요!"

구경꾼 중 한 명이 뻑뻑한 철문을 열려고 시도하고, 그동안 또 다른 한 명이 문을 타고 넘어온다.

"무슨 일입니까?"

그가 리제에게 자신의 모국어로 묻는다.

"우리는 스웨덴에서 왔습니다. 문제가 뭡니까?"

리제를 내리누르느라 무릎을 꿇고 있던 빌이 일어서서 말한다.

"저리 가요. 꺼지라고요. 무슨 일인지 보면 모르겠습니까?"

그러나 벌떡 일어선 리제는 영어로 자신은 전에 한 번도 이 남자를 본 적이 없으며, 그가 자신의 소지품을 빼앗고 강간하려 했다고 소리친다.

"제가 파빌리온을 구경하려고 차에서 내린 순간, 이 남자가 저를 덮치더니 여기로 끌고 왔어요."

그녀는 4개 국어로 되풀이해 외치고 또 외친다.

"경찰을 불러줘요!"

다른 남자들도 마당으로 왔다. 그중 두 명이 빌을 붙잡는데, 그는 씩 웃으며 이 모든 난리가 리제의 장난일 뿐이라며 그들을 설득하려 애쓴다. 다른 한 명은 경찰을 찾으러 가겠다고 말한다. 리제가 묻는다.

"제 가방은 어디 있죠? 이 남자가 어디에 버려뒀는데. 대체 어디에 둔 걸까요?"

그러더니, 돌연 즉흥적인 평정을 드러낸 후 조용히 말한다.

"저도 경찰을 찾으러 가겠어요."

그녀는 차를 향해 걸어간다. 주차되어 있던 차 대부분은 사라졌고, 어슬렁대던 젊은이들도 마찬가지다. 리제를 쫓아온 스웨덴인 중 한 명이 그의 친구가 경찰을 데려올 때까지 기다리라고 조언한다.

"아뇨, 지금 바로 경찰서로 가려고요."

차분한 목소리로 말한 그녀는 차에 올라 문을 닫는다. 경찰이 현장에 도착했을 때는 리제가 창문 밖으로 쌀 봉지를 내던지고 이미 그곳을 떠난 후였다. 경찰들은 스웨덴인의 증언과 빌의 항의를 듣고, 수색 끝에 리제의 가방을 찾는다. 그러고는 빌에게 여자의 이름을 아느냐고 묻는다. 빌의 주장대로 그녀가 그의 친구라면 말이다.

"리제입니다. 다른 이름은 몰라요. 우리는 비행기에서 만났습니다."

그들은 어쨌든 빌을 구금한다. 그에게는 다행한 일인데, 논리적으로는 리제의 살해 현장에 있는 것이 가능한 시간을 유치장 안에서 안전하게, 혐의를 피하는 동시에 요법을 실행하며 보내게 되었기 때문이다.

7

리제는 자정이 훨씬 넘은 시간에 호텔 톰슨에 도착한다. 호텔 건물은 모든 상점이 덧문을 내린 거리 위에 유일한 생물처럼 서 있다. 리제는 검은 소형차를 입구 근처 자리에 대고, 책과 쇼핑백을 챙겨 홀로 들어간다.

데스크에는 야간 직원이 근무 중이다. 풀린 채로 목덜미와 속옷 상단부를 드러내는 유니폼의 위쪽 단추 세 개는 밤이 깊었으며 여행객들이 모두 잠들었다는 신호다. 직원은 객실과 연결된 전화기로 통화 중이다. 한편 홀에 있는 유일한 다른 사람인 어두운 정장 차림의 젊은 남자가 서류 가방과 타탄 무늬 여행 가방을 든 채 데스크 앞에 선다.

"그분을 깨우시지 않아도 됩니다. 이 늦은 시간에 그러실 필요는 전혀 없어요. 그냥 저를 객실로……."

"지금 내려오고 계십니다. 내려오는 중이니 기다리라고 말씀하셨어요."

"아침에 뵐 수도 있었는데요. 그러실 필요는 없었습니다. 시간이 너무 늦었잖아요."

남자가 권위적이고 짜증 서린 목소리로 말한다.

"여사께서는 완전히 잠에서 깨셨습니다, 손님. 손님께서 도착하는 대로 알리라고 분명히 지시해두셨거든요."

"실례합니다."

리제가 어두운 정장을 입은 남자 곁을 스쳐 데스크 앞으로 가며 말한다.

"이 책 읽으시겠어요? 제게는 이제 필요 없거든요."

그녀가 자신의 문고판 책을 내민다.

"감사합니다, 아가씨."

직원은 온화한 태도로 받은 책을 눈앞에 팔 길이만큼 멀리 들고 어떤 내용인지 살펴본다. 그동안 리제가 밀친 새로 도착한 손님이 리제를 돌아본다. 놀란 그는 가방을 집기 위해 몸을 숙인다.

리제가 그의 팔을 건드린다.

"당신은 저랑 함께 가는 거예요."

"싫습니다."

그가 떨면서 말한다. 그의 둥근 얼굴은 상기된 동시에 하얗게 질리고, 크게 뜬 눈에는 공포가 가득하다. 정장과 하얀 셔츠 차림의 그는 오늘 아침 리제가 그를 따라가 비행기 옆자리에 앉았을 때와 다름없이 단정해 보인다.

"아무것도 챙기지 말아요. 어서요, 시간이 늦어지고 있어요."

리제가 그를 문으로 몰고 가기 시작한다.

"선생님! 고모분께서 내려오고 계십니다."

직원이 소리친다.

리제는 여전히 자신의 애인을 붙든 채로 문에서 뒤로 돌아 소리친다.

"그의 짐은 당신이 가져요. 책도 가지시고요. Q 샤프 장조의 범죄 소설*이고, 교훈도 있죠. 하인들이 처리하도록 응접실에 남겨두고 갈 수 없을 만한 여자에게는 절대 말을 걸지 말라는 거예요."

그녀는 자신의 남자를 문 쪽으로 이끈다.

남자는 어느 정도 반항한다.

"싫어요, 가고 싶지 않습니다. 여기 있고 싶어요. 오늘 아침 여기 왔다가 당신을 보고는 빠져나갔죠. 나는 벗어나고 싶어요."

그가 리제에게서 물러선다.

"밖에 차를 대놨어요."

리제가 말하며 좁은 문을 밀어서 연다. 그는 체포된 사람처럼

---

* 원문은 "a whydunnit in Q-Sharp Major". 'whydunnit'은 범인의 정체보다는 동기에 초점을 맞추는 범죄 소설, 영화 등을 일컫는 단어다. Q 샤프 장조는 실존하지 않는 음계지만, 상당히 높은 음에서 반음을 더 높은 소리를 연상케 한다. 그런 면에서 리제가 이 음계로 진행된다고 설명하는 소설의 소름끼치는 긴박함을 짐작할 수 있다. 작품 출간 후 《뉴요커》 등에 실린 다수의 비평은 이 표현이 〈운전석의 여자〉에 대한 가장 적절한 묘사라는 점을 지적했다.

리제와 동행한다. 리제는 그를 차로 데려가 팔을 놓아주고 운전석에 올라탄 다음, 차 앞을 돌아간 그가 옆자리에 타기를 기다린다. 그 후에 리제는 옆자리에 그를 태우고 달린다.

그가 말한다.

"저는 당신이 누군지 모릅니다. 이전에 단 한 번도 본 적이 없어요."

"그건 중요하지 않아요. 저는 온종일 당신을 찾아다녔어요. 당신 때문에 낭비한 시간 하며, 정말 힘든 하루였다고요! 그리고 제가 처음부터 옳았던 거예요. 오늘 아침 당신을 보자마자 당신이어야만 한다는 걸 알았죠. 당신은 내 취향이에요."

그는 떨고 있다. 리제가 말한다.

"당신은 치료소에 있었고, 이름은 리처드예요. 당신 고모가 내게 당신 이름을 알려줬죠."

"나는 육 년간 치료받았어요. 새롭게 시작하고 싶습니다. 가족들이 나를 만나려고 기다리고 있어요."

"치료소의 벽은 어느 방이건 할 것 없이 옅은 녹색이었죠? 공동 침실 앞에는 크고 다부진 남자가 밤마다 만약을 대비해 자주 순찰을 돌았고요?"

"맞아요."

"그만 떨어요. 정신병원에 있었다고 티 내는 거예요? 오래 걸리지 않을 거예요. 치료소에 가기 전 당신을 얼마 동안이나 감옥에 붙잡아두었죠?"

"이 년요."

"교살, 아니면 찔러 죽였나요?"

"찔렀죠. 하지만 그 여자는 죽지 않았어요. 여자를 죽인 적은 한 번도 없어요."

"그렇지만 해보고 싶겠죠. 오늘 아침 당신을 보고 알았어요."

"이전에 절 만난 적도 없잖아요."

"그건 중요하지 않아요. 중요치 않은 말일 뿐이죠. 당신은 섹스광이에요."

"아니, 아닙니다. 그건 다 지나간 과거일 뿐이에요. 더는 아니라고요."

"뭐, 저랑 섹스를 하게 되진 않을 거예요."

리제가 말한다. 공원을 가로질러 질주한 그녀는 파빌리온을 향해 우회전한다. 아무도 보이지 않는다. 어슬렁대던 무리는 자취를 감췄고, 차들도 모두 떠났다.

"섹스는 정상적인 거예요. 나는 치료받았어요. 섹스는 이상한 게 아니에요."

그가 말한다.

"하는 동안과 하기 전에는 괜찮죠. 하지만 문제는 그다음이에요. 정확히 말해서, 당신이 그냥 한 마리 짐승이 아니라면 말이에요. 대부분은 그다음에 꽤 슬프죠."

"당신은 섹스가 두려운 거예요."

그가 거의 반색하며, 상황을 통제할 기회를 얻었다는 듯 말한다.

"끝난 다음만요. 하지만 이제는 아무 상관 없어요."

그녀는 파빌리온 앞에 차를 대고 그를 바라본다.

"왜 떨고 있는 거죠? 곧 끝날 텐데요."

그녀는 손을 뻗어 쇼핑백을 연다.

"자, 명확하게 해둡시다. 이건 당신 고모가 당신 선물로 산 실내
화예요. 나중에 가져가도록 해요."

그녀는 실내화를 뒷좌석으로 던진 뒤 종이 쇼핑백을 들여다
본다.

"이건 올가의 스카프네요."

그녀가 쇼핑백을 다시 제자리에 넣으며 말한다.

"많은 여자가 공원에서 살해당해요."

그가 뒤로 기대앉으며 말한다. 이제 훨씬 차분해진 모습이다.

"네, 물론이에요. 그건 여자들이 공원에서 살해당하고 싶어 하
기 때문이죠."

그녀는 가방을 뒤진다.

"너무 멀리 가지 말아요."

그가 조용히 말한다.

"그건 당신이 알아서 하세요."

리제가 또 다른 종이 가방을 꺼낸다. 그 안을 들여다보고는 주

황색 스카프를 빼낸다.

"이건 제 거예요. 밝은 데서 보면 아름다운 색이죠."

그녀는 목 주위에 스카프를 두른다.

"저는 나가겠습니다. 갑시다."

그가 조수석 문을 열며 말한다.

"잠시만요, 잠시만 기다려보세요."

"많은 여자가 살해당하죠."

"네, 저도 알아요. 여자들은 살해당하고 싶어 해요."

그녀는 길쭉한 꾸러미를 꺼내 포장지를 찢고, 칼집에 꽂힌 곡선 모양의 칼이 든 상자를 꺼낸다.

"이것도 당신을 위한 선물이에요. 당신 고모가 산 거죠."

그녀는 칼을 꺼낸 뒤 상자를 창밖으로 내던진다.

그가 말한다.

"아뇨, 살해당하고 싶어 하는 게 아니에요. 여자들은 저항하죠. 나는 잘 알고 있어요. 하지만 나는 한 번도 여자를 죽인 적은 없습니다. 단 한 번도요."

리제는 문을 열고 칼을 쥔 채 밖으로 나간다.

"가요, 늦어지고 있잖아요. 적당한 장소를 알아요."

곧 아침이 밝을 것이고, 저녁 무렵이면 경찰들이 유명 파빌리온이 위치한 장소에 X 표시가 된, 작은 그림이 삽입된 지도를 그의 눈앞에 들이밀 것이다.

운전석의 여자

"이 표시를 한 게 당신이지."

"아닙니다. 그 여자가 스스로 한 게 틀림없어요. 길도 다 알고 있었거든요. 저를 바로 그곳으로 데려갔습니다."

경찰들은 조금씩 자신들이 그의 전적을 알고 있다는 사실을 밝힐 것이다. 그들은 자리를 바꿔 가며 그를 윽박지를 것이다. 리제의 신원으로 그녀가 어디서 왔는지 추적하기 전부터, 이미 불안과 공포에 시달리며 작은 사무실을 들락날락할 것이다. 이미 수집한 증거가 그의 진술과 일치하는 것 같다는 사실에 은밀히 경악하며 그를 달래보려고도, 설득하려고도 할 것이다.

"마지막으로 당신이 자제력을 잃었을 때 피해 여성과 교외로 드라이브를 가지 않았습니까?"

"하지만 이번에는 이 여자가 저를 데려갔습니다. 이 여자가 저를 가도록 만들었어요. 운전을 한 것도 이 여자예요. 이 여자를 만난 건 순전한 우연이었습니다."

"전에는 그 여자를 본 적이 없습니까?"

"공항에서 처음 봤습니다. 비행기에서 제 옆자리에 앉았죠. 저는 자리를 옮겼습니다. 두려웠거든요."

"뭐가 두려웠죠? 뭐가 당신을 겁에 질리게 했습니까?"

심문자들은 달팽이들의 회오리 모양 껍질처럼, 같은 질문 주변을 끊임없이 맴돌며 아주 천천히 앞으로 나아갈 것이다.

리제는 파빌리온의 거대한 유리창 앞으로 가서, 그가 따라오는 동안 얼굴을 바짝 대고 안을 들여다본다. 그 후 그녀는 건물 뒤로 가서 산울타리를 넘는다.

그녀가 말한다.

"나는 여기 누울 거예요. 당신은 제 손을 스카프로 묶도록 해요. 한 손목을 다른 손목 위에 포개놓겠어요. 그게 정석이죠. 그다음에는 당신 넥타이로 내 발목을 묶어요. 그러고 나서 찌르는 거예요."

그녀는 먼저 자신의 목을 가리킨다.

"처음엔 여기."

그러고는 양쪽 가슴 아래를 가리키며 말한다.

"그리고 여기와 여기. 그다음엔 당신 좋을 곳 아무 데나요."

"나는 하고 싶지 않아요. 나는 이런 일이 일어나길 바라지 않았어요. 내 계획은 전혀 달랐다고요. 가게 해줘요."

그가 그녀를 바라보며 말한다.

그녀는 칼집에서 종이칼을 꺼내 가장자리와 칼끝이 얼마나 날카로운지 가늠하더니, 별로 날카롭진 않으나 문제는 없을 거라 말한다.

"잊지 말아요. 칼날이 구부러져 있다는 사실을요."

그녀가 덧붙인다.

그녀는 손안의 돋을새김된 칼집을 살펴본 뒤 손가락에서 무심히 떨어뜨린다.

"찌른 다음에 위쪽을 향해 비틀지 않으면 충분히 깊숙하게 관통하지 않을지도 몰라요."

그녀는 손목으로 움직임을 시연한다.

"당신은 붙잡히겠지만, 차를 타고 도망칠 수 있다는 착각을 할 기회는 있을 거예요. 그러니 끝난 뒤에는 당신이 저지른 일, 당신이 저지른 일을 바라보느라 시간을 너무 허비하지 말아요."

곧이어 그녀는 자갈 위에 눕고, 그는 칼을 붙든다.

"일단 내 손을 스카프로 묶어요."

그녀가 손목을 겹치며 말한다.

그가 그녀의 손을 묶자, 그녀는 빠르고 날카로운 목소리로 넥타이를 벗어 발목을 묶으라고 지시한다.

"싫어요. 발목은 싫습니다."

그가 그녀 위로 무릎을 꿇으며 말한다.

"내가 원하는 건 섹스가 아니에요."

그녀가 소리친다.

"섹스를 하려거든 끝나고 하세요. 내 발목을 묶고 죽여요, 그게 다예요. 아침이면 사람들이 와서 청소할 거예요."

그는 아랑곳없이 칼을 높이 들고 그녀에게 달려든다.

"나를 죽여요."

그녀는 이를 4개 국어로 반복해 말한다.

칼이 목덜미로 떨어져 내리자 그녀는 비명을 지른다. 최후가 얼마나 최후적인지 명백히 인식한 것이다. 그가 그녀의 지침 그대로 팔목을 비틀어 찌르는 동안, 그녀의 비명은 목구멍에서 새어 나오는 꾸르륵 소리로 바뀐다. 그 후 자기 좋은 곳에 칼을 찔러 넣은 그는 몸을 일으켜 자신이 저지른 일을 바라본다. 잠시 그 자리에서 눈을 떼지 못하고 서 있던 그는 막 몸을 돌리던 중 그녀의 요청 중 일부를 잊었다는 듯 망설인다. 이어 급작스레 자기 목에서 넥타이를 잡아 뺀 그가 그녀의 발목을 한데 모아 묶는다.

결국 붙잡히리라는 걸 알면서도 그는 모험을 무릅쓰고 차를 향해 뛰어간다. 차를 달려 파빌리온에서 멀어지는 그의 눈앞에는 이미 경찰들이 철커덕 소리를 내며 드나드는 작고 서글픈 취조실과 그의 당혹스러운 진술을 받아 적는 타자기가 보인다.

"그녀는 제게 자신을 죽이라고 말했고 저는 그녀를 죽였습니다. 여러 나라 언어를 사용하긴 했으나 한결같이 자기를 죽이라는 말뿐이었어요. 제가 할 일을 정확히 지시했습니다. 저는 새 삶을 시작하고 싶었어요."

그는 벌써 경찰 제복의 반짝이는 단추를 보고 차분하고 신뢰를 주는 목소리, 흥분하고 윽박지르는 목소리를 듣는다. 그의 눈앞에는 이미 경찰들의 권총집과 견장, 장신구들이 어른거리는데, 이 모두의 고안 목적은 그들을 보호하기 위함이다. 공포와 연민, 연민과 공포의 음란한 노출로부터.

치품천사와 잠베지강

* 뮤리얼 스파크는 1951년 〈옵서버〉에서 개최한 단편 소설 공모전에 이 작품을 출품하여 약 7,000명의 참가자를 제치고 수상했다. 이전까지 주로 평론가로 활동하던 스파크가 소설가 경력을 시작하는 분수령이 된 작품이다.

절반은 시인이고 절반은 언론인이며, 팡파를로라는 무용수와 관계가 있던 새뮤얼 크레이머*에 대해 들어보았을 것이다. 하지만 곧 알게 될 것처럼, 들어보지 못했더라도 상관없다. 19세기 초반 파리에서 왕성한 활동을 펼쳤다고 전해지는 그는 1946년 나를 만났을 때도 여전히 왕성하게 활동 중이었으나 이번에는 다른 방면에서였다. 그는 같은 사람이긴 했지만 변화해 있었다. 예를 들자면 백 년도 더 지난 파리 시절, 크레이머는 부자연스러운 노력 없이 수십 년간이나 약 스물다섯 살의 나이에 고집스레 머물렀다. 하지만 나와 알고 지냈을 때 그는 분명 마흔두 살의 시기를 거치는 중이었다.

이 시기에 그는 잠베지강의 물결이 빅토리아 폭포로 부서져 내

* 《악의 꽃Les Fleurs du Mal》으로 유명한 프랑스 시인 샤를 보들레르가 1847년 발표한 중편 소설《라 팡파를로 La Fanfarlo》의 주인공이다.

리는 지점에서 남쪽으로 약 6.5킬로미터 떨어진 곳에서 주유소를 운영하고 있었다. 크레이머에게는 남는 방이 있어서, 호텔이 만실일 때면 폭포를 방문한 관광객들을 받았다. 내가 그를 찾아간 것도 크리스마스 주간이라 호텔에 빈방이 없었기 때문이었다.

나는 골함석 정비소 바깥에서 울퉁불퉁한 대형 메르세데스의 시동 장치와 씨름하는 그를 발견했고, 첫눈에 그가 콩고에서 온 벨기에인이라고 짐작했다. 그는 남방과 북방의 특징이 섞인 외모로, 밝은 머리카락과 캔버스 색깔의 피부를 가지고 있었다. 그러나 이후 그는 내게 자신의 아버지는 독일인이며 어머니는 칠레 사람이라고 이야기해주었다. 내가 그에 대해 들어보았다고 생각한 것은 정비소 문 위에 적힌 "S. 크레이머"란 이름보다는 바로 이 정보 때문이었다.

비가 거의 내리지 않았던 그해 십이월의 더위는 사나웠다. 크리스마스 삼 일 전 나는 내 방 바깥의 포치에 앉아 구멍 난 모기장으로 저 멀리 번갯불을 구경하고 있었다. 대기의 온도가 오랜 기간 과도한 고온에 머물 때면 삶의 자연스러운 소리에 어떤 변화가 일어나는 듯했다. 소리는 익숙한 음량으로 들리는 것이 아니라 묶이고 재갈이 물린 듯 다가왔다. 그날 밤 고음의 탁탁 소리를 내며 포치마다 등을 깔고 떨어진 풍뎅이는 충격을 흡수한 듯 보였다. 나는 풍뎅이 한 마리의 추락을 목격했는데, 쿵 떨어지는 소리가 내 귀에 이르기까지는 잠시간의 시차가 존재했다. 덤불 속 작은 야생

동물들도 소리를 낮추기는 마찬가지였다. 사실 내가 소리가 들리고 있었음을 인지한 것은, 표범이 근처에 있을 때 그렇듯 덤불 속 소리가 일거에 뚝 그치고 난 다음이었다.

이렇게 낮아진 웅웅거림 위로, 포치 저쪽에서 들려오는 크레이머의 저녁 술자리 소음이 겹쳤다. 열기가 모든 단어를 뒤틀었다. 유리잔이 내는 쨍그랑 소리는 유리의 본질적인 소리라기보다는 박엽지로 싸인 병이 내는 소리에 가까웠다. 이따금 새된 소리나 키득거림이 공중에 잠깐 무기력하게 매달렸으나, 저 먼 고장에서부터 들려오는 듯, 런던의 안개 사이로 보이는 회중전등인 듯 현실감이 없었다.

내가 있는 포치 끝으로 다가온 크레이머가 술자리에 동석하겠느냐고 물었다. 그러고 싶다는 내 답은 진심이었다. 비록 홀로 앉아 있는 시간을 즐기고 있었지만 말이다. 그토록 끈질기고 강렬한 열기는 의지를 빨아들이는 법이다.

다섯 사람이 고리버들 안락의자에 앉아 하이볼을 마시며 소금 친 땅콩을 씹고 있었다. 나는 막 영국에서 도착해 리빙스턴에 주둔 중인 빨간 머리 기병과 크레이머의 하숙인 두 명, 불라와요에서 온 담배 농장주와 그의 아내를 알아보았다. 나머지 두 사람은 그 지방의 관습에 따라 성이 아닌 이름으로 소개받았다. 각진 얼굴에 작고 떡 벌어진 체형의 검은 머리 남자는 매니였는데, 나는 그가 아마도 동부 해안 출신의 포르투갈인일 거라고 짐작했다. 패니라는 이름의 부인은 고리버들 의자의 해진 부분을 조금씩 잡아 뜯고 있었으며, 잔을 들 때면 약간 떨리는 손 때문에 팔찌들이 부딪쳐 소리를 냈다. 매우 말쑥하게 잘 가꾼 외모의 부인은 오십 살 정도 되어 보였다. 말라리아가 잔주름을 남긴 얼굴 위로는 파랗게 물들인 회색 앞머리를 드리우고 있었다.

그 전원 지역에서 낯선 이들과 시간을 보내는 일반적인 방법에 따라, 나는 담배 농장 사람들과 우리가 앉아 있는 곳에서 960여 킬로미터 반경 내에 사는 면식 있는 사람들의 이름을 교환하며, 서로 공통으로 아는 이름을 지워나갔다. 기병은 루사카와 리빙스턴 사이 지역의 소식을 들려주었다. 그사이 크레이머와 패니, 매니 사이에는 논쟁이 벌어지는 중이었는데, 패니가 이기고 있는 것 같았다. 보아하니 크리스마스이브에 세 사람이 참여하는 콘서트가 있는 모양이었다. 몇 번인가 "천사 공연단", "양치기", "터무니없는 가격"과 "내 여학생들" 등의 단어를 들었는데, 논쟁의 핵심적인 용어인 듯했다. 기병이 언급한 이름을 들은 패니가 갑자기 대화를 중단하더니 우리를 향해 몸을 돌렸다.

"제가 가르쳤던 여학생 중 한 명이에요. 제가 삼 년간 가르쳤죠."

매니는 떠나기 위해 자리에서 일어섰고, 패니는 그를 따라가기 전 핸드백에서 꺼낸 명함을 손톱으로 들고 내게 내밀며 모호하게 말했다.

"친구 중에 관심 있는 사람이 있다면……."

패니가 매니와 차를 타고 떠난 뒤 나는 명함을 들여다보았다. 여기서 강을 6킬로미터 거슬러 올라간 곳의 주소 위에는 다음과 같이 적혀 있었다.

마담 라 팡파를로 (파리, 런던)

춤 교습. 발레. 볼룸 댄스.

사전 협의 시 교통편 제공

다음 날 나는 여전히 메르세데스의 문제점을 발견하려고 노력 중인 크레이머와 마주쳤다.

"보들레르 글에 나오는 그 남자가 당신인가요?"

내가 물었다.

인내심을 유지하려 애쓰는 얼굴을 한 그의 시선이, 나를 지나쳐 탁 트이고 광막한 초원 지대를 향했다.

"맞소. 어떻게 거기까지 생각이 미쳤소?"

"패니가 준 명함에 팡파를로라는 이름이 적혀 있더군요. 두 분 파리에서 아는 사이가 아니셨나요?"

"오, 맞아요. 하지만 이미 다 지난 일이지. 그녀는 마누엘라 드 몽트베르드와 결혼했어요. 그게 매니라오. 두 사람은 약 이십 년 전 여기 정착했지. 그 사람은 카피르 스토어˚를 운영하지요."

나는 크레이머가 낭만주의 시대에 운문과 미학적 산문을 번갈아 집필하며, 그러한 예술적 실천에 걸맞은 삶을 사는 것을 즐겼다는 점을 기억했다.

"문학 경력은 포기하신 건가요?"

"경력으로서는 그렇소. 그 집착을 벗어던지니 홀가분해요."

뭉툭한 메르세데스 후드를 쓰다듬더니 그가 덧붙였다.

"가장 훌륭한 문학은 이따금 출현하지요. 뒤늦게 떠오른 생각에 불과해요."

다시 한번 그는 보이지 않는 어딘가에서 회색 볏을 단 고깔새가 "고어웨이, 고어웨이"** 노래하는 초원을 건너다보았다.

"삶이야말로 정말 중요한 것이지요."

크레이머가 말했다.

"그럼 이따금 운문을 쓰시나요?"

내가 물었다.

"이따금 운문이 요구될 때면. 실은 막 성탄절 가면극을 썼어요. 크라스마스이브에 저기서 공연할 거요."

그는 정비소를 가리켰다. 몇몇 토착민이 벌써 휘발유 통과 타이

---

    *   카피르Kaffir는 아프리카 흑인을 가리키는 멸칭으로, 카피르 스토어란 남아프리카에서 흑인 고객을 대상으로 여러 가지 값싼 상품을 취급했던 지역 상점을 말한다.

    **   아프리카 고깔새는 '그레이 고어웨이 버드the grey go-away-bird'라고도 불린다. 떠나거나 가 버리라는 뜻의 '고어웨이go-away'로 들리는 울음소리를 내기 때문이다.

어를 옮기기 시작한 참이었다. 연극의 출연자도 관객도 아닌 그들은 서두르지 않고 움직였다. 한쪽에는 접이식 의자가 쌓여 있었다.

크리스마스이브 날 늦은 아침, 내가 폭포에서 돌아왔을 때 정비소 밖에서는 한 무리의 토착민들이 언쟁을 벌이는 중이었고, 크레이머는 그 가운데에서 소리 높여 험한 욕설을 내뱉고 있었다. 그는 한 손으로는 부루퉁한 얼굴을 한 남자의 셔츠 소매를 붙들고, 다른 한 손은 독설에 맞춰 뜨거운 공기 중에 휘둘러댔다. 기독교 토착민 몇몇이 무대를 설치하는 데 손을 보태러 파견되었는데, 그들의 중등학교 3학년 수준의 영어와 말끔히 세수한 얼굴, 새하얀 린넨 반바지가 크레이머의 누더기 걸친 거친 일꾼들을 악의 없이 도발했던 것이다. 크레이머는 "경찰"이란 단어로 말을 끝내는 수법을 사용해 여전히 북소리 같은 후음으로 투덜대는 모두를 작업에 복귀하게 만드는 데 성공했다.

마당과 변소, 토착민들의 오두막으로 이어지는 문이 있는 건물 뒤쪽에 포장용 나무 상자를 쌓고 널빤지를 가로질러 못을 박은 무대가 설치되는 중이었다. 이 문과 무대 사이의 공간은 허공에 한 줄로 걸린, 정부에서 만든 검은 담요로 차단되어 있었다. 이곳이 분장실이 될 예정이었다. 나는 그날 저녁 조명과 분장 그리고 천사 날개 고정에 손을 보태러 가기로 했다. 팡파를로가 무용을 가르치는 학생들이 캐럴을 부르고 춤을 추며 천사의 코러스를 담당하고, 팡파를로 본인은 성모 마리아로 분해 발레 공연을 선보일 것이었다. 영어 실력이 형편없는 그녀의 남편에게는 대사가 없는 목수 역할이 주어졌고, 세 명의 조연 목수도 같은 이유로 배역을 받았다. 크레이머는 최고로 중요한 역할을 맡았는데, 제1계급 치품천사로 대사가 제일 많았다. 가면극을 쓴 장본인인 그가 대사 대부분을 가장 잘 전달할 수 있으리라는 데 모두 동의한 것이다. 하지만 내가 아는 바로는 리허설에서 제작 비용에 관한 문제가 있었다고 했다. 여학생들을 위한 정교한 무대 장치를 원했던 패니 때문이었다.

공연은 여덟 시 시작이었다. 내가 무대 뒤에 도착한 건 일곱 시 십오 분으로, 무대 뒤에는 발레복을 입고 갖가지 색깔의 주름 종이로 만든 날개를 단 천사들이 모여 있었다. 팡파를로는 스팽글 장식이 달린 상의와 하얀색의 길고 투명한 치마를 입었다. 현자들의 턱수염을 고정하는 일을 돕던 내 눈에 크레이머가 보였다. 그는 토가와 비슷한 의상을 입고 있었는데, 두께를 위해 여러 겹의 모기장을 사용했는데도 밑에 입은 하얀 반바지가 완전히 감춰지지 않았다. 그는 이미 무대 화장을 마친 상태였는데, 치솟는 열기 때문에 얼굴에 바른 화장품이 녹아내리고 있었다.

"이 시점에 나는 항상 예민해진다오. 개회사를 연습해야겠군."

그가 무대 위로 올라 낭송을 시작하는 소리가 들렸다. 흥분한 아이들의 음성 위로 들을 수 있는 건 목소리의 운율이 전부였지만 말이다. 또한 나는 팡파를로를 도와 소녀들의 얼굴을 색칠하느라 여념이 없었다. 가능한 일 같지 않았다. 막대 화장품은 들어 올리기가 무섭게 녹아버렸다. 정말이지 비정상적으로 더웠다.

"문 열어."

팡파를로가 소리쳤다. 뒷문이 열렸고 호기심에 찬 토착민 무리가 입구로 밀려 들어왔다. 나는 그들에게 나가라고 명령하는 팡파를로 곁을 떠났다. 건물 앞쪽으로 가서 바람을 쐬기로 결심했기 때문이었다. 위로 올라가 무대를 가로지르기 시작한 나는 오른편에서 강렬한 열기가 발산되고 있다는 것을 알아챘다. 고개를 돌리자 오늘 아침 토착민들에게 소리치던 것과 비슷한 태도로 누군가에게 소리치고 있는 크레이머가 보였다. 그러나 그는 열기의 기류 때문에 가까이 다가가지는 못하고 있었다. 처음에 크레이머가 누구와 말다툼 중인지 알 수 없었던 것도 이 열기 때문이었다. 눈을 뜨지 못하게 하는 열기였다. 무대 앞쪽으로 더 나아가서야 거기 서 있는 게 무엇인지 볼 수 있었다.

그건 살아 있는 육체였다. 가장 두드러지는 점은 육체의 불변성으로, 원근법과는 무관하게 내가 다가가나 멀어지나 줄곧 같은 부피를 유지했다. 또한 다른 생물들과 달리 완료된 형태를 하고 있었다. 어느 부분도 어떠한 과정을 거치고 있지 않았다. 일반적으로 생명 활동을 드러내는 윤곽의 불분명함이나 분해의 기미도 없었다. 이는 곧 그 육체가 지닌 아름다움의 원리이기도 했다. 눈은 광대뼈를 지나 거의 머리 전체를 차지하고 있었다. 머리 뒤로 뻗어 나온 한 쌍의 근육질 날개는 가끔 눈 위로 접히며 한 줄기 뜨거운 공기를 흐르게 했다. 목은 존재하지 않는 것과 마찬가지였다. 강인하고도 탄력 있는 또 한 쌍의 날개가 어깨 밑에서 뻗어 나왔고, 종아리에서 뻗어 나온 세 번째 날개는 육체를 지탱하고 있는 듯했다. 두 발은 그토록 집약된 존재를 견디기에는 너무나 연약해 보였다.

흔히 아프리카의 유럽인 거주자들은 이상한 존재 앞에서 영어와 아프리카 말의 혼합 언어인 파나갈로를 사용하려는 억누를 수 없는 충동을 느낀다.

"함바!"

크레이머가 소리쳤다. 떠나라는 뜻이었다.

"자, 무대에서 내려가고 소리를 그쳐라."

살아 있는 육체가 평온하게 말했다.

"대체 정체가 뭐요?"

크레이머가 열기를 뚫고 헉헉대며 말했다.

"하늘에서와 같다. 다시 말해, 치품천사다."

"다른 사람들에게도 그렇게 말해보시지. 내가 바보로 보입니까?"

크레이머가 헐떡이며 말했다.

"그렇게 할 것이다. 네가 바보로 보이지는 않는다. 하지만 치품천사로도 보이지 않는다."

무대는 치품천사가 뿜어내는 열기로 가득했다. 크레이머의 분장이 녹아 눈으로 흘러들어가고 있었다. 그는 모기장으로 만든 의상으로 눈을 닦았다. 열기가 덜한 장소를 찾아 뒷걸음질 치며 그가 소리쳤다.

"단 한 번 마지막의……."

"바로 그렇다."

치품천사가 말했다.

"……경고요. 이건 내 연극이오."

크레이머가 말을 이었다.

"대체 언제부터?"

"맨 처음부터."

크레이머가 숨을 몰아쉬었다.

"흠, 이건 태초부터 내 것이었다. 그리고 태초가 먼저 시작되었지."

뜨거운 무대에서 내려가던 크레이머의 치품천사 복장이 못에 걸려 찢어졌다.

"잘 들어요. 당신 같은 기형이 참된 치품천사라는 건 상상조차

---

* 원문은 "Once and for all". 성경 구절을 사용한 언어유희다. 크레이머가 협박을 위해 사용한 이 표현을 치품천사는 〈히브리서〉 10장 10절과 연결해 이해한 것으로, 이 구절에서는 예수가 단 한 번 그리고 마지막으로once and for all 자신을 희생하여 인류의 속죄를 완성했다는 점을 말하기 위해 사용했다.

할 수 없는 일이오."

크레이머가 말했다.

"참으로 그렇군."

치품천사가 답했다.

이 시점에서 나는 열기 때문에 정문까지 물러나 있었다. 크레이머도 곧 내 곁에 합류했다. 몇몇 토착민들이 모여들었다. 관객들이 차를 타고 도착하기 시작했고, 나머지 배우들은 건물 뒤편에서 앞쪽으로 나왔다. 치품천사가 내뿜는 열기 때문에 건물 안쪽 깊숙한 곳을 들여다보는 건 불가능했다. 재진입 역시 마찬가지였다.

크레이머는 정문에서도 여전히 치품천사에게 장광설을 늘어놓는 중이었고, 새로 도착한 사람들 사이에서는 이 문제가 세 가지 익숙한 범주, 즉 토착민, 영국 정부, 표범 중 어디에 속하는지에 관한 추측이 난무했다.

"여긴 내 사유지요! 그리고 이 사람들은 좌석값을 지불했다고. 모두 가면극을 보러 왔단 말이오."

크레이머가 고함을 질렀다.

"그렇다면. 내 열기를 식혀 그들이 가면극을 볼 수 있게 하겠다."

"**내** 가면극 말이지."

"아니, 아니. **내** 가면극이다. 네 가면극으로는 안 된다."

"그냥 가겠소, 아니면 경찰을 불러야 가겠소?"

크레이머가 결연하게 말했다.

"내게는 다른 대안이 없다."

치품천사가 한층 더 결연하게 말했다.

정비소에 미친 표범이 들어왔다는 소문이 퍼졌다. 사람들은 차로 돌아가 안전한 거리에 주차했다. 담배 농장주는 총을 가지러 갔다. 젊은 기병 몇몇은 휘발유로 미친 표범의 눈을 멀게 하자는 계획을 세우고, 급유 펌프에서 기름통을 채우고 사슬을 가져오라 토착민들을 닦달했다.

"그 정도면 혼을 내줄 수 있겠지."

기병이 말했다.

"맞아. 본때를 보여주라고."

크레이머가 문 옆에 서서 호응했다.

"나라면 그리하지 않겠다. 너희가 화재를 일으킬 것이다."

지품천사가 대꾸했다.

처음 열기 속으로 날아든 휘발유가 화르르 타올랐다. 좌석에 가장 먼저 불이 붙었고, 이후 금속 벽에 갇힌 공기가 타오르기 시작하며 내부 전체로 불길이 번져나갔다. 그때, 막 도착한 자동차 한 대에서 기병들이 내리더니 지체 없이 토착민들에게 휘발유 통에 물을 채워 오도록 지시했다. 그들은 서서히 물을 흩뿌렸다. 꽝파를로는 그녀 휘하의 천사들을 길 위쪽에 집합시켰다. 그녀는 춤출 기회를 놓쳤다는 데 격노했으며, 부모들을 안심시키는 동시에 무슨 일이 벌어지는지 알아보는 중이었다. 그녀의 손가락이 부모님이 영국에 있는 천사 한 명의 등을 쿡 찌르며 거칠게 파고들었다.

불이 꺼진 것은 몇 시간 후였다. 골함석 벽이 아직 불타고 뒤틀리고 접히는 동안에는 치품천사에게 무슨 일이 일어났는지 확인할 길이 없었고, 불이 꺼진 다음에는 어둠과 열기 때문에 잔해 속을 들여다보기가 어려웠다.

"보험은 들었나?"

크레이머의 친구 중 한 명이 물었다.

"아, 물론이지. 내 보험은 천재지변, 즉 벼락과 홍수를 제외한 모두를 보장한다네."

크레이머가 답했다.

"빠짐없이 보장한다는군."

크레이머의 친구가 다른 친구에게 이 말을 전했다.

사람들 다수가 이미 집으로 돌아갔고, 다른 사람들도 돌아가는 중이었다. 기병들은 〈선한 왕 바츨라프*Good King Wenceslas*〉를 부르며 차를 타고 돌아갔고, 기독교도 소년들은 〈믿는 자여, 기뻐하라*Good Christian Men, Rejoice*〉*를 부르며 길을 뛰어 내려갔다.

자정 가까운 시간이었지만 여전히 몹시 더웠다. 담배 농장주는

***

* 〈선한 왕 바츨라프〉는 추운 겨울날 눈길을 헤치고 가난한 농부에게 식량과 땔감을 전해주었다던 보헤미아 군주 성 바츨라프의 일화를 담은 크리스마스 캐럴이다. 〈믿는 자여, 기뻐하라〉 역시 크리스마스 캐럴로, 예수의 탄생을 축하하는 내용이며 14세기 독일에서 유래되어 19세기에 영어로 번역되었다.

시원한 폭포로 드라이브를 가자고 제안했다. 크레이머와 팡파를로가 합류했고, 우리는 크레이머의 주유소에서 주요 고속도로로 향하는 울퉁불퉁한 길을 덜컹대며 달렸다. 그곳의 길은 차바퀴를 위한 두 줄의 타르가 칠해져 있을 뿐이었다. 폭포에 도착하기 3킬로미터 전부터 우르릉거리는 소리가 들렸다.

"가면극을 위해 그렇게 애를 썼는데!"

크레이머가 혼잣말했다.

"오, 입 닥쳐요."

팡파를로가 말했다.

바로 그때, 헤드라이트의 눈 부신 빛에 비친 치품천사를 보았다. 속도는 시속 110킬로미터 정도였는데, 세 쌍의 날개 중 한 쌍의 날개는 재빠른 동작으로 포장된 길 위를 스쳐 갔고, 한 쌍은 그의 얼굴을 덮고 있었으며, 다른 한 쌍은 발을 가린 채였다.

"저기 그 남자다! 곧 잡을 수 있을 거야."

크레이머가 소리쳤다.

호텔 근처에 차를 세운 우리는 우림의 울창한 초목을 관통하는 길을 따라갔다. 폭포의 물보라가 끊임없이 떨어지는 곳이었다. 열기에 시달린 뒤의 그 부슬대는 물방울은 열병 후 요양과도 같았다. 치품천사는 우리를 한참 앞질러 있었고, 나무 사이로는 그의 열기 때문에 물보라에서 증기가 피어오르는 광경이 보였다.

우리는 절벽 가장자리에 다다랐다. 반대편 같은 높이에서 강물이 무게 전체를 실어 협곡으로 돌진해 들어가고 있었다. 어디에도 치품천사의 흔적은 없었다. 물웅덩이 아래에 있는 걸까, 아니라면 어디에 있을까?

물마루 전체를 따라 물보라가 평소보다 높이 일고 있다는 것을 깨달은 건 그때였다. 나는 이것이 치품천사의 열기가 만든 증기라고 생각했다. 내 짐작은 옳았는데, 이윽고 여름 번개의 소리 없는 번쩍임 속에서 잠베지강을 타고 우리에게서 멀어지는 치품천사가 보였기 때문이다. 악어처럼 보이는 바위와 바위처럼 보이는 악어 사이에서.

아버지의 딸들

그녀는 해변을 마주한 긴 접이의자 위에 아버지를 남겨두었다. 그녀 손으로 직접 파라솔을 바로잡고 아버지의 파나마모자를 쾌적한 각도로 기울인 뒤였다. 해변의 종업원은 부루퉁해 보였으나 그녀는 고작 파라솔과 파나마모자를 조절해달라고 팁을 지불할 이유는 없다고 여겼다. 새 프랑화 도입 이후 1프랑보다 적은 팁을 주는 건 불가능한 일이 되었다. 그 이하의 동전을 관광객에게서 감추려는 음모가 해안 전체에 걸쳐 진행 중인 것 같았고, 모두의 지갑 속에는 프랑화만이 존재했으며, 마땅히 아버지의 체면이 깎이지 않도록 주의해야 하는 데다가 또한……

그녀는 더운 그늘을 벗어나지 않으며 급하게 뤼 파라디*를, 니스의 오래된, 아주 오래된 냄새를 가로질렀다. 카페에서 퍼져 나

---

* 지중해 연안의 항만 도시이자 관광 휴양지인 니스의 대표적인 쇼핑 거리를 말한다.

오는 마늘 냄새뿐 아니라 보이지 않는 더운 공기, 니스의 아파트에서 보낸 서른다섯 번의 여름, 아버지의 여름 살롱, 아버지 친구의 아이들, 친구의 친구들, 작가들, 젊은 예술가들이 오 년, 육 년, 구 년 전에 남긴 기억 속의 냄새를 말이다. 그리고 전쟁이 일어나기 전, 이십 년 전의 니스에 머물렀던 일을 기억하세요, 아버지? 우리가 궁핍했던 시절 빅토르 위고 대로의 작은 호텔을 기억하세요? 1937년 네그레스코 호텔에서 만난 미국인들은요? 그들은 지금 얼마나 달라지고, 얼마나 점잖아졌는지요! 기억하세요, 아버지? 그 옛날 우리가 두꺼운 카펫을 몹시 싫어했던 것을요. 적어도 아버지는 싫어하셨죠. 그리고 아버지가 싫어하시는 건 저도 싫어하고요. 그렇지 않나요, 아버지?

그렇단다, 도라. 우리는 사치스러운 걸 싫어하지. 안락함을 추구할 뿐, 사치는 하지 않아.

올해 우리가 해안가의 호텔 비용을 감당할 수 있을지 모르겠어요, 아버지.

뭐라고? 지금 뭐라고 했니?

올해 우리가 해안가의 호텔에 묵어야 할지 모르겠다고 했어요, 아버지. 요즘 영국인 산책로*는 관광객들로 붐비거든요. 아버지가

---

* Promenade des Anglais. 영국인의 산책로라는 뜻으로, 18세기에 니스를 방문하여 당시 걷기에 적합하지 않았던 해안가에 산책로를 만들었던 영국인 귀족들에게서 유래한 이름이다.

158

두꺼운 카펫을 싫어하셨던 것 기억하시죠…….

그럼, 그럼, 당연하지.

당연하죠. 그래서 말인데, 제가 강베타 대로에 봐둔 소규모 숙소로 가면 어떨까 해요. 그곳이 별로라면 빅토르 위고 대로에도 훌륭한 곳이 있어요, 아버지. 우리 수입으로 감당할 수 있는, 소박하고…….

지금 뭐라고 했니?

저속한 장소는 아니라고 했어요, 아버지.

아. 그렇구나.

그래서 편지를 보내 객실 몇 개를 예약할까 해요. 규모는 작지만, 음식은…….

해안가에 머물자꾸나, 도라.

해안가의 호텔은 모두 저속한 장소뿐이에요, 아버지. 몹시 정신이 사납죠. 평화라곤 찾을 수 없고요. 아시다시피, 시대가 달라졌잖아요.

아. 그렇다면 네가 알아서 하렴, 애야. 내가 손님을 접대하기에 알맞은 큰 객실을 원한다고 말하려무나. 비용을 아끼지 말거라, 도라.

오, 당연하죠, 아버지.

신께 바라건대 우리가 복권에 당첨되었기를. 그녀는 작은 길을 따라 서둘러 복권 판매점으로 향하며 생각했다. 프랑스 전역에서 누군가는 당첨되겠지. 복권 판매점의 가무잡잡한 금발 여인은 매일 아침 신문 구입보다는 복권 결과 확인을 위해 가게에 꼬박꼬박 방문하는 도라에게 흥미를 보였다. 손에 번호 카드를 들고 몸을 기울여 도라의 복권과 비교해보는 그녀의 얼굴에 진심 어린 연민의 표정이 떠올랐다.

"운이 안 따라주네요."

도라가 말했다.

"내일 다시 해보세요. 앞일을 누가 알겠어요. 인생도 복권 추첨과 다르지 않은걸요……."

도라는 눈물을 흘리지 않으려면 웃어야만 하는 사람처럼 미소 지었다. 해안가로 돌아오면서는 내일은 500프랑어치를 구입해야 겠다고 생각했다. 그러고는 생각을 고쳤다. 아니, 아니야, 안 될 일이지. 프랑화를 다 써버리면 아버지를 일찍 집에 모시고 가야 할지도 모르니까.

도라, 여기 음식은 수준이 떨어지는구나.

알아요, 아버지. 하지만 요즘은 프랑스 어디를 가도 마찬가지예요. 시대가 달라졌는걸요.

아무래도 호텔을 옮겨야겠다, 도라.

다른 호텔은 모두 너무 비싸요, 아버지.

뭐라고? 지금 뭐라고 했니?

빈 객실이 없어요, 아버지. 관광객들 때문에요.

도라는 바다로 향하며 매력적인 젊은 남녀의 다갈색 다리를 지나쳤다. 매분 매초를 만끽해야만 해. 그녀는 생각했다. 이번이 마지막일 수도 있으니까. 눈부시게 파란 바다, 그을린 팔다리, 새하얀 치아와 순진하고 무의미한 혀 놀림, 야자수, 이 모두를 위해 우리는 돈을 지불하는 거지.

"별일 없으셨죠, 아버지?"

"어디를 다녀오는 거니, 애야?"

"향취를 느낄 겸 뒷골목을 산책했어요."

"누가 이 아비의 딸이 아니랄까 봐. 뭘 보고 왔니?"

"그을린 팔다리, 새하얀 치아, 카페 창가에 셔츠 차림으로 앉아서 앞에는 녹색 병을 두고 카드 게임을 하는 남자들이요."

"훌륭하다. 너는 모든 걸 나의 시선으로 보는구나, 도라."

"열기, 냄새, 그을린 다리, 이 모두를 위해 우리는 돈을 지불하는 거죠, 아버지."

"도라, 너는 부쩍 저속해지는구나. 기분 상하라고 하는 말은 아니지만 말이다. 진정한 예술가는 삶을 구매한 상품과 연관 지어 바라보지 않는단다. 이 세계는 날 때부터 우리에게 주어진 거야. 우리에겐 대가 없이 세계를 누릴 권리가 있어."

"저는 아버지 같은 예술가가 아니에요. 파라솔을 좀 옮겨야겠어요. 햇볕을 너무 많이 쬐시면 안 되니까요."

"시대가 달라졌어. 요즘 젊은이들은 삶에 무관심하지."

아버지가 자갈 해변을 훑어보며 말했다.

그녀는 아버지가 뜻하는 바를 알았다. 해변은 공기와 여자, 태양을 즐기는 젊은 남자들로 가득했다. 그들은 바다 밖으로 나오며 머리를 흔들어 물을 털어냈다. 자갈 위를 걸어 첨벙 물속으로 뛰어들었다. 아버지가 책을 집필하던 젊은 시절 했을 법한 표현을 쓰자면, 그들은 피부 위 모공 하나하나에서 주변 환경에 대한 관심을 발산하고 있었다. 요즘 젊은이들은 삶에 무관심하다는 아버지의 말은, 그의 젊은 문하생과 숭배자들이 모두 떠나갔고, 나이가 들어 다른 일에 종사 중이며, 새로 대체되지 않았다는 의미였다. 아버지를 찾은 마지막 청년은 칠 년 전 에섹스의 집을 방문했던 젊은 남자로, 생기 없는 외모를 하고 있었다. 겉모습만으로 사람을 판단하자는 건 아니지만 말이다. 아버지는 서재에서 그와 함께 책과 삶과 지난날에 관한 대화를 나누는 데 수많은 아침을 할애하며 그를 최대한으로 활용했다. 그러나 이 최후의 문하생은 아버지와 아버지의 작품에 대한 글을 써 보내겠다는 약속을 남긴 채 두 주 만에 떠났다. 실제로 그는 편지 한 통을 보내긴 했다.

"친애하는 헨리 캐슬메인 선생님, 어떤 언어로도 제가 품은 존경심을 다 표현할 수는 없습니다."

그 뒤로는 아무 소식도 듣지 못했다. 도라는 그다지 애석하게 생각하지 않았다. 그 옛날 아버지를 찾아오던 다른 남자들과 비교했을 때 그 청년은 형편없는 표본이었다. 십 대 후반, 도라는 헨리 캐슬메인의 주변 인물 가운데 혈기왕성했던 서너 명 중 하나와 결혼할 수도 있었다. 그러나 홀로된 아버지와 그가 공인으로서 필요로 하는 바를 고려해 그렇게 하지 않았다. 지금 그녀는 종종 자신이 결혼을 했더라면 오히려 아버지에게 도움이 되었으리라고 생각한다. 어쩌면 남편의 수입이 아버지의 말년에 보탬이 될 수도 있었을 것이다.

"점심을 먹으려면 호텔로 돌아가야 해요."

도라가 입을 열었다.

"다른 데서 먹도록 하자. 거기 음식은……."

아버지를 접이의자에서 일으킨 그녀는 바다로 몸을 돌려 푸른 훈풍을 감사히 들이마셨다. 한 젊은 남자가 바다에서 나오더니 아무렇게나 머리를 털다가 도라에게 물을 튀겼다. 자신이 무슨 짓을 저질렀는지 깨달은 그는 돌아서 도라의 팔을 잡고 말했다.

"이런, 정말 죄송합니다."

그는 영어로 말했고, 영국인이었다. 도라는 자신이 누구의 눈에나 명백한 영국 여인으로 보인다는 것을 이미 알고 있었다.

"괜찮아요."

그녀는 빠르고 나직한 웃음과 함께 답했다. 아버지는 지팡이를 만지작댔고, 사건은 지나갔다. 아버지의 팔을 잡고 뜨거운 대로로 나아가는 동안 도라는 곧 그 사건을 잊었다. 대로에서는 흰 제복 차림의 경찰관들이 참을성 없는 차량 행렬을 막아서고 있었다.

"저들 중 한 명에게 체포당한다면 어떨 것 같으냐, 도라?"

낮은 소리로 짧은 웃음을 터뜨린 아버지가 도라를 내려다보았다.

"좋을 것 같네요, 아버지."

어쩌면 아버지는 다른 곳에서 점심을 먹자고 고집하지 않을 것이다. 일단 호텔에 도달할 수만 있다면 괜찮을 것이다. 고집을 부리기에 아버지는 너무 지쳐버렸을 테니까. 그러나 아버지가 한발 빨랐다.

"점심 먹을 곳을 찾아보자."

"이미 호텔에 점심값을 냈는걸요."

"저속하게 굴지 말아라, 얘야."

돌아오는 삼월, 도라가 벤 도나디외를 처음 만났을 때, 그녀는 전에 그를 본 적 있다는 느낌을 받았으나 어디에서였는지는 알 수 없었다. 나중에 그녀는 벤에게 이 이야기를 들려주었지만 그는 그녀를 보았던 사실을 기억하지 못했다. 그러나 어디선가 그를 본 적 있다는 이 느낌을 도라는 평생 떨치지 못했다. 그녀는 자신이 전생에 벤을 만났다고 믿게 되었다. 사실 도라가 벤을 보았던 장소는 자갈을 밟고 올라온 그가 머리카락을 털어 그녀에게 물을 튀긴 뒤 팔을 잡고 사과했던 니스의 해변이었다.

"저속하게 굴지 말아라, 얘야. 호텔 음식은 끔찍해. 절대 프랑스 음식이라고 할 수 없어."

"프랑스 어디를 가나 마찬가지예요, 아버지. 요즘은요."

"레스토랑이 하나 있었는데, 이름이 뭐였더라? 카지노 뒤편 작은 골목 중 하나에 말이다. 그곳으로 가자. 작가들은 다들 거기에 간단다."

"더는 그렇지 않아요, 아버지."

"자, 그렇다면 더 좋지. 하여간에 그곳으로 가자. 식당 이름이 뭐였더라? 아무튼, 가자. 눈을 가리고도 찾아갈 수 있어. 작가들은 다들 거기에 가곤 했지……."

그녀는 웃음을 터뜨리는데, 어쨌든 그가 다정했던 까닭이다. 아버지와 함께 카지노로 향하며 그녀는 이런 말을 삼킨다. 아버지, 작가들은 더는 그곳을 찾지 않아요. 작가들은 니스에 오지 않는답니다. 중간 정도 형편의 작가들은요. 하지만 올해 이곳을 찾은 작가가 한 명 있어요, 아버지. 케네스 호프라는 사람인데 아버지는 들어본 적 없으시죠. 그 사람이 우리 해변을 차지했어요. 한 번 본적이 있는데, 소심하고 마른 중년 남성이더군요. 하지만 그 사람은 누구와도 말을 섞으려 하지 않았어요. 그 사람은 경이로운 글을 써요, 아버지. 백 년간 벽으로 막혀 있던 마음의 창도 열어젖힐 만한 소설들이에요. 그에게 엄청난 유명세와 부를 안겨준 《발명가들》을 읽었어요. 특허받은 장치를 발명한 발명가들에 관한 소설인데, 그들의 삶도, 발명과 사랑에 전념하는 방식도 놀라워요. 《발명가들》을 읽는 동안은 우리가 사는 공간을 발명가들이 좌지

우지한다고 생각하게 될 거예요. 아버지, 그는 그런 마력의 소유자랍니다. 독자들이 뭐든 믿게 만들 수 있어요. 도라는 이런 말을 꺼내지는 않았는데, 그녀 아버지 역시 훌륭한, 재흥해야 마땅한 작품들을 썼기 때문이다. 아버지의 이름은 존경의 대상이었지만, 그의 책은 많은 사람의 입에 오르내리지도, 읽히지도 않았다. 그는 케네스 호프의 유명세를 이해하지 못할 것이다. 아버지는 소설에서 남녀 개인의 양심을 다뤘다. 개인의 양심이란 주제에서 아버지를 따를 작가는 없었다.

"도착했어요, 아버지. 말씀하신 장소가 여기죠?"

"아니야, 도라. 더 가야 한다."

"하지만 거긴 텀브릴이잖아요. 어마어마하게 비싼걸요."

"정말이지, 애야!"

그녀는 더위를 핑계 삼아 점심으로 멜론 한 조각과 아버지의 와인 한 잔만 주문하기로 결정했다. 키가 크고 호리호리한 두 사람은 식당 안으로 들어갔다. 머리를 뒤로 넘긴 그녀의 얼굴 골격은 근사했고 작은 눈은 늘 웃을 준비가 된 상태였는데, 이는 그녀가 제대로 된 독신으로 지내기로 결심했기 때문이었다. 그녀는 마흔여섯 살이지만 그 나이로 보이지 않았다. 피부는 윤기가 없었고 얇은 입술은 금전적인 우려로 더욱 얇아지는 중이었다. 아버지는 여든 살로 보였으며, 실제로도 그러했다. 삼십 년 전만 해도 사람들은 지나가는 그를 돌아보며 말하곤 했다.

"저 사람이 헨리 캐슬메인이야."

벤은 사유 해변의 매트리스 위에 배를 깔고 누워 있었다. 그 옆의 매트리스에는 카멀리타 호프가 누운 채였다. 그들은 해변의 종업원이 카페에서 가져다 준 둥근 빵과 치즈를 먹으며 백포도주를 마시는 중이었다. 카멀리타의 그을린 살결은 전신에 틈 없이 밀착된 완벽한 의복과도 같았다. 학교를 졸업한 후, 그녀는 영화 제작 현장이나 텔레비전 스튜디오에서 다양한 일을 해왔다. 현재는 무직이었다. 그녀는 벤과의 결혼을 생각하고 있었다. 벤은 그녀가 아는 남자들과는 하나부터 열까지 달랐다. 그는 즐거움이 넘치면서도 진지했다. 잘생기기도 했다. 절반은 프랑스인인 벤은 영국에서 자랐으며, 서른하나라는 흥미로운 나이였다. 지금은 교사이나아마 아버지가 광고나 출판업계에 직업을 구해줄 수도 있을 것이다. 아버지가 애를 쓰기만 한다면 그들을 위해 많은 일을 해줄 수있었다. 그녀가 결혼한다면 아마도 아버지가 애를 써줄 것이다.

"어제 아버지를 만나기는 했어, 카멀리타?"

"아니, 사실 아버지는 차를 끌고 해안 위쪽으로 가셨어. 아마 이탈리아 국경에 있는 빌라에 머물러 가신 것 같아."

"좀 더 자주 뵙고 대화를 나누고 싶은데. 좀처럼 아버님과 대화할 기회가 없었잖아."

"아버지는 부끄러움을 많이 타셔. 특히 내 친구들 앞에서."

벤이 그녀의 아버지에 대해 말할 때, 카멀리타는 종종 날카로운 불만이 고개를 쳐드는 걸 느꼈다. 벤은 아버지의 책을 읽고 또 읽었는데, 기억력에 문제가 있는 사람처럼 읽은 책을 두 번 세 번 읽는 것이 카멀리타에게는 꽤 강박적으로 보였다. 벤이 자신을 오직 케네스 호프의 딸이라는 이유만으로 사랑한다고 느끼기도 했는데, 한편으로는 그럴 리가 없다고 여긴 건 벤이 돈과 성공에 무심했기 때문이다. 카멀리타는 유명한 아버지를 둔 탓에 아버지의 돈과 성공을 노린 구혼자들에게 둘러싸인 많은 딸을 알고 있었다. 하지만 벤이 그녀의 아버지를 좋아하는 건 아버지가 쓴 책 때문이었다.

"아버지는 내게 간섭하지 않으셔. 그런 점이 정말 좋아."

"한번 장시간 대화를 나눌 기회가 있었으면 좋겠어."

"뭐에 대해서? 아버지는 자기 작품에 관해 이야기하는 걸 좋아하지 않으셔."

"아니, 나는 아버지 같은 분의 머릿속을 알고 싶어."

"내 머릿속은 궁금하지 않아?"

"당신의 머릿속은 매력적이야. 기분 좋은 여유로움으로 가득하지. 속임수라곤 없어."

벤은 검지로 그녀의 무릎부터 발목까지를 훑었다. 카멀리타는 분홍색 비키니를 입고 있었다. 그녀는 매우 예뻤고 열여덟 살 생일을 맞기 전에 스타가 되길 꿈꿨다. 이제 스물한 살에 가까워진 그녀는 대신 벤과의 결혼을 생각하고 있었으며, 스스로가 더는 배우가 되기를 원하지 않는다는 데 안도했다. 벤과는 이전의 어떤 남자친구보다도 오래 사귀는 중이었다. 그녀가 처음 만난 남자에게 가졌던 흥미는 빠르게 식는 것이 보통이었다. 벤은 지식인이었고, 누가 뭐라고 해도 지식인들과의 관계는 다른 상대와의 관계보다 오래 지속되는 것 같았다. 발견할 면모를 남들보다 많이 감추고 있는 까닭이었다. 지식인과 사귀면 매일 새로운 점을 발견할 수 있는데, 그녀는 자신이 벤처럼 교양 있는 유형에게 끌리는 것은 자신이 아버지의 딸이기 때문이리라 생각했다.

벤은 오래된 선창 근처 뒷골목의 자그마한 호텔에 머물고 있었다. 입구는 어두웠으나 작은 발코니가 딸린 건물의 맨 꼭대기 방이었다. 카멀리타는 친구와 빌라에 머물고 있었다. 그녀는 벤의 방에서 많은 시간을 보냈고, 가끔 거기서 잠을 자기도 했다. 올해 여름은 특히 행복한 시간이 되어가는 중이었다.

"우리가 결혼해도 아버지를 많이 볼 수는 없을걸. 아버지는 작업에 매달리고 사람들과 교류도 안 하셔. 글을 쓰지 않을 땐 집을 비우시고. 아마 아버지가 또 결혼하실 수도 있고, 그렇게 되면……."

"그건 상관없어. 나는 당신 아버지와 결혼하고 싶은 게 아니니까."

도라 캐슬메인은 발성법과 관련한 여러 수료증을 보유하고 있었으나 이를 활용할 기회는 없었다. 올해 크리스마스 휴가 이후 그녀는 바질 스트리트 중등학교에서 시간제 일자리를 얻었는데, 유망한 소년들의 두드러진 런던 토박이 악센트를 표준 영어에 가깝게 교정하는 일이었다. 그녀의 아버지는 매우 놀랐다.

"돈, 돈, 너는 항상 돈 얘기만 하는구나. 빚을 더 지면 되잖니. 빚 없는 사람이 어디 있다고."

"신용에는 한도가 있어요, 아버지. 세상 물정 모르는 말씀 마세요."

"웨이트와 상의해봤니?"

웨이트는 출판사 직원으로, 해마다 줄어드는 캐슬메인의 저작권료를 관리했다.

"받을 돈보다 더 많은 돈을 인출한 상황이에요."

"따분한 일이잖니, 네가 교사가 되다니."

"아버지에겐 따분한 일일지 몰라도, 제게는 아니에요."

"도라, 너 정말로 런던에 가서 그 일을 하고 싶은 거니?"

"네, 하고 싶어요. 기대하고 있는걸요."

그는 그녀를 믿지 않았다. 그럼에도 말했다.

"내 생각에 요즘 내가 네게 짐이 되는 것 같구나. 가서 죽어버리는 게 좋을지도 모르겠어."

"남극에서 오츠*가 그랬던 것처럼요?"

도라가 대꾸했다.

그는 그녀를, 그녀는 그를 바라보았다. 서로에 대한 그들의 사랑에는 빈틈이 없었다.

도라는 학교의 유일한 여교사였지만, 교사의 지위는 주어지지 않았다. 그녀는 휴게실 한구석을 차지했고, 그들 사이에 끼어들 의사가 없다는 것을 보여 남자 교사들을 안심시키기 위해 쉬는 시간에 테이블 위에 주간지 하나를 펼쳐놓고 앉아 열중해서 읽으며, 팔 아래 연습장을 한 아름 끼고 들어오는 교사들에게 아침이나 점심 인사를 할 때만 고개를 들곤 했다. 연습장을 채점할 일이 없었던 도라는 남자 교사들과 동떨어진, 모음 발음의 교정자였다. 쉬는 시간 그녀가 커피에 넣을 설탕을 나누어 줄 때 교사 한 명, 그리고 또 다른 한 명이 그녀와 대화를 텄다. 몇몇은 서른 초반이었다. 붉은 콧수염을 기른 과학 교사는 케임브리지를 졸업한 지 얼마 되지 않았다. 그러나 누구도 그녀에게 십오 년 전 총명한 남성들이 던지던 질문을 하지 않았다.

"캐슬메인 양, 혹 작가 헨리 캐슬메인과 무슨 관계가 있으신 가요?"

---

* 로런스 오츠Lawrence Oates는 희생정신으로 유명한 인물이다. 1912년에 남극을 탐험하던 중, 동상에 걸린 자신이 다른 동료들에게 짐이 되는 상황을 우려해 텐트 밖 눈보라 속으로 걸어가 자살했다.

아버지의 딸들

봄이 왔고, 벤은 방과 후에 카멀리타와 링컨스 인 필즈*의 나무 아래를 걸으며 뛰노는 아이들을 지켜보았다. 둘은 아름다운 한쌍이었다. 카멀리타는 런던 금융가에서 비서로 일하고 있었다. 그녀의 아버지는 두 사람의 약혼을 축하하는 저녁 식사 자리를 마련한 뒤 모로코로 떠났다.

벤이 입을 열었다.

"학교에 발성법을 가르치는 여자가 있어."

"그래?"

카멀리타는 예민한 상태였는데, 아버지가 모로코로 떠난 뒤 벤이 그들의 관계를 새로운 국면으로 전환했기 때문이었다. 벤은 주말에조차 그녀를 베이스워터에 있는 자기 아파트에 묵지 못하게 했다. 여름까지 자제력을 시험해보면 결혼이 더욱 기대되지 않겠느냐는 것이었다.

"그리고 섹스 없이 우리가 서로에게 어떤 의미인지 알아보고 싶어."

이 말은 카멀리타가 자신이 그에게 얼마나 빠져들었는지 깨닫게 했다. 그녀는 벤이 자신의 집착을 심화시킬 목적으로 일종의 잔인성을 발휘하는 게 아닐까 생각했다. 그는 실제로 섹스 없이 그들이 서로에게 어떤 의미인지 확인해보고 싶었던 것인데 말

---

* 런던에서 가장 큰 공원으로 1630년대에 조성되었다.

이다.

카멀리타가 예고 없이 아파트를 방문했을 때 벤은 책을 읽고 있었다. 탁자 위에는 다른 책이 자기 차례를 기다리듯 무더기로 쌓여 있었다.

그녀는 책을 읽고 싶어서 자길 떨쳐낸 게 아니냐고 그를 비난했다.

"4학년들이 트롤럽*을 읽고 있어."

그가 책 무더기에서 트롤럽의 소설을 가리키며 설명했다.

"하지만 지금 트롤럽을 읽고 있지 않잖아."

벤은 제임스 조이스의 전기를 읽고 있었다. 그가 쾅 소리가 나게 책을 내려놓으며 말했다.

"나는 한평생 독서를 해왔어. 당신이 그걸 그만두게 할 수는 없어, 카멀리타."

그녀는 자리에 앉았다.

"그만두게 하고 싶은 게 아니야."

"알아."

"섹스 때문에 우리 사이가 엉망이 되어버렸어."

그녀는 그날 밤을 벤과 함께 보냈다.

벤은 그녀의 아버지에 대한 에세이를 쓰고 있었다. 카멀리타는

---

*　앤서니 트롤럽Anthony Trollope은 영국 빅토리아 시대의 소설가다.

아버지가 그 에세이에 더 관심을 기울여주길 바랐다. 아버지는 파티에서 보여주는 미소가 깃든 소년의 얼굴로 두 사람을 데려가 저녁을 사주었다. 카멀리타는 아버지의 다른 모습, 즉 그가 극심한 실의에 빠져 세상을 견디기 버거워하는 듯한 모습을 본 적이 있었다.

"무슨 일이에요, 아버지?"

"내 안에서 오류의 희극이 펼쳐지고 있단다, 카멀리타."

이런 상태일 때 그는 하루 대부분을 책상 앞에 앉아 아무것도 하지 않으면서 보냈다. 그러다가 밤중에 글을 쓰기 시작해 다음 날 아침 내내 잠을 잤고, 이후 며칠 동안 점점 부담을 덜어냈다.

"아버지에게 온 전화예요. 어떤 남자가 인터뷰를 하고 싶다는데요."

"내가 중동에 있다고 말하렴."

"벤을 어떻게 생각하세요, 아버지?"

"굉장히 훌륭한 청년이지, 카멀리타. 네가 잘 골랐다고 생각한단다."

"저는 지식인이 가장 좋아요, 아시잖아요."

"내가 보기에 그는 학생에 가까워. 평생 그럴 거다."

"그 사람이 아버지에 대한 에세이를 쓰고 싶어 해요. 그 사람은 아버지 책이라면 사족을 못 써요."

"그렇구나."

"그러니까 그를 좀 도와주시면 안 될까요? 아버지 작품에 관해 이야기를 좀 해주신다거나요."

"세상에, 카멀리타. 차라리 그 망할 에세이를 내가 직접 쓰는 편이 쉽겠구나."

"알겠어요, 알겠어요. 그냥 여쭤본 거예요."

"나는 문하생을 들일 마음이 없어, 카멀리타. 생각만 해도 소름이 끼친다."

"알겠다니까요. 아버지가 예술가라는 건 잘 알아요. 아버지의 괴팍함을 과시하실 필요는 없어요. 그냥 아버지가 벤을 도와주셨으면 했던 거예요. 저는 그저……."

나는 아버지가 나를 도와줬으면 했을 뿐이야. 벤과 링컨스 인 필즈를 걸으며 카멀리타는 생각했다. "아버지가 벤과 더 많이 대화하셨으면 좋겠어요. 저를 위해서요"라고 말해야만 했어. 그럼 아버지는 무슨 의미냐고 물으셨을 거야. 그럼 나는 "저도 잘 모르겠어요"라고 대답했겠지. 그럼 아버지는 말씀하셨겠지.

"네가 모른다면, 내가 대체 어떻게 알겠니?"

바로 그때 벤이 말했다.

"학교에 발성법을 가르치는 여자가 있어."

"그래?"

카멀리타가 예민하게 답했다.

"캐슬메인 양이야. 근무한 지 벌써 넉 달이 되었는데, 오늘에서야 그 여자가 헨리 캐슬메인의 딸이라는 걸 알았지 뭐야."

"그 사람 죽었잖아!"

카멀리타가 답했다.

"나도 그렇게 생각했어. 그런데 알고 보니 살아 있더라. 에섹스에 있는 집에 멀쩡히 살아 있대."

"캐슬메인 양은 몇 살인데?"

"중년이야. 사십 대 중반. 어쩌면 사십 대 후반일지도. 좋은 여자야. 전형적인 영국 독신녀지. 학생들에게 '하우 나우 브라운 카우How now brown cow'를 발음하는 법을 가르쳐. 코츠월드에서 나무 판화를 제작하는 일이 어울릴 것 같은 사람이야. 오늘에서야 알았는데⋯⋯."

"운이 좋으면 초대받아서 헨리 캐슬메인을 만날 수도 있겠네."

"맞아. 그 여자도 내가 자기 아버지를 만나러 와야 한다고 말하더라고. 주말에 말이야. 캐슬메인 양이 약속을 잡기로 했어. 내가 캐슬메인을 숭배한다는 걸 알고부터 그 여자가 굉장히 친근하게 굴더라. 그 작가가 죽었다고 생각하는 사람도 많잖아. 물론 캐슬메인의 작품은 지난 세대에 속하긴 하지만, 그래도 훌륭해.《자갈 해변》알아? 초기작이야."

"아니, 하지만《본질적인 죄악》은 읽어본 것 같아."

"《죄인과 본질》을 말하는 거겠지? 훌륭한 책이지. 캐슬메인이 재흥할 때가 됐어."

카멀리타는 아버지에 대한 날카로운 분노가 솟구치는 것을 느껐고, 그녀에게 아직 낯설기만 한 절망감이 그 뒤를 따랐다. 카멜리타는 온종일 앉아 절망을 대면하며 견디다가 온밤 내내 가혹하게 명랑한 산문으로 고통을 덜어내던 아버지가 바로 이런 기분을 느낀 것인지 자문해보기까지 했다.

그녀는 무력하게 물었다.

"캐슬메인의 소설은 우리 아버지 소설에는 못 미쳐, 안 그래?"

"둘을 비교할 수는 없어. 캐슬메인과 호프는 아주 다르니까. 한 종류가 다른 종류보다 **낫다고** 말할 수는 없는 거잖아, 맙소사."

벤은 링컨스 인 필즈의 굴뚝들을 학자답게 바라보고 있었다. 카멀리타는 이런 표정을 짓는 그를 가장 사랑했다. 그녀는 어쨌든 캐슬메인 부녀 덕분에 우리 둘의 일이 좀 쉬워질지도 모르겠다고 생각했다.

"아버지, 터무니없는 일이에요. 열여섯 살의 차이라니…… 사람들이 뭐라고 하겠어요?"

"저속하게 굴지 마라, 얘야. 사람들이 뭐라 하건 무슨 상관이니? 진정한 친밀감, 진심으로 이루어진 결혼에 나이는 아무런 문제가 되지 않는단다."

"벤과 저는 공통점이 많긴 해요."

"나도 알고 있다."

그는 대답하며 의자에서 몸을 약간 곧추세웠다.

"직장을 그만두고, 여기서 다시 아버지와 지낼 수 있을 거예요. 정말 그 일을 하고 싶었던 건 아니에요. 그리고 이젠 아버지 건강도 훨씬 좋아졌으니……."

"나도 알고 있다."

"벤도 저녁 시간과 주말은 여기서 보낼 거예요. 아버지는 벤과 잘 통하시죠?"

"놀랍도록 괜찮은 젊은이야, 도라. 그는 대성할 거다. 통찰력이 있어."

"아버지 작품을 꼭 부활시키고 싶어 해요."

"나도 알고 있다. 내가 말했듯 벤은 직장을 그만두고 문학 연구에만 매진해야 해. 타고난 평론가야."

"아버지, 그 사람 당분간은 직장에 계속 다녀야 해요. 돈이 있어야 하니까요. 우리 모두에게 도움이 될 거고요."

"뭐라고? 지금 뭐라고 했니?"

"그 사람이 중등학교 일에서 활력을 얻는다고 말씀드렸어요, 아버지."

"그 사람을 사랑하니?"

"선뜻 답하기 어려워요. 제 나이가 나이니만큼요, 아버지."

"내 눈에는 너희 둘 다 어린아이란다. 그 사람을 사랑하니?"

"제가 실제 그 사람을 알고 지낸 시간보다 더 오래 알았던 것 같은 기분이 들어요. 가끔은 평생을 알고 지낸 사람처럼 느껴질 때도 있어요. 저는 전에 그 사람을 만난 적이 있다고 확신해요. 어쩌면 전생일지도 모르죠. 그게 결정적이었어요. 제가 벤과 결혼하는 건 **운명**일지도 몰라요. 제 말뜻 이해하시겠어요?"

"그래, 그런 것 같다."

"작년에 짧은 기간 동안 꽤 어린 여자와 약혼한 적이 있다더군요. 케네스 호프라는 소설가의 딸이라던데. 들어보신 적 있으세요, 아버지?"

"어렴풋하구나. 벤은 타고난 문하생이야."

그녀는 그를, 그는 그녀를 바라보았다. 서로에 대한 그들의 사랑에는 빈틈이 없었다.

관람 개방

그녀는 신중하게 이 방 저 방을 돌아다니며, 양식은 비슷하나 오래전 사라진 진품을 대신하고 있을 뿐인 필멸의 가구를 오래 굽어본다. 프랑스 사부아 샹베리의 외곽에 자리한 이 집은 장 자크 루소의 젊었을 적 집인 레 샤르메트로, 그가 그보다 열세 살 연상의 성숙한 동반자이자 공식적인 연인이며, "엄마"라는 애칭으로 불렸던 영리한 바랑 부인과 1736년부터 1742년까지의 활력 넘치는 시기를 보냈던 곳이다. 이곳은 그들의 여름 별장이었다.

이른 봄이다. 찾아온 관람객은 아주 적었다고, 아래층 입구에서 입장권과 안내 책자를 구입하는 그녀에게 관리인이 말해주었다. 외딴곳에 보존된 유명인의 집이 대부분 그렇듯, 친절한 안내인은 그의 오두막 난로 곁에서 기꺼이 장소의 역사를 풀어놓았고, 점잖고 조용해 보이는 관람객이 위층과 아래층을 자유롭게 오가며 쌀쌀한 방을 둘러보는 데 전혀 염려하는 기색을 드러내지 않았다.

위층에서 그녀는 또 다른 관람객을 발견한다. 그녀는 왜 자신이 놀랐는지 확신하지 못하지만, 어쩌면 장 자크 루소의 침대 혹은 침대의 복제품이 놓인 작은 벽감에서 자신을 바라보고 선 그를 발견할 때까지 그가 움직이는 소리를 듣지 못했기 때문이리라.

남자는 키가 크고 여위었으며, 서른 살쯤 되어 보이고, 검은색 반코트와 초록색이 도는 갈색 바지의 간편한 차림이다. 그녀를 돌아보는 그의 검은색 스웨터 목 부분 위로 흰 셔츠의 가장자리가 보였기에, 바지만 아니었더라면 그를 성직자로 착각할 수도 있었을 것이다. 그는 길쭉한 얼굴과 금발에 가까운 머리, 회색에 가까운 눈동자를 가졌다. 간편한 옷차림은 살짝 구식이긴 하나 실제로는 단정하고 값이 나가는 것들이다. 그리고 그녀는 그를 본 적이 있다. 시선을 돌렸던 그가 다시 그녀 쪽을 바라본다. 왜일까?

그 역시 그녀를 본 적이 있기 때문이다.

그녀는 계속해서 방을 하나씩 방문하며 세부 사항에 관심을 기울인다. 가까이 봐야만 알 수 있는 것들. 손으로 작은 꽃을 그려넣은 바랑 부인 방의 벽지는 18세기의 원본이다. 집에서 가장 웅장한 방으로 두 개의 커다란 창문이 이른 봄의 차가운 정원과 그 너머, 산과 골짜기를 내다보고 있다. 저 아래 정원에서 매료당한 젊은 루소는 매일 아침 덧문이 열리길 올려다보고, "엄마의 집에 날이 밝았다……"라고 쓰곤 했다.

그녀는 내부 구석구석을 또 한 번 돌아보며 다시 아래층으로 내려간다. 그러고는 수위의 대기실에서 다시 한번 그녀에게 등을 돌리고 서 있는 또 다른 관람객을 본다. 그는 엽서를 사는 중이다. 그녀는 박물관을 나서 자신만의 길에 오른다. 문밖에는 작은 크림색 푸조가 주차되어 있다.

❋

소설가 헨리 캐슬메인의 전기 작가이자 사위였던 벤 도나디유에 대해 들어보았을 것이다. 그는 1960년 도라 캐슬메인과 결혼했는데, 그가 열정을 가졌던 대상은 도라의 늙어가는 아버지가 쓴, 한때는 유명했으나 이제는 역사의 뒤안길로 사라져가던 소설들이었다. 벤은 도라에게는 전혀 열정적이지 않았으며 도라는 이를 고맙게 여겼다. 벤보다 열여섯 살 연상인 그녀는 당시 마흔여섯으로 노처녀였다. 그녀가 진실로 사랑한 대상은 한때 유명했던 그녀의 아비지였다. 도라가 당시 서른 살 정도였던 벤과 결혼한 주된 이유는 당시 사립학교 교사라는 직업을 가지고 있던 벤이 섬점 줄어드는 아버지의 수입을 보조해주어서, 그녀가 일을 포기하고 아버지에게 헌신할 수 있도록 해주는 생계 수단이 되어주었기 때문이었다.

헨리 캐슬메인은 딸을 깊이 사랑했고, 그 자신을 조금 더 사랑했다. 그는 오래전 독자들의 아첨을 받아들이고 젊은 비평가들을 문하생으로 받아들인 것처럼 두 사람 결혼의 근거를 받아들였다. 벤은 캐슬메인의 집으로 들어가서 저녁과 학교 휴일마다 캐슬메인 관련 자료를 정리하고, 노화하는 소설가와 대화하며 방대한 노트를 기록하는 데 착수했다. 당시 캐슬메인은 여든다섯이었다.

약 삼 년 후, 전기가 출판된 이후 캐슬메인의 부흥기가 찾아왔다. 캐슬메인의 소설은 재판되었으며 영화와 드라마로 만들어졌다. 헨리 캐슬메인이 사망했을 때 그는 다시 유명세의 정점에 올라 있었다.

캐슬메인은 집을 딸인 도라에게 남겼다. 그의 모든 자료와 문학 유산 전부도 마찬가지였다. 그러나 벤에게는 헨리 캐슬메인 전기의 인세가 있었다. 그들은 상당히 유복했다.

캐슬메인의 말년, 그들의 재정 상태는 향상되었는데, 대체로 장인의 명성을 부활시키려던 벤의 노력 덕분이었다. 그들은 요리사와 가정부를 고용할 수 있었으며, 자유로워진 도라는 아버지의 진정한 동반자로서 아버지를 새 폭스바겐에 태워 드라이브할 수 있었다.

캐슬메인 사망 이후 그들의 결혼이 끝났을 때 아무도 놀라지 않았다. 결혼의 유일하고 진정한 기반은 도라의 아버지에 대한 부부의 헌신뿐이었다. 아직도 젊고 활기 넘치는 서른다섯 살 벤과 쉰하나지만 나이에 비해 늙어 보였던 도라 사이에는 아버지에 대한 추억 빼고는 어떠한 공통점도 없었다. 아버지는 권위적이고 성가셨으나 도라는 신경 쓰지 않았다. 벤은 명성 높은 장인의 인간적인 무게를 참고 견뎌왔다. 존경받는 작품들을 위해서, 또 매일 매일 서재에서 보관된 기록의 개요를 작성하고 텔레비전과 영화 제작자들에게 전화해가며 그 작품들을 홍보하던 스스로의 노력을 위해서였다.

결혼 초 벤은 도라와 잠자리를 가지려고 노력했고, 그의 노력은 순전히 그녀의 아버지에 대한 열정으로 말미암아 자주 성공했다. 도라는 보답하지 못했다. 그녀에게는 오직 아버지 생각뿐이었고 벤은 대체제가 될 수 없었다. 그리하여 이제 벤에게는 전기의 수익금만이 남았다. 그의 작업은 끝났다. 도라는 대단히 부유해졌다.

헨리 캐슬메인은 매장되었다. 기자들이 몰려 붐빈 추도식은 텔레비전으로 방영되었다. 그다음 주에는 모든 것이 끝났다. 헨리 캐슬메인의 사후 명성은 이어질 것이었지만, 도라와 벤은 더는 한 쌍이 아니었다.

이 지점에 대해 공식적으로 밝혀진 바는 아주 적다. 도라는 아버지가 일생을 보냈고, 자신이 어린 시절을 보냈던 집을 떠나길 거부한 것으로 알려졌다. 런던에 아파트를 얻은 벤은 친구들에게 도라가 인색하다며 투덜거렸다. 그녀는 벤에게 용돈을 주었다. 전기의 수익금이 그를 평생 먹여 살릴 수는 없었다. 벤은 캐슬메인에 관한 에세이를 썼고, 다른 신선한 주제에 대한 글을 구상 중이라고 했다.

몇 달 후 도라가 이혼을 제의했다.

친애하는 벤,

내 변호사 바셋 씨를 만날 계획이에요. 그가 틀림없이 당신에게 연락할 겁니다. 아버지는 처음부터 그러하셨듯 우리가 함께 머물며 서로 사랑하기를 바라셨으리란 걸 알아요. 아버지는 내게 어떤 부족함도 없길 바라셨고, 사실 아버지의 책이 잊혀가던 그 시기에 생계를 꾸려가는 데 필요한 금전적 세부 사항을 이야기하는 걸 싫어하셨죠. 그러다 우리가 만났습니다. 아버지는 우리 인생에서 당신이 수행해준 역할에 내가 감사함을 보이고, 아버지 본인의 인정을 표해주길 바라셨을 거예요 (비록 나는 아버지의 위대한 명성의 부활은 어떤 경우에도 불가피했다고 믿고 있지만요). 그렇기에 바셋 씨에게 당신에게 달마다 용돈 지급을 제의하도록 말해두었어요. 당신은 양심껏 수락하거나 거절하면 됩니다. 이혼은 가능한 한 조용하고 매끄럽게 진행될 거예요. 어쨌든 아버지는 그렇게 하기를 바라셨을 테니까요. 무엇보다 아버지는 우리 결혼이 명목상에 지나지 않았다는 사실을 철저히 비밀에 부치길 원하셨으리라고 생각합니다. 비록 필요하다면 가정부들이 상황을 차고 넘치게 증언해줄 수 있겠지만요(아버지가 항상 말씀하셨듯, 그들은 언제나 모든 것을 훤히 꿰고 있죠). 그리하여 상호 합의를 통하지 않고서도 충분히 이혼을 얻어낼 수 있었는데도, 나는 당신에게 우호적인 해결책을 제안하는 겁니다. 지난 몇 해간 당신도 우리와 지내며 혜택을 보았다고 믿어요.

아버지는 내가 당신께서 땀 흘려 얻은 결실을 즐기길 원하셨을 것이고, 그래서 나는 곧 해외로 여행을 떠나려고 합니다. 특히 아버지가 그토록 사랑하고 많은 시간을 보냈던 장소들로요.

당신의, 신의를 지키는,

도라 캐슬메인

'신의를 지키는'이라는 표현은 그녀의 정식 서명보다 더욱 벤을 뼛속까지 얼어붙게 만들었다. 그는 헨리 캐슬메인의 책 속 한 구절을 떠올렸다. "의로운 자들의 사악함을 조심하라."

보주Vosges의 동레미라퓌셀에 있는 잔 다르크의 소박하면서도 놀라운 생가에 볼 만한 것이 뭐가 있는가? 회색 벽으로 둘러싸인 공허함만이 가득한 이곳에, 누군가 있다 갔다는 사실은 의심의 여지가 없다. 생가는 도로에서 약간 벗어난 아름드리나무 아래 있었다. 근처 뫼즈강의 다리 위에서 한 남자가 물을 내려다보며 맴돈다. 작은 크림색 푸조가 근처에 주차되어, 운전석 문을 열어둔 채 그의 귀환을 기다리고 있다. 그는 생가에 한 번 들어갔다가 다시 밖으로 나왔다. 그는 자신이 관람객들에게 개방된 단출한 생가를 둘러보는 동안 자신을 바라보던 여인을 돌아보았다. 여인은 지나치게 빠른 속도로 차를 몰아 멀리, 멀리 멀어져가는 그를 바라보고, 입장권을 수령하던 관리인도 밖으로 나와 그녀 곁 도로에 서서 그를 바라본다.

벤과 도라는 결코 이혼하지 않았다. 그는 도라의 편지를 친구들에게 돌려보게 했다. 부부는 늘 자신들이 소수의 친구만 가지고 있다고 장담했지만, "몇몇 친구들"의 수를 세어볼 때가 되면 늘 그렇듯 실제 숫자는 놀랄 만큼 많았다. 대부분이 분개했다.

"자네를 부당하게 대우하는군, 벤. 자네가 그녀를 부자로 만들어주었는데, 이제 그 여자는……."

"벤, 자네는 변호사를 만나야 해. 자네에게도 엄연한 권리가……."

"이 얼마나 차갑고, 비정한 편지인지. 하지만 우리끼리 하는 말인데, 그 여자는 자기 아버지와 사랑에 빠져 있었어. 근친상간이었다고."

"나는 변호사에게 가지 않을 걸세. 도라를 만나러 갈 거야."

벤이 말했다.

그는 사전에 알리지 않고 도라를 만나러 갔다. 문을 열어준 것은 키 크고 살찐 젊은이로, 벤이 자신의 이름을 밝히고 아내와의 만남을 청했을 때 즐거움으로 눈을 빛냈다.

"도라는 부엌에 있어요."

집에서 캐슬메인의 냄새는 사라졌다. 벤은 식당 입구부터 부엌까지를 죽 훑어보았다. 새 벽지와 새 양탄자가 눈에 띄었다. 도라는 부엌에서 불행한 얼굴로 오믈렛을 만들 달걀을 섞고 있었다. 부엌 식탁에는 식기가 차려져 있었는데, 아침용이었는지 점심용이었는지는 추측할 수 없었다. 시간은 오후 네 시 십오 분이었다. 어쨌든, 도라는 불행해 보였다. 그녀가 불행한 기분에 매달리고 있다는 걸 벤은 똑똑히 볼 수 있었다. 그것이 그녀가 가진 전부였다.

탄력 없는 젊은이가 벤을 향해 부엌 바닥 위로 의자를 끌어주고는 말했다.

"편히 계세요."

벤은 떠나려고 돌아섰다.

"거기 있어요, 가지 말아요. 세 명의 교양인답게 자리에 앉아 이 상황을 논의해봅시다."

도라가 말했다.

"세 명의 교양인이라면 신물이 나요. 당신 아버지와 당신은 정말 교양 있는 사람들이었지. 나 역시 내가 이용되도록 허락하고 이용 가치가 떨어진 후에는 쫓겨나도록 허락할 정도로 교양 있었고."

벤이 답했다.

"제가 이해하기로는 당신은 도라에게 남편 역할을 한 적이 없다는데요. 당신이 도라 아버지와의 관계를 위한 수단으로 그녀를 이용한 거겠죠."

살집 있는 젊은이가 끼어들었다.

"저 남자는 누구죠?"

벤이 젊은이를 가리키며 물었다.

도라는 식탁으로 오믈렛을 가져와 그녀의 친구 앞에 놓았다.

"뜨거울 때 먹어. 날 기다리지 말고."

그녀는 그릇 안에 계란을 깨기 시작했다. 젊은이는 식사를 시작
했다.

"이 집에는 마실 것도 없나요? 정말 끔찍하군."

벤은 자리에서 일어나 늘 그랬던 것처럼 쟁반 위에 술병이 진열
된 거실로 갔다. 그가 위스키와 소다수를 가지고 돌아왔을 때 젊
은이의 자리는 비어 있었고, 접시 위에는 오믈렛이 조금 남아 있
었다. 그리고 벤은 부엌 창문 밖으로, 정원과 뒷길로 나가는 문으
로 이어지는 계단을 반쯤 도망치듯 오르는 젊은이의 바짓단과 신
발을 보았다. 오믈렛 뒤집는 주걱을 아직 손에 든 도라는 열려 있
던 부엌문을 닫으러 갔다.

"이 오믈렛을 먹어도 좋아요. 나는 하나 더 만들어 먹으면 되
니까."

도라가 말했다.

"고맙지만 이 시간엔 먹을 수가 없어요. 친구분은 어떻게 된
거죠?"

"당신을 보고 부끄러워졌나 봐요."

도라가 답했다.

"뭣 때문에요?"

"이 집에 살러 들어온 것과 집을 방문객들에게 공개하는 것 때문에요. 아버지 덕이죠. 일단은 해외여행을 할 거고, 그다음에는, 내 말 믿어요, 동반자나 조수, 이 집을 박물관으로 바꾸는 걸 도와줄 누구라도 고용할 거예요. 아버지가 쓰시던 방과 아버지의 원고들을 포함해서요."

"흠, 그건 내 생각이었잖아요. 헨리가 죽은 다음엔 우리는 항상 그렇게 할 계획이었잖아요."

"캐슬메인의 열광적인 팬은 당신 하나만이 아니에요. 나는 충분히 재혼할 수 있는 나이예요. 관람객들에게 이 집을 개방할 거예요. 몇몇 방들, 중요한 방들만요. 집을 새로 칠하고 바닥을 수리했어요. 새로운 동반자와 함께할 거예요."

"대체 무슨 이유로 다시 결혼하려는 건가요?"

"흔한 이유죠. 사랑, 섹스, 교류. 캐슬메인의 이상만으론 충분치 않았어요. 이상을 상대로 잠자리를 가질 수는 없어요."

"전에는 그랬잖아요. 헨리가 살아 있을 적에요."

"흠, 잘 모르겠어요."

"가기 전에 집 안을 둘러봐도 될까요?"

도라는 시계를 확인했다. 한숨을 쉰 그녀는 접시를 싱크대에 넣었다.

"나랑 같이 가요. 정확히 보고 싶은 게 뭐예요?"

"지금 어떤 모습인지 내 두 눈으로 보고 싶어요."

그들은 이 방 저 방을 둘러보았다. 의자에는 새로운 천이 씌워졌고, 벽과 목조부는 새롭게 칠해졌다. 헨리 캐슬메인의 서재에는 바닥 위 플라스틱 시트 위에 그의 자료가 차곡차곡 무더기로 쌓아올려져 있었고, 그의 책상은 가대식 탁자로 대체되었고, 그 위엔 더 많은 자료와 원고가 쌓인 상태였다.

"자료들을 정리하고 있어요. 시간이 좀 걸릴 거예요. 아버지 책 중 여럿이 다시 제본되었고 일부는 아직도 제본 중이에요."

도라가 말했다.

벤은 책장을 바라보았다. 헨리가 가장 자주 꺼내 보았던 책들, 그의 낡은 시집, 닳고 닳은 참고 서적들은 이제 반짝이는 금빛과 송아지 반가죽으로 장정되어 있었다.

"이 많은 자료를 당신 혼자 다 정리하진 못할 거예요. 이건 어마어마한 일이에요. 편지만 해도……."

벤이 말했다.

"진열장에 넣을 거예요. 도움을 구할 수 있어요. 많은 도움을요."

도라가 단조롭고 지친 목소리로 답했다.

"이것 봐요. 나도 당신이 도움을 구할 수 있다는 건 알아요. 하지만 이건 전문적인 일이에요. 당신은 학자와 수준 있는 취향의 소유자들이 필요해요."

"알겠어요. 학자와 수준 높은 취향의 소유자들을 구할게요."

"그 젊은이와 결혼할 생각인가요, 이름이 뭐였죠?"

"그럴 수도 있겠죠. 아직 결정하지 않았어요."

"그 사람이 원고 전문가라는 의미인가요?"

"오, 아뇨. 그런 사람이 아버지 자료를 건드리도록 두지는 않을 거예요. 하지만 그 사람은 내가 이 집을 관람객들에게 개방하면 입구 홀에서 입장권을 나눠주는 일은 잘하겠죠. 그 모습이 그려지지 않나요?"

"그려지네요."

"이혼 절차는 조만간……."

"이봐요, 도라. 내가 청구 소송을 제기할 거란 걸 말해두고 싶어요. 내 손으로 지난 칠 년간 당신을 위해 쌓아 올려준 것에 대해 나도 내 몫의 권리가 있다고요."

"그러리라 예상했죠. 변호사도 예상했고요. 합의를 보게 될 거예요."

"내가 당신과 결혼하기 전에 캐슬메인은 아무도 아니었어요."

"합의를 할 거라 했잖아요."

"우리 야망의 슬픈 종지부네요. 우리는 언제나 집을 관람객들에게 공개할 예정이었고, 헨리도 이 계획을 알고 있었죠. 이제 당신은 모든 걸 엉망으로 만들 거예요. 당신은 모든 걸 엉망으로 만들고 있어요. 그 기록을 절대 다 정리하지 못할 거예요."

"여기 돌아와서 자료를 정리해주겠다고 제안하는 거예요?"

"고려해볼 수 있죠. 헨리를 위해서."

"나를 위해서가 아니고?"

"헨리를 위해서요. 당신은 나를 위해 나와 결혼하지 않았잖아요. 항상 아버지, 아버지 타령뿐이었지."

"맞아요. 그리고 이제 아버지는 돌아가셨어요. 우리 사이에 더는 공통점이 없어요."

"캐슬메인 박물관에 대한 야심을 공유하고 있잖아요. 우리의 꿈이에요."

"이만 가줘야겠어요. 눈을 좀 붙이고 싶어요."

도라가 말했다. 그녀의 눈은 시계 위에 고정되어 있었다.

도라가 서재 문을 닫을 때, 그들 뒤에서 외풍에 날린 자료 뭉치가 바닥으로 스르르 무너지는 소리가 들렸다. 그러더니 그 첫 번째 움직임에 힘입어 또 다른 자료 뭉치가 쿵 떨어졌다. 도라는 신경 쓰지 않았다.

입구 책상에서 교대 근무를 하던 어린 여학생이 보기에, 두 관람객은 초조하게 서로를 의식하는 것 같다. 둘이 따로 도착했는데도 말이다. 그들 모두에게는 어딘가 구식인 면이 있다. 옷이 재단된 방식이나 옷의 모양이 이런 느낌을 주는 건 아니다. 사실 뚜렷하게 말할 수 없는, 모호한 무언가였다. 둘 모두는 영국인이거나 아마도 미국인일 것이다. 소녀는 그 차이점을 알아들을 수 없다. 입장권을 구입할 때 그들이 각자 아주 적은 말만을 했기에 더욱 그러하다.

"이 박물관이 생긴 지 얼마나 됐죠?"

"저게 정말 프로이트가 썼던 모자인가요?"

프로이트의 모자, 중산층의 밝은 갈색 펠트 모자는 프로이트의 지팡이와 함께 코트 걸이에 걸려 있다. 소녀는 관람객들을 따라다닌다. 남자는 키가 크고 잘생겼으며, 서른 살가량 되어 보인다. 머리를 뒤로 벗어 넘겨 틀어 올린 단정한 모습의 여자는 그보다 나이가 많았다. 빈 베르크가세 19번지에 있는 지그문트 프로이트의 집을 방문하는 사람들 대부분이 그렇듯 그들은 학구적인 인상이다. 그러나 그들이 이따금 서로를 불안하게 쳐다봤다가, 또 불안하게 시선을 돌린다는 사실은 성지의 젊은 관리인을 점점 더 초조하게 만든다. 여기저기 귀중한 물건들이 놓여 있다. 작업실 탁자 위에는 원시 사회의 유적이, 유리 덮인 진열 탁자 안에는 원고와 편지들이 있다. 이 관람객들이 계획된 강도질의 공범인 건 아닐까?

"저게 바로 그 긴 의자예요. 네, 긴 의자의 진품입니다."

여학생이 말한다. 커다란 긴 의자는 부드럽게 축 늘어져 있다. 거기 앉아 점점 더 깊이 가라앉으며 평생을 잠잘 수도 있을 것 같다.

"여기가 대기실입니다."

"아, 대기실."

젊은 남자가 말한다.

"여기 유령이 있나요?"

여인이 뭔가를 기다리듯 벽에 늘어서 있는, 빨간 플러시 천을 씌운 의자를 만지며 묻는다.

"유렵이 뭐죠?"

어리둥절해진 소녀가 묻는다.

"아뇨, 유령 말이에요. 귀신이 나오느냐고요."

"아뇨."

소녀는 뒤를 바라보고는 화들짝 놀라며 대답하는데, 갑작스레 자리를 뜬 남자가 벌써 아파트 문밖으로 나섰기 때문이다. 여인에게 돌아선 소녀는 그녀가 있던 자리 역시 텅 비어 있는 데 놀란다.

비 오는 쥐라의 아르부아에 자리 잡은 미생물학자 루이 파스퇴르의 생가에 그녀가 있으며 그 또한 있다.

"이건 식탁입니다. 이 판 위에 그가 조각을 새겼죠. 비가 왜 이

---

*　원문에서는 이 집에 유령이 나오느냐haunted는 도라의 질문을 잘못 알아들은 소녀가 "쫓기느냐고요hunted?"라고 되묻는다. haunted와 hunted의 발음이 유사하여 발생한 오해로, 이를 살리고자 각각 '유령'과 사냥의 의미가 있는 '유렵'으로 번역했다.

렇게 많이 온담! 멈출 기미가 안 보이죠? 숙녀분과 신사분, 실험실을 보려면 이쪽으로 오시죠."

그들은 자연히 한 쌍으로 받아들여진다. 실험실은 청소를 했는데도 어쩐 일인지 먼지투성이였으며, 몇 권의 책이 현실감 있게 흩어져 있다.

"유기체와 발효 작용에 대한 그의 연구는……."

"아주 소수만이 파스퇴르 우유가 파스퇴르에게서 비롯되었다는 걸 알고 있죠."

남자가 명료하지만 이국적인 프랑스어로 말한다.

"그렇습니다."

안내원이 답한다.

연인은 함께 떠난다. 바깥 빗속에서 그녀가 말한다.

"이제 날 따라다니는 건 그만둬요."

"난 당신을 따라다니는 게 아니에요. 난 우리의 야심을 따라다니고 있어요. 당신이나 출발한 곳으로 돌아가요. 이탈한 건 당신이에요."

남자가 말한다.

"계약을 한 것도 아니잖아요. 정식으로 서약하지도 않았고요. 균열을 초래한 건 당신이었어요. 우리는 결혼 생활이라 할 만한 결혼 생활을 한 적이 없어요. 당신에게 말했듯이, 나는 항상 아버지가 돌아가신 후 아버지의 집을 방문객들에게 공개할 생각이었어요."

"절대 그렇게 못 할걸요. 나 없이는요. 나는 그 야심의 일부예
요. 나는 계속 나아가야만 해요."

"당신은 야심의 유령이에요."

"당신도 마찬가지예요. 꿈과 계획의 유령이죠."

그는 그녀를 물에 젖은 오래된 거리에 세워둔 채 차를 타고 떠
나버린다.

도라는 아버지의 서재 문을 열었다가 도로 닫았다. 아버지가 죽
은 지 두 해가 지났다. 그녀의 새로운 젊은이는 벌써 세 번째로, 두
전임자와 마찬가지로 자료를 순차적으로 정리하는 일을 돕고 집
을 박물관으로 건립하겠다는 열의가 시들해졌거나 처음부터 존
재하지 않았다. 하지만 앞선 이들과 다르게 그는 도라에게 좋은
영향을 미쳤다. 이 젊은이는 의류 도매 사업에 종사했다. 도라의
외모를 말쑥하게 만들고자 하는 그의 시도는 성공했다. 오십 대의
도라는 생애 처음으로 건강해 보였다. 그녀에 대한 그의 헌신 혹
은 꽤나 별난 열정은 항상 도라의 의욕에 기적 같은 효과를 불러
일으켰다. 그녀 스스로가 설명한 바로는 말이다.

"헨리 캐슬메인의 딸이라는 걸 제외하면, 나는 당신에게 뭐죠?"

그녀는 새로운 젊은이에게 물은 적이 있다.

"당신은 당신 자체로 매력적이에요."

그건 어떤 측면에서, 도라가 그에게서 듣고자 혹은 알고자 하는 것의 전부였다. 바로 다음 날 도라는 벤에게 전화를 걸었다. 전화 너머에서 들린 건 여자의 목소리, 철없는 목소리였다.

"누구시죠?"

"그 사람 부인이에요."

"오, 부인이시라고요."

"네, 부인이요."

그리고 저 너머에서 목소리가 들려왔다.

"벤, 당신에게 걸려 온 전화야. 당신 부인이라고 하는데."

잠시 후 벤이 전화를 받았다.

"안녕, 도라. 무슨 일이에요?"

"라이어널과 내가 아버지의 자료를 두고 결정할 게 있어요. 당신이 도움을 줄 수 있을 것 같아서."

"라이어널이 누군데요?"

"내 친구예요."

"친구 이름은 팀인 줄 알았는데."

"아니, 팀은 작년에 여기 있었죠. 어쨌든……."

"날 잡아서 방문할게요."

"되도록 빨리 오도록 해요."

"다음 주나 그다음 주 안에 가죠. 그보다 빨리는 어려워요."

요크셔의 하워스에 위치한 비운과 공포가 서린 브론테의 생가에서 그를 만난 그녀는 기겁한다.

"저녁 식사를 마친 자매들이 한밤중에 이리저리 거닐며 미래를 계획한 장소가 바로 이 식당입니다……."

바깥에는 묘비들이 늘어선 묘지가 있다. 에밀리 브론테의 무덤 곁에서 그녀가 뒤돌아 말한다.

"날 그만 쫓아다녀요."

소규모 미국인 단체 관람객이 그들을 주시하는 중이다. 그들은 사십 대 중반의 신경질적인 여인이 이십 대 후반이나 삼십 대 초반쯤 되는 당황한 남성을 떨쳐내려 하는 모습을 본다. 둘 다 약간 시대에 뒤진 차림을 하고 있다.

"사람들이 우릴 쳐다보잖아요."

그가 말한다.

"내 유일한 소망은 아버지를 위해 집을 개방하는 거예요. 정말 많은 생가를 돌아봤어요. 모두가 음울해요. 박물관에는 심장이 없어요."

그녀가 입을 떼며 말한다.

"그럼 그만 출몰해요. 그걸 말하러 온 거예요."

"그러면 당신은 자유로워지겠죠. 그렇지 않은가요?"

"당신이 자유롭다고는 말하지 말아요. 지금처럼 이 멈춘 시간을 떠돌면서 말이에요."

그들은 걸음을 옮긴다. 그는 자신의 차로, 그녀는 목적지 없이. 미국인 단체 관람객은 벌써 장엄한 브론테의 무덤에 서서 비문을 읽고 있다.

이스트서식스 라이의 램 하우스에서 그들 야심의 유령은 마침내 합의에 이른다.

"방명록에 서명하시겠어요?"

큐레이터가 묻는다.

"여기서 제임스가 손님들을 맞이했죠. 네, 작은 공간입니다, 비좁죠. 네, 그의 육중한 몸집을 생각하면 아마 꽤 갑갑했을 거예요. 하지만 위층은……."

정원에는 헨리 제임스가 키우던 개들의 무덤이 있다. 그 옆에서 벤이 말한다.

"당신이 어떻게 당신의 옛집을 관람객들에게 개방하는 걸 참을 수 있는지 모르겠어요. 지금 그대로 정말 근사한데요."

"아버지를 위해서가 아니라면 나도 그렇게 느꼈을 거예요. 하지만 아버지의 야심은 언제나 아버지의 명성이 끝없이, 끝없이 계속되는 것이었어요. 미래로 계속해서 이어지고 또 이어지는 거죠."

"지금이 그 미래예요. 그리고 당신은 당신의 젊은이들과 앉아서 술이나 마시며 아버지를 생각하는 것 외엔 아무것도 하지 않았어요."

"그럼 당신은 여태껏 뭘 했는데요?"

"여자들과 앉아서 술이나 마시며 당신의 아버지를 생각했죠."

"아버지는 지옥에나 가라고 해요."

도라가 문을 열었다.

"라이어널은 비통해했어요. 나도 좀 슬펐고요. 어쨌든 그 만한 사람이 없었거든요. 하지만 그도 자기가 떠날 때라는 걸 알았죠."

"머리를 새로 잘랐네요."

그가 말했다.

"아버지를 위해서, 아버지의 자료를 위해서 온 건가요?"

"아뇨, 나는 당신을 위해서 온 거예요."

그녀는 바지가 주는 새로운 자유를 만끽하며 앞장서 위층으로 갔다. 그리고 1890년 혹은 그보다 더 이전으로 가는 기록물들의 무더기가 쌓인 가망 없는 서재의 문을 열었다.

"대학에 기증해야 할지도 모르겠어요."

그녀가 말했다.

"우리는 결코 자유롭지 못할 거예요. 그 유령, 그 유령들이 결코 우리를 놔주지 않을 거예요. 학생들이 보내는 편지, 학자들이 보내는 편지. 똑같은 일이 반복될 거예요."

그가 답했다.

그날 저녁 그들은 정원에 모닥불을 피웠다. 캐슬메인의 자료를 모두 태우는 데는 몇 시간이 걸렸다. 하지만 그들은 뒤뜰 세탁장에 앉아 술을 마시며 자료 위로 널름대는 불길을 지켜보다가, 한 번씩 밖으로 나가 불길 속에 새로운 먹이를 한아름 던져 주었다. 그 모두가 전부 타버릴 때까지.

하퍼와 월턴

오후가 되면 근방에는 사시인 젊은 정원사를 제외한 다른 사람이 드물었다. 그는 사시가 너무 심해서, 친구와 함께 그와 이야기를 나누다 보면 그가 둘 중 누구에게 이야기하는지를 알 수 없을 정도였다. 그리고 혼자일 때, 그는 내가 아니라면 가장 가까이 있는 나무와 대화를 나누는 듯 보였다. 나는 그에게 교정 치료나 도움이 될 특별한 안경 같은 것이 없느냐고 물어볼 용기를 끌어모으려 했지만, 결국 실행에 옮기지 못했다. 이 집은 내 소유가 아니었다. 나는 친구인 로우더 가족을 위해 한 달간 집을 봐주는 중이었다. 내게 굉장히 적절한 합의였다. 나는 책을 마무리 지어야 했고, 햄프셔 깊숙한 곳에 자리 잡은 이 집은 그 목적을 이루기에 이상적이었다. 매일 아침이면 시간제로 근무하는 해리엇이 청소하러 왔다. 그녀는 내가 하루 먹을 식사를 요리해둔 뒤 정오쯤 나를 홀로 남겨두고 떠났다.

나는 열심히 일하고 달게 잤다. 밤중에는 나를 방해하는 것이 없었다. 내가 불안해지는 때는 오후 두 시 경이었다. 집안에 뭔가 심상치 않은 기운이 감돌았다. 이런 일이 몇 주간 지속되었다. 봄 날씨는 변덕이 심했다.

그러나 집이 이상하게 느껴진 건 집 주변에서 휘파람을 불고 처마 밑에서 신음하는 바람 탓이 아니었다. 오래된 건물이 날씨와 소음에 영향을 받는 건 사실 지극히 정상적이었다. 뭔가가 분명히 정상에서 벗어난 듯 느껴지는 건 해가 화창한 날, 봄비가 흩뿌리며 창문을 적시는 날이었다. 할 일이 있던 나는 자주 정원이나 정원이 보이는 방에 앉아 편치 않은 기분을 단호히 떨쳐내고 일에 집중하려 했다. 정원사 조가 잔디밭의 거대한 향나무 아래 서서 정문 왼편 두 칸의 손님 침실 중 하나의 창문을 올려다보는 것이 내 주의를 끌기 시작했다. 두 침실은 내가 보기에 집의 미관을 망치는 것처럼 느껴지는 홈통으로 나뉘어 있었다. 그의 사시 때문에 그가 어떤 창문을 바라보고 있는지를 말하기는 힘들었다.

"무슨 문제가 있나요, 조?"

나는 그의 행동을 며칠간 관찰한 끝에 물었다.

"아뇨."

대답한 그는 지켜보기를 계속했다. 따지고 보면 조는 내 걱정거리가 아니었다. 내가 고용한 사람이 아니었으니 말이다. 집은 도난 경보기가 잘 보호하고 있었다. 나는 해야 할 일이 있었으므로 조를 무시하기로 결정했다. 매일 오후 느껴지는 으스스한 섬뜩함도 계속해서 떨쳐냈다.

집에 머문 지 사 주째에 나는 목소리를 들었다. 젊은 여인들의 목소리였다. 나는 정원 방의 문을 열고 소리쳤다.

"조, 거기 누가 있어요?"

그러나 조는 보이지 않았다. 나는 이 "목소리들"에 귀 기울이고 조에 대해 고민하는 건 시간 낭비라는 결론을 내렸다. 내게는 정말로 책을 끝마쳐야 한다는 강렬한 충동과 그래야 할 경제적 필요가 있었다. 나는 잘 해나가는 중이었고, 완수하러 온 일을 방해받는 건 사절이었다.

그러나 책상에 다시 자리 잡자마자 다시 집 밖, 꽤 가까운 거리에서 목소리가 들려왔다. 찾아올 손님은 없었으므로 창밖을 내다보러 갔다. 목소리는 집이 접한 숲 지대에서 들려오고 있었다. 그러더니 두 여인이 시야에 들어왔다. 처음에는 그들이 에드워드 시대*의 긴 치마를 입은 채 숄을 두르고, 긴 머리를 지나치게 꽉 묶어서 틀어 올리고 있다는 사실에 놀라지 않았다. 런던의 미스 셀프리지**나 뷰챔프 플레이스***, 맨해튼 빌리지에서 구입한 옷일 수

---

* 영국에서 1901년부터 1910년까 이어진 에드워드 7세의 통치 시기를 가리키며, 때로 넓게는 1914년 1차 세계대전 발발 시기까지를 포함하기도 한다.

** 1966년 런던 셀프리지 백화점에서 출시한 여성복 브랜드다.

*** 런던의 나이츠브리지 지구에 있는 쇼핑 거리. 1885년까지 그로브 플레이스라 불린 이곳에는 매음굴과 하숙집이 대부분이었으나 에드워드 시대에 이르러 골동품 가게와 고급 의상실들이 자리 잡기 시작했다.

도 있었으니까. 이 쾌활한 자유의 시대에 옷차림 때문에 놀랄 일은 없었다.

아는 사람들 같다는 생각이 들었지만 어디서 본 사람들인지는 알 수 없었다. 그 두 사람을 한 자리에서 만났던 것만은 분명했다. 둘은 젊고 수척했으며, 한 명은 컸고 다른 한 명은 그보다 작았다.

집에 접근하는 그들 뒤로 숲 가장자리에서 어슬렁거리는 조가 보였다. 그는 흥미를 보이는 듯했다.

정문 초인종이 울렸다. 나는 응답해야 할지 전혀 확신이 서지 않았다. 방문객이 찾아올 리 없었고, 로우더 가족은 내게 전적인 고독을 약속했다. 그러나 몹시 초조해져 정원 쪽 창문을 열어 소리쳤다.

"누구를 찾아오신 거죠? 죄송하지만 로우더 가족은 여기 없습니다. 저는 임시 거주 중이고요."

"당신을 만나러 온 거예요."

둘 중 더 어려 보이는 여인이 말했다.

여전히 어디선가 그들을 봤다는 어렴풋한 확신이 들었다. 그들은 나를 소름 끼치게 했다. 나이 든 여인이 다시 초인종을 눌렀다.

"들여보내주세요."

"누구시죠?"

내가 물었다.

"하퍼와 월턴이에요. 겁먹지 말아요. 우린 단지 격분했을 뿐이니까."

젊은 여인이 말했다.

하퍼와 월턴, 그 이름을 어디서 들었더라?

"우리 만난 적이 있나요?"

"우리가 만난 적이 있느냐고요? 당신이 우리를 창조했잖아요. 내 이름은 매리언 하퍼로 그냥 하퍼로 통하고 내 친구는 매리언 월턴, 그냥 월턴으로 통하죠. 우리는 여성 참정권을 위해 싸웠어요."

키가 더 큰 여인이 말했다.

세상에, 그제야 몇 해 전, 아주 오래전인 1950년대 즈음, 에드워드 시대 서프러제트*에 관한 단편 소설을 썼던 기억이 났다. 그 단편 소설에 대해 떠올릴 수 있는 게 뭐가 있더라? 소설은 출판된 적이 없다. 마무리는 지었던가? 두 등장인물인 하퍼와 월턴은 내게 공감을 자아내진 않았으나 어쨌든 쓰는 동안은 재미있었다.

"내게 바라는 게 뭐예요?"

나는 창문에서 물었다. 그들을 집 안으로 들일 의향은 없었다.

"당신은 이야기를 내팽개쳤어요. 당신을 찾으러 다닌 지 좀 됐어요. 우리에게 실체를 부여해주지 않는다면 우리는 유령으로서 당신을 괴롭히겠어요."

작은 월턴이 말했다.

---

* 20세기 초 영국에서 여성 참정권을 얻기 위해 투쟁한 여성들, 특히 크리스타벨 팽크허스트의 지휘 아래 활동한 여성 참정권 운동가들을 일컫는다.

내게 하퍼와 월턴은 오래전 소설과 시를 쓰기 시작할 무렵 미완성작을 보관하던 서랍 뒤쪽에 널브러져 있는 존재였다.

나는 소지품을 챙겨 차에 싣고 달리며 뒤로 멀어지는 하퍼와 월턴, 조를 지켜보았다. 집에 도착해서는 수색 끝에 실종되었던 원고를 발견했다. 나는 귀퉁이가 말린 원고를 꼼꼼히 읽었다.

어느 날 창문에 스무 살가량 되는 젊은이가 나타났다. 안타깝게도 그의 눈은 사시였다.

맞은편에는 또 다른 하숙집이 있었다. 서프러제트 운동가였던 하퍼 양과 월턴 양은 이곳 이 층에 살았다. 시골에 사는 그들의 부모는 그들에게 돈을 주고 멀리 보내버렸다.

삼 주 뒤, 더는 참을 수 없어진 월턴 양은 층계참을 따라 하퍼 양의 방으로 갔다.

"하퍼. 나는 더 이상 참을 수가 없어."

"월턴, 의욕을 잃지 마. 지난달에는 삼백네 명의 신입이 들어왔잖아. 팽크허스트의 말을 잊지 마."

"하퍼. 나는 개인적인 문제를 말하는 거야."

월턴이 엄격하게 말했다.

"그래?"

되물은 하퍼는 흥미를 잃고 스테이스* 한 쌍을 단단하고 가지런히 말았다.

"개인적인 문제를 논할 시간이 없어. 보고서 때문에 바쁘거든."

"빨리할게. 매일 오후 길 건너편 창문에 있는 젊은이가……."

"**그럴 줄 알았어.**"

"내가 몰래 엿봤다고 생각하지 마. 하지만 보이는 걸 안 볼 수는 없잖아. 그 남자가 계속 신호를 보내고 있다고."

월턴이 항의했다.

"나도 봤어. 내 조언은 유혹을 견딜 수 없거든 이사를 가라는 거야. 그 이상 내가 해 줄 수 있는 일은 없어, 월턴. 그보다 더 큰 일, 중요한 일이 있다고."

"그래. 넌 낯선 남자의 접근을 부추기는 걸 중요하다고 생각하지. 위원회가 너의 관점에 동의할지 의문이네."

월턴이 분명히 말했다.

"이런! 이런!"

하퍼가 소리쳤다.

"이런! 맞아, 이 일을 베이스워터 위원회에 보고할 작정이야."

월턴이 맞받아쳤다.

---

　　*　16세기 말에서 18세기까지 영국에서 지지대를 넣은 여성용 속옷을 이르던 단어로, 19세기에 들어 코르셋이란 용어로 대체되었다. 허리가 쏙 들어간 역삼각형 몸매를 만들기 위해 전체적으로 뻣뻣한 지지대를 넣은 보정 속옷을 스테이스로, 그보다는 가벼운 지지대가 들어가거나 누벼진 보정 속옷을 코르셋으로 칭하기도 한다.

"교활한 계획이지만 한발 늦었어. 내가 이미 보고했는걸. 성명서 사본을 읽어봐도 좋아."

월턴은 가스등 곁으로 종이를 들고 가서 읽었다.

"저는 유감스러운 마음으로 우리 회원 중 한 명인 월턴 양이 최근 우리의 대의명분에 해를 끼치는 행동을 보이고 있음을 보고합니다. 그녀는 숙소 건너편의 학생으로 추측되는 한 남성이 창문 너머로 교제 의지를 드러내도록 부추겨왔습니다. 가까운 시일 내에 월턴 양이 운동에서 사임하도록 촉구해야 할 것 같습니다."

월턴은 보고서를 돌려주었다.

"영리하게 계획했군."

그녀는 경멸스럽다는 듯 말했다.

"네가 벌이는 부끄러운 일에 나를 연루시켜 네 흔적을 지우려는 거지. 하지만 내가 무고하다는 걸 증명할 거야. 널 폭로할 거라고."

월턴이 계속 말을 이었다.

"기억해. 서기는 이미 네 페미니스트적 열정에 의문을 품고 있다는 걸. 몸매를 위해 아직도 그 스테이스를 입는다는 것 자체가 이를 증명하고……."

"이만 나가줘."

하퍼가 말했다.

"게다가 나는 그 사람이 학생이라고 생각하지 않아."

월턴이 말을 마쳤다.

다음 날, 길 건너편 청년은 자신이 둘 중 한 사람과 관계 진척을 앞두고 있다고 믿는 것 같았다. 그녀의 분명한 뜻에 따라 그는 길 건너 월턴의 창문을 기대에 가득 차 올려다보았다. 그녀의 눈에는 이 멍청이가 하퍼의 창문을 바라보는 듯 보였다. 그는 걱정할 필요가 없었다. 하퍼는 외출 중이었으니까. 월턴은 봉투를 떨어뜨렸다. 안에는 하퍼의 타자기로 작성한 서명 없는 쪽지가 들어 있었다. 열쇠도 함께였다.

정문 열쇠와 함께 들어 있는 쪽지는 저녁 열 시에 그녀의 방으로 오는 방법을 설명하고 있었다. 물론 월턴이 알려준 길은 그를 하퍼의 방으로 인도할 것이었다.

그녀는 하퍼가 돌아오는 소리를 들었다. 월턴은 정의를 실현할 열 시를 기다리며 마음을 가라앉혔다. 그녀는 집주인 여자를 불러 하퍼의 방에 남자가 있다는 것을 보여줄 작정이었다. 소란이 일어날 것이다. 위원회도 보고받을 것이다.

시간이 흐름에 따라 청년은 과제를 수행할 다른 방법을 강구해야만 했는데, 너무 흥분한 나머지 열쇠를 잃어버렸기 때문이었다. 용기는 넘쳤으나 상상력이 부족했던 그는 하퍼와 월턴 방 사이를 가르는 홈통을 타고 오르기 시작했다. 월턴은 램프 아래서 펼쳐지는 이 곡예를 경악에 차서 바라보았다. 하퍼 역시 이를 바라보았다. 목적지에 도착하기 전, 청년은 하퍼의 물 주전자에 있던 물을 뒤집어썼다. 월턴도 재빨리 대처했다. 그녀의 물 주전자는 비어 있었으므로, 그녀는 물 주전자를 내던졌다. 하퍼는 아래층 문으로 재빨리 달려갔다. 월턴도 그녀를 따랐다.

청년은 흠뻑 젖었으며, 매우 당혹한 모습이었다.

"꼼짝 말아요. 내가 당신을 넘기겠어요."

하퍼가 말했다.

"하퍼. 그 사람을 체포하는 건 나야. 그 남자는 너와 약속이 있었잖아. 부끄러운 일이야. 결국 네 정체가 드러났군."

집주인이 갑작스레 문간에 나타났다.

"경관님!"

그녀가 소리쳤다. 거리 끝에 있던 경찰이 뒤 돌아 그들을 향해 느긋하게 걸어왔다.

스테이스 착용에도 불구하고 하퍼가 둘 중 더 진보적이었다. 그녀는 월턴을 바라보았다.

"이 남자는 내 거야. 너는 빠져 있어."

"무슨 일입니까?"

경찰이 물었다.

"입조심해요! 이 서프러제트들!"

집주인 여자가 끼어들었다.

"서프러제트라고 하셨습니까?"

경찰이 물었다.

"경관님. 이 남자가 이 여자의 창문으로 홈통을 타고 오르려고 했습니다. 홈통이 그를 부추겼어요."

윌턴이 파들대며 말했다.

"저 여자 잘못이에요."

청년은 윌턴을 노려보며 헐떡거렸다. 청년의 사시 때문에 경찰은 그가 어떤 여자를 가리키는지 알 수 없었다. 그게 중요한 것도 아니었다.

"서프러제트들이란!"

"네, 저는 공격받았습니다."

청년이 한숨을 내쉬었다.

자세한 사실을 모두 받아적은 경찰은 하퍼와 윌턴의 소매를 끌어당겼다.

"이쪽입니다. 그리고 조용히 하세요. 평화를 어지럽히기나 하고. 서프러제트들이란."

"한 달은 갇혀 있길 바라요."

집주인이 말했다.

"석 달은 갇혀 있을 겁니다. 이제 괜찮으십니까, 선생님?"

경찰이 물었다.

"그럭저럭요. 좋은 밤 되십시오, 경관님. 좋은 밤 되세요, 사랑스러운 숙녀분들."

청년이 쾌활하게 말했다.

그들은 불과 한 달 형을 선고받았다. 하지만 알겠는가, 사랑스러운 숙녀분들이여, 우리에게 참정권을 주기 위해 그들이 어떤 일을 견뎌야만 했는지를.

나는 핸드백에 원고를 넣고 시골로 급히 돌아갔다. 하루나 이틀의 말미가 생기면 고치려고 항상 벼르던 많은 작품 중 하나였다. 그 말미는 결코 오지 않았다. 하지만 막상 읽어보니 부족한 점은 찾을 수 없었다. 하퍼와 윌턴은 소설의 배경인 20세기로 넘어가는 역사의 전환기 한 귀퉁이에서 자신들의 운명을 적절히 완수했다.

하퍼와 윌턴은 내 시골 도피처의 문간에서 나를 기다리고 있었다.

"어떻던가요?"

윌턴이 물었다.

나는 정원사 조가 우리를 지켜보고 있다는 걸 알아챘다. 정원 한쪽, 내가 큰 애착을 느끼게 된 나무가 우거진 신비스러운 구석에서 말이다. 나는 신비로운 정원을 좋아한다. 조가 우리와 합류해야 한다는 생각이 들었다. 내 손안에서 문 열쇠가 달랑거리고 있었다. 어떤 이유로건 내가 그들 중 누구라도 문지방을 넘도록 내버려 두는 일은 없을 것이다. 조가 가까워짐에 따라 나는 그의 심한 사시에 온통 정신을 빼앗겼다. 다시 한번 그가 왜 교정 안경을 끼지 않을까 하는 의문이 들었다. 하퍼와 윌턴의 삽화적 단편을 썼던 그 수년 전, 대체 어떻게 이 심한 사시의 소년을 구상하고 예견할 수 있었을까?

조는 독특한 옷차림의 두 여인에게 매혹된 것이 분명했다. 그러나 이번에도 그가 언제 누구를 바라보고 있는지를 분간하기란 쉽지 않았다.

"도대체 우리를 가만히 내버려 두지 않네. 이 사람은 어디든 우리를 쫓아다녀요. 그게 범죄라는 걸 모르세요? 오늘날에는 더더욱요."

월턴이 말했다.

"성추행이죠."

하퍼가 덧붙였다.

"대체 무슨 짓을 했는데요?"

내가 물었다.

"어디든 우리를 쫓아다니며 추행하고 있어요. 감옥에 가야 했던 건 우리가 아닌 저 사람이라니까요."

나는 기회를 포착했다. 문간에 앉은 나는 현재 통용되는 올바름의 기준에 비추어 결말을 바꾸어 썼다. 하퍼와 월턴 두 여인은 혐의를 벗었고, 경관이 데려간 건 사시의 학생이었다. 나는 하퍼와 월턴에게 바뀐 결말을 보여주었다.

그뿐 아니라, 두 사람이 미적지근한 만족감만을 표했기에 나는 불안스레 정원에 서 있는 그들을 두고 집 안으로 들어왔다. 경찰서에 전화를 건 나는 집 정원사가 원치 않는 관심을 보이며 두 젊은 여성을 괴롭히고 있다고 말했다. 그들은 와서 무슨 일인지 알아보겠다고 영 무기력하게 승낙했다.

그들은 조를 데려갔다. 하퍼와 월턴은 전적으로 만족해하며 사라졌다. 조는 단순히 경고만 받은 후 금방 되돌아와, 정원에서 잡초 뽑는 일을 계속했다.

핑커튼 양의 대재앙

이월의 어느 축축한 저녁에 뭔가가 창문으로 날아들었다. 천진하게 불을 뒤적이던 로라 핑커튼 양은 머리 위에서 뭔가 약하게 진동하는 소리를 들었다. 위를 올려다본 그녀가 소리쳤다.

"조지! 이리 와봐! 어서!"

부엌에서 샌드위치를 먹던 조지 레이크는 한달음에, 그러나 둘 사이 언쟁의 여파로 뚱한 얼굴을 한 채 달려왔다. 소음을 듣고 위를 올려다본 그는 그 자리에 풀썩 주저앉았다.

이 지점에서부터 벌어진 사건에는 두 가지, 즉 그의 설명과 그녀의 설명이 존재한다. 하지만 그들은 주된 사실에는 동의한다. 작고 둥글고 평평한 물체가 공중을 날아다녔다는 것이다.

"무슨 비행 물체인가 본데."

조지가 가까스로 속삭였다.

"찻잔 받침이야. 골동품이지. 모양을 보면 알 수 있어."

핑커튼 양이 예리한 목소리로 크게 말했다.

"골동품일 리 없어. 그거 하나만은 분명해."

조지는 좀 더 눈치껏 대처해야 했고, 그 순간이 주는 압박감만 아니었다면 당연히 그랬을 것이다. 자신이 옳다고 확신했던 핑커튼 양은 물론 폭발했다.

"내가 확실하게 알아. 확실하게 알고 있길 바라야겠지. 가을이면 내가 골동품 본차이나*의 세계에 발을 들인 지도 이십삼 년이 되니까."

그녀가 여느 때처럼 단언했다.

이는 사실이었고 조지도 알고 있었다.

작은 찻잔 받침은 램프 주위를 신나게 맴도는 중이었다.

"빛에 끌리는 것 같은데."

조지는 마치 나방을 식별하듯이 말했다.

그 말이 떨어지기가 무섭게 받침은 조지의 머리 위로 위험하게 낙하하려는 듯 움직였다. 조지는 머리를 수그렸고 핑커튼 양은 벽으로 물러났다. 받침 접시가 옆으로 기울어져 조지의 어깨를 스쳐 지나가는 순간, 핑커튼 양은 그 안을 들여다볼 수 있었다.

"방사성일 수도 있어. 위험할 수도 있다고."

조지가 숨을 몰아쉬었다. 위로 올라간 받침은 그의 머리 위를

---

* 장석과 고령토에 골회를 섞어 구운 도자기로, 1800년경 영국에서 조사이어 스포드 2세가 발명하고 소개했다.

선회하다가 다시 그를 공격하려 했지만 실패했다.

"방사성이 아니야. 스포드* 도자기라고."

핑커튼 양이 말했다.

"멍청하게 굴지 좀 마."

상황이 주는 압박감에 짓눌린 조지가 말했다.

"알겠어, 알겠다고. 스포드가 아니야. 조지, 당신이 전문가인가 보지. 당신이 잘 안다고 치자고. 나는 그냥 무늬를 보고 말했던 거야. 내가 살아온 인생의 대부분을 본차이나에……."

"모조품이 틀림없어."

조지의 유감스러운 발언이었다. 핑커튼 양의 익숙하고도 날 선 말투가 유감스럽게도 그의 속을 긁어놓기 시작했기 때문이다. 게다가 그는 접시 때문에 겁을 먹은 채였다.

우아하게 방향을 전환한 접시는 액자걸이용 가로대를 따라 방을 일정한 속도로 돌았다.

"모조품이라니, 나 참!"

쏜살같이 방을 나갔던 핑커튼 양이 발판 사다리를 들고 돌아왔다.

"상표를 확인해봐야겠어. 내 안경이 어디 있더라?"

---

* 조사이어 스포드가 설립한 영국의 도자기 브랜드. 2006년 로얄우스터와 합병했다.

그녀가 전투적으로 접시를 가리키며 말했다.

그녀에게 협조하려는 듯 구석에 멈춘 접시는 천장 조금 아래에 거미처럼 매달려 있었다. 핑커튼 양은 발판 사다리를 적절한 위치에 내려놓았다. 안경을 쓴 그녀는 명랑한 기분을 거의 되찾았고, 격식을 갖춘 전문가다웠다.

"건드리지 마, 가까이 가지 말라니까!"

조지는 그녀를 밀어내고 발판 사다리를 낚아채면서, 파란 유리 그릇과 드레스덴 도자기 인형, 꽃병과 셰리주 디캔터를 넘어뜨렸다. 핑커튼 양은 그가 도자기 가게에 뛰어든 소처럼 군다고 목청을 높였다. 하지만 결심이 확고했던 그녀는 발판 사다리를 되찾기 위해 분투했다.

"로라! 스포드인 것 같아. 당신이 옳아."

조지가 자포자기한 투로 말했다.

그러자 접시가 창밖으로 날아갔다.

그들은 빠르게 움직였다. 전화를 받은 지역 신문사는 즉시 기자 한 명을 파견했다. 그동안 핑커튼 양은 적어도 과학적이라 할 수 있는 두 명의 친구에게 전화했다. 한 명은 초능력 연구에 관심이 있었고 다른 한 명은 전기 기사였다. 하지만 둘 중 누구도 그녀의 전화를 받지 않았다. 조지는 창밖으로 몸을 빼고 옥상과 밤하늘을 올려다보았다. 그는 뒤쪽 창문 밖을 내다보고, 조명과 라디오도 전부 켜보았다. 모든 게 평소와 다를 바 없었다.

사진사를 대동한 기자가 도착했다.

"사진을 찍을 만한 건 없는데요. 날아가 버렸거든요."

핑커튼 양이 격양되어 말했다.

"실제 현장 사진을 몇 장 찍으면 되죠."

남자가 설명했다.

핑커튼 양은 조지와 발판 사다리가 만든 현장을 근심스럽게 바라보았다.

"이곳은 엉망인데요."

찬장의 디캔터는 여전히 셰리주를 뚝뚝 흘리고 있었다.

"좀 치우는 게 좋겠어요. 조지, 날 좀 도와줘!"

불안하게 서성이던 그녀는 난로 안에 작은 석탄을 채워넣기 시작했다.

"아뇨, 이대로 그냥 놔두시죠. 그 물체의 출현 때문에 엉망이 된건가요?"

조지와 핑커튼 양은 동시에 대답했다.

"네, 간접적으로요."

조지의 대답이었다.

"출현 탓이 아니에요."

핑커튼 양의 대답이었다.

"메모를 해도 될까요?"

가장 가까운 의자에 앉은 기자가 연필을 잡고 말했다.

"이리로 옮겨 앉으시겠어요? 퀸 앤 가구*는 보통 사용하지 않아요. 아주 연약하거든요."

핑커튼 양이 말했다.

그녀는 뭔가에 쏘인 듯 일어선 기자가 걸터앉은 탁자를 걱정스럽게 바라보았다.

"보시다시피, 저는 골동품 애호가거든요."

아무 말이나 주워섬기는 걸 보니 사건이 그녀에게 영향을 미치기 시작한 거라고, 조지는 스스로에게 말했다. 사실 조지는 그녀가 결딴이 났다고 판단했다. 그의 짜증은 누그러졌고, 자신감이 되살아났다.

"자, 로라, 앉아서 마음을 가라앉혀."

그는 배려 가득한 손길로 로라를 큰 안락의자에 앉혔다. 그러고는 기자에게만 들리는 낮은 목소리로 숙덕였다.

"신경이 과민해진 상태예요."

"그 물체가 창문으로 날아 들어왔다는 겁니까?"

기자가 물었다.

"그렇습니다."

조지가 답했다.

---

    * 앤 여왕이 영국을 통치한 1702~1714년을 전후해 유행한 가구 스타일을 말한다.

카메라맨은 그의 기기를 창문 쪽으로 돌렸다.

"당시 두 분 다 이 자리에 계셨고요?"

"아뇨. 레이크 씨는 부엌에 있었고 제가 저 사람을 불렀죠. 하지만 저 사람은 그릇 안쪽을 못 봤어요. 오직 바깥쪽 아래, 제조자 상표가 찍혀 있는 곳만 봤죠. 저는 무늬를 봤기 때문에 더 확실히 하려고 발판 사다리를 가져왔어요. 그러다 레이크 씨가 제 물건들을 넘어뜨린 거예요. 저는 안쪽을 봤어요."

"저도 할 말이 있습니다."

조지가 말을 꺼냈다.

남자들은 그에게 희망 어린 눈길을 보냈다. 잠시 뜸을 들이던 조지가 말했다.

"사건의 맨 처음부터 시작하기로 하죠."

"그럽시다."

기자가 듣던 중 반갑다는 듯 말했다.

"시작은 이렇습니다. 저는 핑커튼 양이 소리치자마자 들어왔죠. 그랬더니 저 위에 떠 있는 희고 볼록한 원반이 보이더군요."

기자는 조지가 가리킨 지점을 바라보았다.

"고양이가 가르랑거리는 듯한 소음을 내고 있었습니다."

조지가 말했다.

"정체에 대해서 짐작 가는 바는 없으십니까?"

조지는 뜸을 들였다.

"음, 그렇기도 하고, 아니기도 합니다."

"스포드 도자기예요."

핑커튼 양이 입을 뗐다.

조지가 말을 이었다.

"저는 그 분야는 잘 몰라서요. 그리고 매사에 굉장히 회의적이죠. 이건 제게도 새로운 경험이었습니다."

"그 말이 맞아요. 저로 말씀드릴 것 같으면, 제가 본차이나의 세계에 발을 들인 지도 이십삼 년이죠. 그래서 당장 알아봤던 거고요."

핑커튼 양이 말했다.

기자가 뭔가 끄적이더니 물었다.

"중국China에 이런 비행 원판이 자주 출현합니까?"

"그건 받침 접시였어요. 이전에는 날아다니는 걸 본 적이 없고요."

핑커튼 양이 답했다.

"내가 묻고 싶은 게 있는데."

---

* 원문에서 도자기를 의미하는 단어인 'china'가 동시에 중국을 의미한다는 사실을 이용한 언어유희. 중국을 의미하는 경우엔 대문자 C를 사용해 표기하나 발음상의 차이는 없다. 따라서 기자의 이 질문은 앞선 핑커튼 양의 "본차이나의 세계에 발을 들인 지 이십삼 년이죠in china"라는 말을 "이십삼 년간 중국에 있었다in China"라는 뜻으로 알아들은 결과로, 그가 핑커튼 양의 말에 귀기울이고 있지 않음을 보여준다.

조지가 끼어들었다.

핑커튼 양은 말을 이었다.

"레이크 씨는 액자 제작자예요. 오래된 유화야 많이 다루지만 골동품에 관해서는 전혀 모르죠."

"내가 묻고 싶은 게 있는데. 당신이 이야기하는 거야, 아니면 내가 하는 거야?"

조지가 물었다.

"레이크 씨의 증언을 먼저 듣고, 여성분의 증언을 듣는 게 좋겠군요."

기자가 조심스레 말했다.

그가 조지에게 돌아서자 핑커튼 양은 노기를 띤 채 입을 다물었다.

"그 물체가 선에 연결되어 있거나 하진 않았습니까? 제 말은, 누군가의 장난일 가능성이 없냐는 겁니다."

조지는 한동안 그 가능성을 고려했다.

"아뇨."

그가 마침내 대답했다.

"하지만 솔직히 말씀드리자면, 그 물체 뒤에 우주에서 그것을 조종하는 어떤 정신이 존재한다는 느낌이 들었습니다. 사실 그 물체가 절 공격하려고 했거든요."

"정말입니까? 어쩌다가요?"

"레이크 씨는 공격받지 않았어요. 아무 위험도 없었다고요. 제가 조종사의 얼굴을 봤어요. 그냥 레이크 씨를 놀려주고 싶었던 거예요. 만면에 미소가 가득하더라고요."

핑커튼 양이 말했다.

"조종사라니? 무슨 말을 하는 거야, 조종사라니!"

조지가 다그쳤다.

핑커튼 양은 한숨을 쉬었다.

"내 손가락 반 정도 크기의 조그만 남자였어요. 등받이 없는 작은 의자에 앉아서, 한 손으로는 조그만 운전대를 잡고 다른 한 손은 흔들고 있었죠. 가장자리 근처에 재봉틀 같은 것이 붙어 있어서 한 발로 발판을 밟고 있었거든요. 레이크 씨는 공격받지 않았어요."

그녀가 분명한 어조로 말했다.

"멍청하게 굴지 좀 마."

조지가 말했다.

"진심으로 하시는 말씀은 아니죠?"

기자가 그녀를 뜯어보며 물었다.

"당연히 진심이죠."

"내가 말하고 싶은 게 있는데."

조지가 끼어들었다.

"당신은 접시의 아랫면밖에 못 봤잖아, 조지."

"아까는 조종사에 대해 아무 말 없었잖아. 나는 조종사를 못

234

봤어."

"레이크 씨는 접시가 가까이 날아오자 겁을 먹었어요. 피하는데 정신이 팔리지 않았더라면 볼 수 있었을 거예요."

"조종사 얘기는 안 했잖아. 이성적으로 굴어."

"저로서는 어쩔 수가 없었어요. 보시다시피 저는 확신이 들어서 하는 말이에요. 하지만 레이크 씨는 자기가 옳다고 여기죠. 레이크 씨는 그걸 모조품이라고 했어요. 다른 건 몰라도 본차이나에 대해서는 제가 잘 알아요."

그녀는 카메라맨에게 호소했다.

"정말 손톱만큼의 가능성도 없는 일입니다. 요즘 시대에 운전대와 발재봉틀이라니요. 믿어지십니까?"

조지가 기자에게 물었다.

"조종사가 있었다면 밖으로 떨어졌겠죠."

카메라맨이 숙고 끝에 대답했다.

"저는 레이크 씨의 원거리 이론에 끌린다고 말씀드려야겠군요. 여성분께서는 받침에 충격을 받아 어떤 환영을 보셨을 수도 있을 것 같아요."

"그렇죠."

조지가 말했다. 그러고는 사진사에게 뭔가를 속삭였다.

"여자들이란!"

핑커튼 양은 그가 숨소리처럼 속삭이는 걸 들었다.

기자 역시 그의 말을 듣고 친근한 웃음을 터뜨렸다.

"그럼 레이크 씨 이야기부터 마저 들은 다음, 두 분 이야기를 합쳐보기로 할까요?"

그러나 핑커튼 양은 신속한 결정에 도달했다. 그녀는 이제껏 조지가 본 적 없는 모습을 보였다. 뒤로 늘어진 그녀는 가냘프고 천진난만하게 낄낄거렸다. 명랑한 까르륵 소리 사이로 말을 이으며 손을 예쁘게 팔랑거렸다.

"이게 무슨 난리람! 굉장한 저녁이네요. 우린 평소에 술을 마시지 않거든요. 그런데 지금은, 세상에, 세상에!"

"괜찮은 거야, 로라?"

조지가 엄격한 말투로 물었다.

"그럼, 그럼, 그럼."

핑커튼 양이 나른하고 상냥하게 답했다.

"이런 짓 하지 말았어야 했어, 조지. 이 신사분들을 불러들인 것 말이야. 하지만 이제 더는 못하겠어. 세상에, 그래도 재미있었어."

그녀는 다시 낄낄거리기 시작했다. 조지는 어리둥절해하더니, 이윽고 의심스럽다는 표정을 지었다.

"그 엄청난 현상의 영향이 틀림없어요."

조지가 기자에게 힘주어 말했다.

"다 제 잘못이에요, 제 잘못이죠."

핑커튼 양이 재잘댔다.

기자는 손목시계를 들여다보았다.

"두 분이 비행 물체를 보셨다는 건 확실한 거죠? 그리고 두 분다 그 때문에 놀라셨고요."

기자가 물었다.

"작고, 둥글고, 납작한 물체라는 것도 적어두세요. 우리 둘 다거기에 동의하니까요."

핑커튼 양이 다시 기쁨의 탄성을 터뜨렸다.

"여자들이란, 아시잖아요! 언제나 알고 보면 다 여자들 탓이죠. 우리는 술을 몇 잔 했어요."

그녀가 그들에게 말했다.

"레이크 씨가 저보다 좀 더 드셨고요"

핑커튼 양의 의기양양한 첨언이었다.

"확실히 말씀드리는데……."

조지가 기자에게 말을 꺼냈다.

"기자들을 불러들였으니 우리는 벌금을 낼 수도 있어, 조지. 범법 행위일 수도 있다고."

그녀가 끼어들었다.

"제가 장담합니다. 약 한 시간 전에 우리는 이 방에서 날아다니는 접시를 목격했습니다."

조지가 사진사에게 말했다.

핑커튼 양이 낄낄댔다.

기자는 새로운 시각으로 방을 둘러보았다. 그리고 모든 걸 이해한다는 건 곧 모든 걸 용서하는 것이라는 듯한 태도로 공책을 접었다. 카메라맨은 바닥에 고인 셰리주, 뒤집힌 꽃, 부서진 유리와 도자기를 바라보았다. 그는 카메라를 챙겼고, 둘은 떠났다.

조지는 그의 단골손님들에게 이 이야기를 들려주었다. 그는 그녀와 그의 증언을 모두 들려주고 이성적으로 판단해주길 호소했다. 길의 더 위쪽 모퉁이에 자리한 그녀의 가게에서, 핑커튼 양은 질문을 받을 때면 관대한 미소를 지었다.

"날아다니는 받침이라뇨? 조지는 굉장히 창의적이에요. 창의적인 사람들에겐 좀 너그러워질 필요가 있죠."

때때로 그녀는 그날 저녁이 기억에 남을 만했다는 말을 덧붙이고는 했다.

"굉장한 파티였어요!"

이 일은 동네에서 꽤나 웃음을 샀다. 조지는 이를 감지했다. 그러나 이걸 제외하면 그 사건은 둘 사이에 아무런 변화를 만들지 못했다. 개인적으로 나는 이 이야기를 믿으며, 핑커튼 양의 증언에 더 끌린다. 그녀는 내 이웃이다. 내가 그녀의 증언을 믿게 된 것은 그로부터 얼마 지나지 않아 나 역시 비행 받침의 방문을 받았기 때문이다. 나를 찾아온 작은 조종사는 수줍음을 탔고 탐구심이 강했다. 그는 있는 힘껏 발판을 밟았다. 나를 찾아온 접시는 로얄 우스터였으며, 모조품이었는지 아닌지는 나로서는 알 수 없었다.

이교의 유대 여인

* 작품의 원제는 'The Gentile Jewesses'. Gentile은 유대인들이 비유대인들을 가리켜 사용하는 표현으로 이교도, 이방인, 비유대인 등으로 번역된다. 여기서는 작품에 다양한 타 종교가 언급된다는 점을 고려하여 '이교의'라고 번역했다.

어느 날 광인 한 명이 왓퍼드에 있는 작은 할머니의 상점에 들어왔다. 여기서 작은 할머니의 "작은"이란 표현은 오직 그녀의 신장과 평방 피트로 계산한 그녀 세계의 면적에만 적용되며, 이 세계는 각양각색의 물건으로 가득한 작은 상점과 후면에 자리한 그녀의 응접실 그리고 그 뒤편 석조 부엌과 그녀 머리 위 두 개의 침실로 이루어져 있었다.

"당신을 죽여버릴 거야."

문틀에 다리를 벌리고 선 광인이 말했다. 언제라도 덤벼들어 목을 조를 준비가 된 것처럼 짙은 빛깔 양손을 추켜든 채였다. 헝클어진 눈썹과 턱수염으로 뒤덮인 얼굴에서 두 눈이 그녀를 노려보았다.

길은 텅 비어 있었다. 집에는 할머니 혼자뿐이었다. 이 일화를 빈번히 들었던 나는 몇 년간이나 당시 내가 그녀의 곁에 서 있었다고 믿었지만, 할머니는 그렇지 않다고, 이건 내가 태어나기 훨씬 전에 있었던 일이라고 했다. 내게는 기억만큼이나 선명한 장면이다. 정말로 근처 공원 내 정신병원에서 탈출한 광인은 목을 조르기 위해 둥글게 오므린 손을 들어 올렸다. 그의 등 너머 아무도 없는 길 위에는 햇빛만이 가득할 뿐이었다.

그가 말했다.

"당신을 죽여버리겠어."

할머니는 검은 앞치마에 덧입은 하얀 앞치마 위에 양손을 포개고 그를 똑바로 바라보았다.

"그럼 당신은 매달리게 될 거야."

그녀가 말했다.

광인은 뒤돌아서 발을 끌며 사라졌다.

나는 이야기를 들려주던 할머니에게 그녀가 "목매달다"라는 표현을 사용했어야만 했다고 한 차례 지적한 적이 있다. 할머니는 광인에게는 "매달다"면 족했다고 답했다. 내 어휘력은 할머니에게 별다른 감명을 주지 못했던 반면 이 이야기는 내게 굉장한 감명을 주었기에, 이후 나는 꽤 자주 "목매달다" 대신 "매달다"라는 표현을 사용했다.

내 기억 속에 너무 생생한 이 사건이 그저 전해 들은 일일 뿐이라는 걸 믿기 힘들다. 하지만 실제로 이 사건은 내가 태어나기 전에 벌어졌다. 당시 할아버지는 청년이었고, 할머니보다 열다섯 살 연하였으며, 그녀와 결혼했다는 이유로 가족에게서 의절당했다.

광인 출현 당시 할아버지는 묘목을 배열하러 가 있었다.

할머니는 순수한 사랑 때문에 할아버지와 결혼했다. 그녀는 할아버지를 맹렬히 뒤쫓아 손아귀에 넣어 결혼했는데, 그는 정말로 아름다웠으며 아무짝에도 쓸모가 없었다. 할머니는 자신이 일해서 평생 그를 부양해야 한다는 사실을 전혀 신경 쓰지 않았다. 할머니는 사람들이 놀라서 눈을 떼지 못할 정도의 추녀였다. 내가 실제로 기억하는 그들의 결혼 황혼기에, 할아버지는 이따금 정원에서 할머니에게 장미 한 송이를 꺾어다 주고, 오후 두 시에서 세시 사이 응접실 소파에 비스듬히 기댄 할머니의 머리와 발밑에 쿠션을 받쳐주곤 했다. 할아버지는 할머니의 상점 판매대를 어떻게 문질러서 닦아야 하는 줄도 몰랐지만, 개와 새와 정원에 대해서는 잘 알았고 취미로 사진을 찍었다.

할아버지가 할머니에게 말했다.

"달리아 옆에 서요. 당신 초상을 찍을게요."

나는 할머니가 할아버지의 초상을 찍을 줄 알았더라면 하고 바랐는데, 내 어린 시절까지도 할아버지는 여전히 금발이었으며 이목구비는 섬세했고 구레나룻은 빛이 났기 때문이다. 할머니는 퍼그를 닮은 넓적한 코의 소유자였고, 누르스름한 피부에 세상을 정면으로 응시하는 밝은 검은 눈과 뒤로 잡아당겨 단단히 틀어 올린 윤기 없는 검은 머리를 가지고 있었다. 할머니는 피부만 하얀 흑인 여자처럼 보였다. 빗물에 세수하는 것을 제외하고 그녀는 자신을 가꾸려는 노력을 하지 않았다.

할머니는 스테프니 출신이었다. 어머니는 비유대인이었으며 아버지는 유대인이었다. 할머니는 아버지의 직업이 돌팔이 의사라는 것을 자랑스럽게 여겼는데, 만병의 치유는 약병을 건네주는 의사의 친절한 태도로 이루어지는 것이지 약병의 내용물로 이루어지는 것이 아니라 생각한 까닭이었다. 나는 항상 내 손위 어른들에게 그들이 들려주는 일화를 재연해줄 것을 요구했다.

"그분이 어떻게 했는지 보여주세요."

할머니는 기꺼이 의자에서 몸을 앞으로 기울여 내게 보이지 않는 약병을 건네주었다. 그러고는 말했다.

"여기 있다, 애야. 네게는 아무 탈도 없을 거다. 그리고 규칙적으로 변 보는 것 잊지 말아라.' 아버지의 약은 그저 비트 주스일 뿐이었지만, 정성 가득한 태도로 환자를 대하셨지. 144개에 3펜스짜리 병에도 정성을 다해 만든 라벨을 붙이셨어. 아버지는 많은 통증과 고통을 치유하셨는데 모두가 그 자애로운 태도 덕이었단다."

이 또한 내 기억 속에 자리 잡았고, 나는 내가 태어나기도 전에 돌아가신 매혹적인 돌팔이 의사를 본 적이 있다고 믿게 되었다. 작고 선명한 빛깔의 새에게 파란 병에 든 소량의 약을 투여하는 자애로운 태도의 할아버지를 볼 때면, 나는 그를 생각했다. 할아버지는 손가락으로 새의 부리를 벌리고 약 한 방울을 떨어뜨렸다. 작은 정원은 개집과 유리그릇 그리고 새를 기르고 화분을 보관하는 헛간으로 꽉 차 있었다. 할아버지가 찍은 사진은 별로 사실적이지 않았다. 어느 날 할아버지는 나를 카나리아라고 부르며 벽돌담 옆에 세워놓고 사진을 찍었다. 사진 속의 정원은 어마어마해 보였다. 어쩌면 할아버지는 사진에서 내가 태어나기 오래전 할머니와 결혼한 보복으로 추방당했던 더 웅장한 정원을 재현하고 있었던 건지도 모른다.

어느 날 할아버지가 돌아가신 뒤 우리와 함께 살게 된 할머니에게 질문했다.

"할머니는 비유대인이세요, 아니면 유대인이세요?"

할머니가 돌아가신 뒤 어떤 종교의 관습에 따라 매장될지 궁금했기 때문이다.

"나는 이교의 유대 여인이란다."

할머니가 답했다.

왓퍼드에 잡화점을 운영하는 내내 할머니는 자신의 유대계 혈통이 알려지는 것을 원하지 않았다. 사업상 좋지 않았기 때문이었다. 이런 자세가 나약하거나 잘못되었다는 조언을 들었다면 그녀는 매우 놀랐을 것이다. 그녀에게 사업상 합리적이고 좋은 행동 방침은 뭐든 전능자의 눈에도 좋은 것이었다. 그녀는 전능자를 온 마음을 다해 믿었다. 나는 할머니가 "신의 가호가 함께하길"이라 말할 때를 제외하고는 다른 식으로 신을 칭하는 것을 들은 적이 없다. 할머니는 영국 국교 어머니회 회원이었다. 감리교, 침례교와 퀘이커교의 모든 사교 행사에 참석했다. 이는 밝고 쾌활할 뿐 아니라 사업에도 좋은 태도였다. 할머니는 영령 기념일 등의 특별 예배를 위해서가 아니라면 일요일에 절대 교회에 나가지 않았다. 할머니가 단 한 번 양심에 반해 행동했던 건 강신론자들의 모임에 참석했을 때였다. 사업을 위해서가 아니라 순전한 호기심에서였다. 그곳에서 긴 의자가 넘어져 그녀의 발을 덮쳤고 할머니는 한 달 동안 절뚝거렸다. 전능자의 심판이었다.

나는 강신론에 대해 꼬치꼬치 캐물었다.

"망자를 안식에서 소환한단다. 준비되지 않은 망자를 동요시키는 일은 전능자를 분노하게 만들지."

할머니는 몇 년의 세월이 흐른 후 강신론자들에게 무슨 일이 벌어졌는지 말해주었다.

"그 사람들은 정원 샛길을 따라 달려가다가, 어깨 너머를 돌아보고 몸서리친 뒤 다시 달려가지. 혼령이 보이는 것처럼 말이다."

나는 할머니의 손을 끌고 정원으로 나가서 강신론자들이 어떻게 했는지 보여달라고 했다. 치마를 걷어쥔 할머니는 길을 멋들어지게 달려가더니, 갑작스레 반짝이는 눈으로 뒤를 돌아보고 끔찍하게 몸을 떨고 나서, 페티코트의 주름 장식이 검은 스타킹 주위에서 하얗게 빛나도록 치마를 더 높이 걷어잡고는 헐떡이며 다시 내게로 달려왔다.

할아버지는 모래 빛깔 눈썹을 주근깨 사이로 높이 치켜들고 이 장난을 보러 나왔다.

"어릿광대짓일랑 그만둬요, 애들레이드."

할아버지가 할머니에게 말했다.

그래서 할머니는 장난을 반복하며 등골을 얼어붙게 만드는 비명을 질렀다.

"아, 아, 아."

사탕이 담겨 있던 상자 두 개를 타고 올라 상점을 뒤지던 나는 위쪽 선반에서 낡은 양초 꾸러미를 감싼 흥미로워 보이는 인쇄물을 발견했다. 종이의 주름을 펴고 읽어보았다.

"여성에게 투표권을! 왜 여성을 억압하는가?"

또 하나의 양초 묶음을 감싼 더 큰 벽보 위에는 구식 군복 차림의 여인이 영국 국기를 흔들며 말하고 있었다.

"나는 서프러제트에 가입하러 간다."

나는 할머니에게 이 인쇄물의 출처를 물었다. 할머니는 아무것도 버리는 법이 없었고, 양초를 감싼 이 종이를 나의 탄생 전에는 틀림없이 다른 목적으로 간직했을 것이기 때문이었다. 할아버지는 고상함을 완전히 잊어버리고 할머니를 대신해 대답했다.

"스팽크-아스Spank-arse 부인*의 어릿광대짓이란다."

---

* 여성사회정치동맹WSP을 결성하고 여성참정권 운동에 적극적이었던 팽크허스트Pankhurst의 이름을 비슷한 발음의 단어를 사용해 바꿔치기한 대답이다. "스팽크"는 손바닥이나 납작한 물체로 때리는 일을, "아스"는 엉덩이를

"팽크허스트 부인을 말씀하시는 거야. 당신에게 놀랐어요, 톰. 아이 앞에서 어떻게 그런 말을."

할아버지는 자신의 농담을 미소로 넘겼다. 그렇게 어느 오후 나는 새로운 단어를 익혔고, 가장 좋은 옷을 입고 왓퍼드 하이스트리트의 여성 행진에 참여한 할머니의 이야기를 들었으며, 이 사건에 대한 할아버지의 의견에 대해서도 알게 되었다. 햇살 환한 거리를 친구들과 함께 현수막을 들고 걷는 할머니와 그녀가 걸음을 내디딜 때마다 발목 주변에서 하얗게 반짝거리는 페티코트가 눈앞에 어른 거렸다. 몇 년이 흐른 후에는, 내가 태어나기 전 할머니가 민첩하게 선두로 나섰던 왓퍼드 하이스트리트에서의 서프러제트 행진을 내 두 눈으로 목격한 적 없다는 사실을 믿기 어려워졌다. 햇살 아래 그녀의 윤기 나는 검은색 밀짚모자가 빛나던 광경이 눈에 선했다.

왓퍼드로 이주한 몇몇 유대인들이 할머니 가게에서 멀지 않은 곳에 자전거 상점을 열었다. 할머니는 그들과 일절 교류하지 않았다. 그들은 폴란드 이민자였다. 할머니는 그들을 폴락Pollacks이라고 불렀다. 무슨 의미인지 묻자 할머니는 답했다.

"외국인들."

어느 날 그들의 상점 앞을 지나가는데, 엄마 외국인이 문으로

의미하므로, 뒤에 화자가 말하듯 여성참정권 운동에 대한 할아버지의 시각을 보여주는 대답이라고 할 수 있다.

나와 포도 한 송이를 내밀었다.

"먹어라."

나는 깜짝 놀라 할머니에게 달려갔고, 할머니는 말했다.

"외국인들은 괴상하다고 내가 말했잖니."

우리 사이에서 할머니는 자신의 유대 혈통을 뽐냈는데, 그녀가 영리한 건 모두 그 덕분인 까닭이었다. 나는 할머니가 너무나 영리했으므로 아름다울 필요까지는 없었다는 걸 알았다. 할머니는 아버지 쪽 조상들이 홍해를 건너왔다고 큰소리쳤다. 전능자가 손을 뻗어 파도를 갈랐고, 그들은 이집트에서 바다를 건너 육지에 도달했다. 모세의 누이 미리암은 탬버린을 두드리며 전능자를 위해 노래하는 여인 전부를 이끌고 홍해를 건넜다. 나는 최근 탬버린을 치며 왓퍼드 시내 중심가를 행진했던 구세군 소녀들을 떠올렸다. 할머니는 나를 상점 문 앞으로 불러 구경하게 하고, 그들이 소음과 함께 점차 자취를 감추자 문에서 돌아서 머리 위에서 손뼉을 쳤다. 반쯤은 즉흥적인 기분에서 우러난 행동이었고 반쯤은 그들을 흉내 내는 것이었다. 할머니가 손뼉을 쳤다.

"할렐루야!"

소리도 쳤다.

"할렐루야!"

"어릿광대짓일랑 그만둬요, 애들레이드, 여보."

홍해를 건너는 무리에 나도 끼어 있었던가? 내가 태어나기 전의 일이었으므로 그럴 리 없었다. 내 머릿속은 그리스인과 트로이인, 픽트인Picts과 로마인, 자코바이트*와 붉은 군복의 영국 육군에 대한 이야기로 가득했지만, 이 모두는 확실하게 내 생애 바깥에 존재했다. 할머니와 관련된 이야기는 달랐다. 나는 선봉에서 승리의 춤을 추는 여인들을 이끌며, 팽크허스트 부인과 모세의 누이 미리암과 함께 기쁨의 탬버린을 울리고 할렐루야를 외치는 할머니를 본다. 전능자의 양손이 바다의 벽을 저지한다. 정원 길을 오르내리며 강신론자에게 무슨 일이 벌어졌는지 보여주던 그때처럼, 가장자리에 레이스가 달린 할머니의 페티코트가 부츠 위로 살짝 올라간 검은 치마 아래서 반짝인다. 그 장면에서 내가 실제로 목격한 일과 내가 태어나기 전에 벌어졌던 일을 이성으로 구분할 수는 있지만, 이성으로 그 장면을 지우거나 축소하는 건 불가능하다.

할아버지의 누이였던 샐리와 낸시는 내가 태어나기 얼마 전 그와 냉랭하게 화해했다. 나는 매해 여름 그들을 방문했다. 당시 얼마 안 되는 수입의 독신녀였던 두 사람은 조용한 삶을 꾸려나갔다. 그들은 제단에 올릴 꽃과 교구 목사에게 몰두해 있었다. 나는 할머니처럼 아버지만 유대인인 이교의 유대인이었는데, 이 두 대고모는 내가 할머니와 달리 유대인처럼 보이지 않는다는 걸 이해

---

* 영국 역사에서 1688년 명예혁명 후 프랑스로 망명한 제임스 2세의 복위를 목표로 정치 활동을 벌인 세력을 가리킨다.

하지 못했다. 그들은 내가 알아듣지 못한다는 양 나를 앞에 두고서 내 외모를 거론했다. 나는 나 역시 유대인처럼 보인다고 말하며 절박하게 작은 발을 가리키며 주장했다.

"유대인들은 모두 발이 작아요."

유대인과 관련된 경험이 부족하던 대고모들은 이를 사실로 믿었고, 내가 이러한 유대인의 특징을 가지고 있다는 점을 인정했다.

낸시의 얼굴은 길고 수척했으며 샐리의 얼굴은 둥글었다. 조그마한 탁자들 위는 바늘꽂이로 뒤덮인 듯 보였다. 매해 여름, 두 사람의 침묵 속 시계 초침 소리만이 시끄러운 가운데, 그들은 내게 아니스 씨 케이크와 차를 대접해주었다. 나는 오후 내내 바깥에서 내리쬐는 햇살이 기다란 줄무늬를 남긴 소파의 노리끼리한 플러시 천을 바라보았고, 두 대고모의 침묵 속에서 무아지경에 빠진 내가 그 색과 질감을 흡수할 정도가 되기까지 눈을 떼지 않았다. 한번은 대고모네서 돌아와 거울을 보자, 파란색이었던 내 눈이 노리끼리한 녹색으로 변한 것처럼 보였다.

이런 오후 시간 중 한번, 대고모들은 내 아버지가 기술자임을 언급한 적이 있다. 나는 유대인들은 모두 기술자라고 말했다. 대고모들은 이 사실에 매료되었는데, 나는 드물게 출현하는 돌팔이 의사를 제외한다면 이것이 충분히 가능한 사실이라 생각했다. 그때 샐리가 고개를 들고 말했다.

"하지만 랭퍼드가 사람들은 기술자가 아닌걸."

랭퍼드가 사람들은 유대인도 아니었다. 그들은 독일 출신의 이교도였지만 그 지역에서는 그게 그거였다. 런던에서 태어난 세대로 구성된 랭퍼드가 사람들은 완벽한 영어를 구사했기에, 할머니는 그들을 외국인으로 분류하지 않았다.

랭퍼드가 소녀들은 내 어머니의 어린 시절 가장 가까운 친구들이었다. 로티는 노래를 잘했고 플로라는 피아노를 연주했으며 수재나는 이상한 구석이 있었다. 그들의 집에서 플로라의 피아노 반주에 맞춰 로티와 내 어머니는 이중창을 부르고, 내가 누구의 얼굴에서도 본 적 없는 미소를 띤 수재나가 응접실 문간에서 서성이던 긴긴 저녁을 기억한다. 나는 수재나에게서 눈을 떼지 못했고, 빤히 쳐다보았다고 혼이 났다.

내 어머니와 로티가 열일곱 살이던 어느 날, 그들은 마차를 불러 타고 지역에서 몇 마일 떨어진 여관으로 가서 진을 마셨다. 그들은 마부에게도 진을 제공했고, 그 짧은 여행을 비밀에 부쳐야 한다는 걸 잊어버리고는 두 시간 뒤 마차 안에서 일어선 채 구호를 외치며 돌아왔다.

"끔찍한 작은 왓퍼드, 더러운 작은 왓퍼드. 우리는 곧 이 고약한 작은 왓퍼드에 작별을 고할 거라네."

두 사람은 자신들을 시골 마을 소녀로 여기지 않았으며 다른 곳의 친척에게 보내지길 간절히 바랐다. 이는 곧 성취되었다. 로티는 잠시간 런던에, 내 어머니는 에든버러에 보내졌다. 말이 끄는 마차를 타고 하이스트리트로 무모하게 귀환한 이야기를 들려준 건 어머니였고, 할머니는 이것이 사실이었다고 말하며 이 사건이 사업에 좋지 않았다고 덧붙였다. 나는 말발굽이 떨그럭대는 소리를 들을 수 있고, 마차 안에 기우뚱대며 서 있는 물방울무늬 모슬린 옷차림의 소녀들을 볼 수 있다. 비록 아침 산책을 나와 눈부신 보도 위를 걷다가 할머니를 지나치며 허리 굽혀 절하는 벤스킨스 양조장의 늙고 뚱뚱한 벤스킨스와 같은 아득한 옛날과의 연결 고리를 제외하면, 하이스트리트에서 내가 실제로 목격한 건 우유 배달용 마차와 자동차, 버스 그리고 짧은 치마 차림의 소녀들이 전부지만 말이다.

"나는 이교의 유대 여인이란다."

할머니는 내 아버지 집에서 숨을 거두었으므로 유대교식으로 매장되었으며, 유대인 신문에 부고가 실렸다. 동시에 나의 대고모들은 왓퍼드 신문에 그녀가 예수 그리스도의 품에서 잠들었다는 것을 알렸다.

❊

내 어머니는 어디에서건 초승달을 처음 볼 때면 세 번 절하는 걸 잊지 않는다. 나는 차갑고 이성적인 장로교인 여럿이 그녀를 주시하는 혼잡한 보도 위에서 동전을 뒤집으며 아랑곳없이 절하고 읊조리는 어머니를 본 적이 있다.

"초승달이여, 초승달이여, 제게 은덕을 베푸소서."

내 기억에서 이 장면은 금요일 저녁 안식일, 이후 내가 아주 이상한 종류의 히브리어라고 들은 히브리어 기도를 읊으며 촛불을 밝히는 어머니의 모습과 융합되었다. 그렇기는 하지만 이는 어머니가 바치는 경의의 표시이자 엄숙한 의식이었다. 어머니는 자신의 혈통 일부가 유대인이기에 성경의 이스라엘 민족과 그녀가 동일한 인물이라고 말했고, 나는 이 짜릿한 사실을 의심하지 않았다. 나는 어머니를 할머니의 뒤를 잇는 제2대 이교의 유대 여인으로, 나를 제3대로 여겼다.

어머니는 어디를 가든 핸드백 안에 가시면류관을 쓴 예수 그리스도의 사진이 든 작은 로켓을 가지고 다닌다. 한 탁자 위에는 연잎 위 훌륭한 부처상을, 또 다른 탁자 위에는 밀로의 비너스의 형편없는 복제품을 올려두었다. 어머니는 집안에서 어떤 식으로든 모든 신을 섬기지만, 그녀의 유일한 신앙은 오직 절대자에게 속해 있다. 아버지는 믿음에 관한 질문을 받으면 "나는 천지를 창조하신 복된 전능자를 믿는다"라고 말할 것이며, 그 외에는 아무 답도 내놓지 않고 죄 없는 이들 고유의 문제가 담긴 경마 신문으로 되돌아갈 것이다. 내가 천주교로 개종했을 때 부모님은 별다른 충격을 받지 않았는데, 로마 천주교 역시도 결국은 전능자에게로 귀결되기 때문이었다.

검은 선글라스

호숫가에 이른 우리는 걸음을 멈추고 물에 비친 우리 모습을 들여다보았다. 호수 안에서 날 올려다보는 그녀의 얼굴이 기억 속에서 되살아난 것은 그때였다. 그녀는 여전히 이야기를 이어가는 중이었다.

나는 선글라스를 꼈다. 태양으로부터 내 눈을 보호하고, 그녀의 눈으로부터 내가 알아보았다는 사실을 숨기기 위해서였다.

"제 이야기가 지루하신가요?"

"아뇨, 전혀요, 그레이 박사님."

"정말이세요?"

상대가 내밀한 이야기를 털어놓는 도중 선글라스를 끼는 건 의욕을 꺾는 일이다. 그러나 내가 그녀를 알아보았고, 평정을 잃었으며, 오직 나 자신을 은폐함으로써만 그녀가 할 말을 떳떳하게 들을 수 있게 된 지금, 선글라스는 필수였다.

"그 선글라스 꼭 쓰셔야 하나요?"

"네. 눈이 부셔서요."

"검은 선글라스의 착용은 현대의 심리학적인 현상이죠. 비인격화를 지향하는 추세를 나타내요. 현대 심문관의 무기랄까요. 선글라스는……."

"곱씹어볼 점이 많은 말씀이네요."

그러나 나는 선글라스를 벗지 않았는데, 애초에 그녀에게 동행을 청하지도 않았거니와 육안으로 감당할 수 있는 이야기는 한계가 있기 때문이었다.

우리는 오래된 호수의 새로운 콘크리트 가장자리를 걸었고, 그녀는 자신이 어떻게 일반 진료의 일을 그만두고 심리학을 시작했는지에 관한 이야기를 계속했다. 나는 검은 선글라스를 통해 말을 이어나가는 그녀를 바라보았다. 선글라스에는 사물을 부드럽게 보이게 하는 효과가 있었고, 그 덕에 나는 호수에서 날 바라보는 얼굴을 보았던 것처럼 그리고 어린 시절에 그랬던 것처럼 그녀를 응시했다.

1930년대 말 리즈덴 엔드는 알파벳 L자 모양의 마을이었다. 우리 집은 L자의 최상단 근처에 있었다. 반대편 끝은 시장이었다. 검안사 시먼즈 씨의 안경점은 수평 획 위에 있었는데 그는 가게 위에서 어머니, 누나와 함께 살았다. 다닥다닥 붙어서 늘어진 다른 상점들과 달리 시먼즈 씨의 가게만은 양쪽에 길을 낀 진짜 집처럼 보였다.

그는 눈 검사를 받으러 간 나를 어두운 실내로 데려가서 말했다.

"앉으렴, 얘야."

시먼즈 씨는 내 어깨에 팔을 둘렀다. 그의 집게손가락이 내 목덜미를 위아래로 오르내렸다. 나는 열세 살이었고 무례하게 굴고 싶지 않았다. 그때 그의 누나인 도로시 시먼즈가 아래층으로 내려왔다. 소리 없이 우리에게 다가온 그녀는 흰색 오버올 차림이었다. 그녀가 침침한 불을 켜기 위해 방을 가로지르기 전에 시먼즈 씨는 내 어깨에 올려놓았던 팔을 치웠는데, 지나치게 갑작스러운 움직임 때문에 그가 결코 순진한 의도로 팔을 거기 두었던 것이 아니었음을 알 수 있었다.

나는 전에 한 야외 행사에서 시먼즈 양을 본 적이 있다. 커다란 모자를 쓰고 파란 드레스를 입은 그녀는 연단 위에 서서 〈잔디 위 기다란 그림자 사이에서 가끔Sometimes between long shadows on the grass〉이란 제목의 노래를 불렀다. 그동안 나는 바람에 떨어진 사과를 주웠는데, 집어 드는 족족 썩은 듯 보였다. 지금, 하얀 오버올 차림의 그녀는 내가 자기 형제를 유혹하기라도 한 듯, 뒤로 돌아 내게 적대적인 시선을 보냈다. 나는 성적인 잘못을 저지른 것 같은 기분이 들었고, 순진한 척 눈을 동그랗게 뜨고 어두운 방 안을 둘러보기 시작했다.

"읽을 수 있니?"

시먼즈 씨가 물었다.

나는 주위를 두리번거리는 걸 멈추고 물었다.

"뭘 말씀이세요?"

여러 줄의 글자를 읽게 될 거라고 들었던 터였다. 침침한 불빛 아래 걸린 종이 시력표 위로 기차와 동물 그림이 보였다.

"아, 읽을 수 없다면 문맹인 사람들을 위한 그림이 따로 있거든."

시먼즈 씨는 농담을 한 것이었다. 나는 낄낄거렸다. 그의 누이는 미소 짓고 손수건으로 오른쪽 눈을 톡톡 두드렸다. 그녀는 런던에서 오른쪽 눈을 수술받고 온 참이었다.

맨 마지막 몇 줄의 글자가 너무 작긴 했지만 모두 바르게 읽었던 기억이 난다. 시먼즈 씨가 가게를 떠나는 내 팔을 꽉 움켜쥐며, 주근깨로 뒤덮인 모래 빛깔 얼굴을 뒤로 돌려 누이가 바라보고 있지는 않은지 확인하던 일도 기억난다.

"거기 시먼즈 씨 말고……."

할머니가 말씀하셨다.

"……시먼즈 씨의 누이도 있었니?"

이모가 물었다.

"네. 쭉 같이 있었어요."

나는 확실히 해두기 위해 말했다.

"사람들이 말하길 그 여자는……."

할머니가 다시 입을 뗐다.

"……한쪽 눈이 거의 멀었다던데."

이모가 말을 이었다.

"거기다 위층에 자리보전을 한 모친까지 모시고 있으니……."

할머니가 말씀하셨다.

"……성인군자 같은 여자야."

이모가 말했다.

며칠 뒤 혹은 몇 달 뒤 독서용 안경이 그리 늦지 않게 도착했고, 나는 잊지 않을 때면 꼭 안경을 착용했다.

이 년 후 방학 중에, 나는 안경을 깔고 앉아 부러뜨리고 말았다.

할머니는 한숨을 내쉰 후 말씀하셨다.

"어찌 됐건 간에 네가 눈 검사를……."

"……눈 검사를 받을 때도 되었지."

이모가 한숨을 쉰 다음 말했다.

나는 전날 머리를 감고 웨이브를 넣었다. 다음 날 아침 열한 시, 할머니의 기다란 모자 고정용 핀 하나를 블레이저 주머니에 넣고 시먼즈 씨네로 걸어갔다. 상점 앞쪽은 새로 단장되어 있었고, 유리문에는 금빛으로 "배질 시먼즈, 안경사"라고 적혀 있었다. 그 뒤로는 FBOA*, AIC와 다른 일련의 글자들이 적혀 있었던 것으로 기

---

* 영국안경협회회원Fellow of the British Optical Association의 약자다.

억한다.

"조안, 이제는 어엿한 아가씨가 다 되었구나."

시먼즈 씨가 내 성숙한 가슴을 바라보며 말했다.

나는 미소 짓고 블레이저 주머니에 손을 넣었다.

그는 이 년 전보다 몸집이 작아져 있었다. 나는 그가 쉰이나 서
른쯤 되었으리라 생각했다. 얼굴에는 주근깨가 늘었고, 두 눈은
그림물감 통에서 나온 듯 균일한 파란색이었다. 시먼즈 양이 부드
러운 실내화를 끌고 소리 없이 나타났다.

"이제는 어엿한 아가씨가 다 되었구나, 조안."

그녀가 녹색 안경을 쓴 채 말했다. 오른쪽 눈은 완전히 멀었고,
다른 눈도 그녀를 고생시키고 있다고 했다.

우리는 검사실로 들어갔다. 나를 지나쳐 간 시먼즈 양이 종이
시력표 위 침침한 불을 켰다. 배질 시먼즈가 손을 맞잡고 서 있는
동안 나는 글자를 읽어 내리기 시작했다. 가게 앞쪽으로 누군가가
들어왔다. 시먼즈 양이 누구인지 보려고 빠져나가자 그녀의 형제
는 내 목을 간지럽혔다. 나는 읽기를 계속했다. 그가 나를 자기 가
까이 끌어당겼다. 나는 손을 블레이저 주머니에 넣었다. 모자 고
정용 핀이 내 블레이저를 뚫고 그의 허벅지를 찌름과 동시에 그는
"오!" 소리를 내고는 펄쩍 뛰며 물러났다.

복수의 천사 같은 흰 오버올 차림의 시먼즈 양이 문간에 나타났
다. 얼떨떨해하며 허벅지를 문지르던 그의 형제는 바지 앞자락의

먼지를 터는 시늉을 했다.

"무슨 일이야? 왜 소리를 질렀어?"

그녀가 물었다.

"아니, 나 소리 안 질렀어."

나를 바라본 그녀는 간문을 활짝 열어둔 채로 가게에 들어온 손님을 응대하러 돌아갔다. 그녀는 거의 즉시 되돌아왔다. 검사는 금방 끝났다. 시먼즈 씨는 나를 정문까지 배웅하고 애원하는 듯 불행한 표정을 지어 보였다. 나는 배신자가 된 기분이었고 그가 끔찍하게 여겨졌다.

남은 방학 동안 나는 머릿속에서 그를 시먼즈 씨가 아닌 "배질" 이라 칭했고, 여기저기 질문하고 주위에서 오가는 대화에 더 많은 관심을 기울여 그의 사생활을 어느 정도 짐작해볼 수 있었다.

"도로시와 배질."

나는 추측을 이어갔다. 가게 위층에 있는 방들의 모습이 떠오를 때까지 끊임없이 그들을 생각했다. 차 마시는 시간에는 도로시와 배질을 언급하기 위해 미적대며 기다리다가, 손님들에게 눈을 검사받으러 갔었다고 말했다.

"그 긴 세월 동안 자리보전하고 누워 있는 어머니 재산이 엄청 나다던데. 하지만 그게 다 무슨 소용이겠어?"

"눈이 그렇게 된 마당에 시먼즈 양에게 무슨 기회가 있겠어?"

"그녀가 재산을 물려받을 거야. 아들은 법적으로 보장받는 최소한만 받을 거고."

"아냐, 사람들 말로는 아들이 전부 물려받을 거라는데. 신탁 예금으로 말이야."

"나는 시먼즈 부인이 딸에게 모든 걸 남겨주고 갈 거라고 생각해."

할머니가 입을 열었다.

"재산을 분할해서……."

"……똑같이 나눠주는 게 좋겠죠. 공정해야 하지 않겠어요."

이모가 말했다.

내 머릿속에서는 남매를 주인공으로 되풀이되는 장면 하나가 탄생했다. 어머니 방에서 나와 좁은 층계참 위에 선 둘은 유산을 놓고 벌이는 무언의 전투 속에서 시선을 교환한다. 색이 일정한 배질의 눈동자에는 아무런 감정도 담겨 있지 않지만, 앞으로 쑥 내민 뺄건 목에서 그의 심중이 드러난다. 도로시는 머리를 돌려 위로 치켜드는 나선형의 움직임과 녹색 안경 뒤 하나 남은 눈의 번득임으로 자기 의사를 분명히 밝힌다.

나는 새 독서용 안경을 시험 착용하러 갔다. 이번에도 모자 고정용 핀을 가지고 갔다. 가게 앞쪽에서 안경을 시험 착용해보는 동안 나는 배질을 친근하게 대했다. 그는 내 어깨 위에 손을 올려놓고 싶은 듯 망설이면서도 겁을 냈다. 그의 손이 흔들리는 순간 도로시가 아래층으로 내려와 모습을 드러냈다. 그는 손의 흔들림을 내 귀에 얹힌 안경다리를 조절하는 동작으로 연결 지었다.

"이모가 기왕 가는 김에 제대로 시착해보라고 하셨어요."

내가 말했다. 그 덕에 상점 앞쪽을 둘러볼 기회를 얻었다.

"어차피 공부할 때만 쓸 거잖니."

배질이 말했다.

"아, 가끔 책 읽을 때 말고도 안경이 필요하거든요."

내가 대답했다. 그러면서 작은 내부 사무실로 연결된 문을 들여다보았다. 건물 밖에 선 나무가 그늘을 드리워 어두워진 사무실 안에는 땅딸막한 녹색 금고, 탁자 위의 낡은 타자기, 회계 장부가 놓인 창가 책상이 있었다. 내가 막 또 다른 장부 몇 권을 발견했을 때였다.

"말도 안 되는 소리."

도로시가 딱 잘라 말했다.

"너처럼 건강한 여자애에겐 안경이 필요하지 않아. 책을 읽을 때는 눈을 보호하기 위해 쓸 수도 **있겠지.** 하지만 책을 안 읽을 때는……."

"할머니께서 두 분 어머니에 대해 여쭤보라셨어요."

내가 말했다.

"점점 약해지고 계셔."

그녀가 답했다.

나는 상점에 가는 길에 배질을 마주칠 때마다 매력적인 미소를 지어주기 시작했다. 자주 일어나는 일이었다. 이럴 때마다 그는 내가 돌아오길 기다리며 안경원 문 앞에 서 있곤 했다. 그러면 나는 그를 무시했다. 그가 얼마나 자주 십 분 안에 승리와 거절을 모두 맛볼 각오를 했는지 궁금했다.

나는 저녁 식사 전 뒷길로 산책을 나가 시먼즈 씨네 주위를 어슬렁거리며 안에서 벌어지고 있을 일을 상상했다. 어느 어스름 녘에 폭우가 쏟아지기 시작했고, 나는 내부 사무실의 더러운 창문과 꽤 가까운 거리에 있는 나무 아래서 비를 피하는 게 적절하리라 생각했다. 창턱 너머로 책상에 앉아 있는 사람의 형체를 간신히 들여다볼 수 있었다. 곧, 저 형체의 주인공이 불을 켜리라.

오 분간의 긴 기다림이 끝나고 마침내 일어선 형체가 문 옆의 전등 스위치를 켰다. 배질의 모습이 드러났는데, 느닷없이 머리카락이 분홍색으로 보였다. 책상으로 돌아오던 그는 몸을 구부려 금고에서 커다란 집게로 물린 종이 묶음을 꺼냈다. 나는 그가 그중 한 장의 종이를 꺼내리라는 것을, 그리고 그 종이야말로 흥미진진하고 중요한 문서이리란 것을 알고 있었다. 익숙한 책을 읽고 있는 것만 같았다. 무슨 일이 일어날 줄 알면서도 단 한 글자도 놓칠 수 없었다. 그는 정말로 한 장의 기다란 종이를 뽑아 들어 올렸다. 타자기로 친 문서였는데, 창문에서 보이는 면 아래쪽에 손으로 쓴 단락이 있었다. 그는 그 종이를 책상 위에 있던 또 다른 종이 옆에 나란히 두었다. 나는 창문 앞으로 바싹 다가갔는데, 들킨다면 손을 흔들며 미소 짓고 지금 막 한층 거세진 비를 피하는 중이라고 소리칠 생각이었다. 그러나 그의 시선은 두 장의 종이에서 떨어질 줄 몰랐다. 책상 위에는 또 다른 종이들도 펼쳐져 있었다. 위에 뭐라고 적혀 있는지는 보이지 않았다. 하지만 나는 그가 그 위에 손글씨를 연습했다는 것 그리고 지금 어머니의 유언장을 위조 중이라는 것을 확신했다.

그러더니 그가 펜을 집어 들었다. 나는 여전히 비 냄새를 맡을 수 있었고, 주변에서 울리는 우레와 같은 소리를 들을 수 있었으며, 머리 위에 걸린 가지에서 빗물이 떨어지는 것도 느낄 수 있었다. 배질이 눈을 들더니 빗속을 바라보았다. 그의 눈길이 나무와 창문 사이, 내가 있던 자리에 머무는 듯했다. 나는 꼼짝하지 않고 나무 가까이에 나무의 껍질과 잎과 몸통의 색을 입을 준비가 된 자연 속 피식자처럼 서 있었다. 날이 점점 어두워지고 있는 덕에, 그가 나를 잘 볼 수는 없어도 나는 그를 훨씬 선명하게 볼 수 있다는 사실을 깨달았다.

그가 압지 한 장을 앞으로 끌어당겼다. 펜을 잉크에 담근 그는 앞에 놓인 종이 아랫단에 이따금 금고에서 꺼낸 종이와 비교하며 뭔가를 적어 내려가기 시작했다. 그가 등지고 있던 문이 천천히 열렸을 때, 나는 놀라진 않았으나 가슴이 두근거렸다. 영화화된 책을 보는 것만 같았다. 도로시는 살금살금 발을 놀렸고, 그는 아무것도 듣지 못한 채 단어를 써나가는 데만 집중하고 있었다.

비는 아랑곳없이 퍼부어댔다. 그녀는 초록 안경 뒤 외눈으로 그의 어깨 너머 종이를 비뚜름하게 바라보았다.

"뭐 하는 거야?"

그녀가 물었다.

그는 벌떡 일어서더니 종이 위에 압지를 덮었다. 그녀의 외눈이 녹색 안경을 뚫고 그를 향해 번득였다. 비록 정말 그 번득임이 보였던 것은 아니며, 내가 볼 수 있었던 건 찌푸린 미간과 함께 그의 얼굴에 초점을 맞춘 어두운 녹색 안경이 전부였지만 말이다.

"장부 정리 중이야."

그가 책상에서 등을 돌려 종이를 숨기며 말했다. 나는 뒤로 뻗은 그의 손이 종잇장 사이에서 떨리는 것을 보았다.

나도 푹 젖은 옷을 입고 떨었다. 도로시는 외눈으로 창 쪽을 바라보았다. 나는 그녀를 피하려고 옆으로 비켜나서는 집까지 쉬지 않고 달려갔다.

다음 날 내가 말했다.

"이 안경을 쓰고 책을 읽으려고 했는데, 글자들이 다 흐리게 보여요. 아무래도 안경원에 다시 **가 봐야**겠죠?"

"먼젓번에는 이상한 걸 몰랐니? 안경원에서……."

"……안경원에서 시착해봤을 때 말이야."

"몰랐어요. 하지만 안경원은 너무 어두워서요. 도로 가져가 **봐야만** 하겠죠?"

그날 이른 오후 안경을 시먼즈 씨네로 가져갔다.

"오늘 아침에 안경을 쓰고 책을 읽으려고 해봤는데, 글자들이 다 흐릿해 보이더라고요."

사실 나는 책을 읽기에 앞서 안경알에 콜드크림을 좀 문질러두었다.

곧 도로시가 우리 곁에 나타났다. 그녀는 외눈으로 안경을, 그리고 나를 유심히 바라보았다.

"변비가 있니?"

그녀가 물었다.

나는 침묵을 지켰다. 그러나 나는 그녀가 녹색 안경 너머로 모든 걸 꿰뚫어 보고 있다는 느낌을 받았다.

"착용해보렴."

도로시가 말했다.

"써봐."

배질이 말했다.

그들은 한패가 되어 있었다. 나는 유언장 사건 이후 둘 사이가 어떤지를 보러 온 것인데, 모든 것이 잘못되어가는 중이었다.

배질이 내게 읽을거리를 주었다.

"지금은 잘 보여요. 하지만 오늘 아침에 책을 읽으려고 했을 때는 모든 게 흐릿했어요."

내가 말했다.

"점안액을 넣는 게 좋겠어."

도로시가 말했다.

나는 안경을 가지고 최대한 빨리 상점을 빠져나가고 싶었으나, 배질이 말했다.

"네가 온 김에 확실히 해두기 위해 한 번 더 눈을 검사해보는 게 좋겠다."

그는 평상시와 다를 바 없어 보였다. 나는 그를 따라 어두운 내부로 갔다. 도로시는 불을 켰다. 두 사람 다 평상시와 다를 바 없는 듯했다. 어제 작은 사무실에서 보았던 광경은 설득력을 잃어가고 있었다. 시력표에 적힌 글자를 읽어 내리는 내 머릿속에서 배질은 "시먼즈 씨"가, 도로시는 "시먼즈 양"이 되었다. 나는 그들의 권위가 두려웠고 잘못을 저질렀다는 것을 확신했다.

"괜찮아 보이는구나. 그래도 혹시 모르니까."

시먼즈 씨가 위에 글자가 적힌 유색 슬라이드를 꺼냈다.

시먼즈 양은 외눈으로 내게 의기양양한 눈초리를 던지더니, 누군가와의 관계를 끊은 사람처럼 계단을 오르기 시작했다. 분명 그녀는 내가 더는 자기 형제에게 끌리지 않는다는 사실을 알고 있었다.

하지만 그녀는 계단의 굽은 곳을 돌기 전 멈춰서서 다시 아래층으로 내려왔다. 여러 줄의 선반이 있는 곳으로 간 그녀는 병들을 움직였다. 나는 읽기를 계속했다. 그녀가 끼어들었다.

"내 점안액 있지, 배질. 오늘 아침에 만들었는데, 어디로 갔지?"

시먼즈 씨는 갑자기 뭔가 믿을 수 없는 일이 벌어지고 있는 듯 그녀를 주시했다.

"잠깐만 기다려, 도로시. 내가 얘 눈 검사 할 동안만 기다려줘."

그녀가 선반에서 작은 갈색 병을 내렸다.

"점안액이 필요해. 멋대로 자리를 옮겨놓지 않았으면 좋겠는데. 이것이 그것인가?"

내 귀에 들린 "이것이 그것인가?"라는 올바른 문장은 올바름의 경계를 약간 넘어선 것처럼 느껴졌다. 어쨌든 간에 이 남매는 괴상하고, 악랄하며, 뭔가 잘못을 저질렀는지도 몰랐다.

병을 들어 올린 그녀는 멀쩡한 눈으로 라벨을 읽었다.

"맞아. 이게 내 점안액이야. 여기 내 이름이 써 있어."

그녀가 말했다.

어두운 배질, 어두운 도로시. 어쨌든 잘못된 뭔가가 있었다. 그녀는 점안액 병을 가지고 위층으로 올라갔다. 그녀의 남자 형제는 유색 슬라이드를 잊어버린 채, 내 팔꿈치에 손을 올려 나를 일으켜 세웠다.

"네 눈에는 아무런 문제가 없어. 이제 가 보거라."

그는 나를 가게 앞쪽으로 밀었다. 내게 안경을 건네주는 그는 균일한 빛깔의 눈을 커다랗게 뜨고 있었다. 그가 문을 가리켰다.

"나는 바쁜 사람이란다."

위층에서 기다란 비명소리가 들려왔다. 배질은 나를 위해 벌컥 문을 열었지만 나는 움직이지 않았다. 이어 위층의 도로시는 비명을 지르고, 지르고 또 질러댔다. 배질은 양손을 머리로 가져가 두 눈을 가렸다. 계단 굽은 부분에 모습을 드러낸 도로시가 상체를 앞으로 숙이고 비명을 질렀다. 양손으로는 잘 보이는 쪽의 눈을 가리고 있었다.

집에 도착해서야 비명을 지르기 시작한 내게는 진정제가 주어졌다. 저녁나절 무렵에는 시먼즈 양이 잘못된 점안액을 눈에 넣었다는 사실을 모르는 사람이 없었다.

"그 눈마저 멀게 될까요?"

사람들은 말했다.

"의사는 희망이 있다고 하던데."

"조사가 진행될 거예요."

"어쨌든 간에 그 눈도 멀어가는 중이었으니까."

"아, 얼마나 고통스러울까……."

"누구 잘못이야, 본인이야 배질이야?"

"조안이 그때 거기 있었어요. 조안이 비명소리를 들었어요. 우리가 진정제를 주기 전까지는 도무지……."

"……도무지 진정하지 못했어요."

"하지만 누가 실수한 거죠?"

"그녀는 보통 자기 손으로 점안액을 만들어요. 시먼즈 양에게

272

는 조제……."

"……조제 자격증이 있거든요."

"조안 말로는 병 위에 그녀 이름이 적혀 있었다던데요."

"그 이름을 누가 적었을까요? 그게 문제죠. 손글씨를 보면 알아낼 수 있을 거예요. 만일 시먼즈 씨라면 자격이 박탈되겠죠."

"그녀는 항상 병 위에 이름을 써요. 조제사 명단에서 제외되겠군요, 불쌍한 사람."

"남매가 다 면허를 잃을 거예요."

"내가 그 집에서 점안액을 구입한 게 고작 삼 주 전이에요. 지금 아는 걸 그때 알았더라면, 나는 절대로……."

"의사 말로는 병을 찾을 수가 없다는군요. 사라졌다는 거예요."

"아니에요, 경사가 그러는데 자기들이 병을 가지고 있대요. 손글씨는 시먼즈 양의 필적이고요. 자기 손으로 그 점안액을 만든 게 분명해요, 딱한 사람."

"데들리 나이트셰이드Deadly Nightshade* 같은 거죠."

"아트로핀이라고 불려요. 벨라도나. 데들리 나이트셰이드."

"에세린이라고 불리는 물질이었을 거예요. 의사 말로는 그게 시먼즈 양이 보통 사용하던 원료였다던데요."

---

* 독성이 있고 진경제, 진통제 등으로 쓰이는 식물 벨라도나의 다른 이름이다.

"그레이 박사 말인가요?"

"네, 그레이 박사가요."

"그레이 박사 말로는 에세린을 투여하던 사람이 아트로핀을 투여하면⋯⋯."

사건은 사고로 결론 났다. 사람들은 시먼즈 양의 한쪽 눈이 무사하리라는 강한 희망을 가졌다. 처방전을 조제한 건 그녀였다. 그녀는 사건을 거론하지 않았다.

내가 말했다.

"누가 병에 손을 댔을 수도 있잖아요. 그런 생각은 안 해보셨어요?"

"조안이 책을 너무 많이 읽은 모양이야."

방학 마지막 주, 나이 든 시먼즈 부인은 안경원 위에서 숨을 거뒀고, 모든 유산을 딸에게 남겼다. 나는 편도염에 걸려 학교로 돌아가지 못했다.

나는 우리 마을의 여의사에게 치료받았다. 최근에 마을의 이전 의사였던 남편이 죽고 홀로된 여자였다. 그것이 나와 그레이 박사의 첫 만남이었다. 비록 그녀의 남편이었던 또 다른 그레이 박사와는 전부터 아는 사이였지만 말이다. 그가 그리웠다. 새로운 그레이 박사는 날카로운 얼굴에 몸매가 탄탄한 여인이었다. 나이는 많지 않다고 했다. 그녀는 일주일간 매일 나를 진찰하러 왔다. 얼마간의 숙고 끝에 나는 그녀가 평범하며 잘못된 구석이 없는 사람이라 결론 내렸다. 좀 따분하긴 했지만.

병을 앓는 동안 높은 열에 들뜬 나는 창문 안쪽 책상에 앉은 배질을 보고, 도로시의 비명소리를 들었다. 회복 기간에는 산책하러 나갔다가 항상 시먼즈 씨네 집 옆길로 돌아왔다. 어머니의 유언장에 관한 논쟁은 없었다. 모두가 점안액 사건은 끔찍한 사고였다고 입을 모았다. 시먼즈 양은 은퇴했고, 정신적인 문제가 생겼다는 말이 돌았다.

어느 날 저녁 여섯 시, 나는 그레이 박사가 시먼즈가를 떠나는 모습을 보았다. 아마 가엾은 시먼즈 양을 방문하고 나오는 것이리라. 길에서 모습을 드러낸 나를 그녀는 단번에 알아보았다.

"밖에서 어슬렁대지 마, 조안. 날이 추워졌잖니."

다음 날 저녁, 시먼즈 씨네 사무실 창가에 불이 밝혀진 것이 보였다. 나는 나무 아래 서서 안을 들여다보았다. 그레이 박사가 내게 등을 보인 채 책상 위에 앉아 있었다. 꽤 가까운 거리였다. 시먼즈 씨는 의자에 몸을 뒤로 기울이고 앉아 그녀에게 말을 거는 중이었다. 탁자 위에는 셰리주 병이 놓여 있었다. 두 사람은 각각 셰리주가 반쯤 든 유리잔을 들고 있었다. 그레이 박사는 다리를 흔들었는데, 우리 집에 아침마다 방문해 부엌 탁자에 앉아 다리를 흔드는 가정부 같은 그 모습은 잘못된 구석이 있으면서도 섹시했다.

그런데 갑자기 그녀가 입을 열었다.

"시간이 걸릴 거예요. 아주 까다로운 환자니까요."

배질이 고개를 끄덕였다. 다리를 흔드는 그레이 박사는 전문가다워 보였다. 그녀에게는 잘못된 구석이 없었다. 그녀는 가끔 책상에 앉아 다리를 흔드는 우리 체육 여교사처럼 보였다.

학교로 돌아가기 전 어느 아침, 나는 안경원 문 앞에서 배질을 보았다.

"이제 독서용 안경은 잘 보이니?"

그가 물었다.

"아, 네. 감사합니다."

"네 시력에는 문제가 없어. 상상의 나래를 너무 지나치게 펼치지 마라."

나는 계속해서 걸음을 옮겼고, 내가 품은 혐의를 그가 줄곧 알고 있었다고 확신했다.

"저는 전쟁 중에 심리학을 시작했어요. 그때까지는 일반 진료의였죠."

나는 여름 학교에 역사를 강의하러, 그녀는 심리학을 강의하러 왔다. 정신과 의사들은 자주 낯선 이에게 그들의 내밀한 삶을 기꺼이 털어놓곤 한다. 이는 아마도 그들이 환자의 이야기를 들으며 너무 많은 시간을 보내기 때문일 것이다. 그레이 박사의 첫 번째 강의인 '성性의 심령학적 징후'에 참석했을 때 나는 그녀를 알아보지 못했으며, 단지 하나의 유형으로 인식했을 뿐이었다. 그녀는 어린이들이 겪는 폴터가이스트 현상*을 다뤘고, 지루해진 나는 도피처 삼아 그녀가 종사하는 분야의 독특한 용어에 주목했다. "각성함"이란 단어에 관심이 끌렸다. 그녀는 이렇게 말했다.

"성적 각성함의 상태에 있는 청소년들은 거의 심령학적인 통찰력을 지닐 수 있습니다."

점심시간 후 영문학 쪽 사람들이 테니스를 치러 간 후, 나는 내 옆에 찰싹 붙은 그녀와 함께 잔디밭을 가로지르고 철쭉을 지나 호수를 향해 걸어갔다. 이 호수는 사랑 때문에 미쳐버린 어느 공작부인이 최후를 맞은 장소이기도 했다.

"그건 전쟁 중의 일이었죠. 그때까지 저는 일반 진료의였어요. 이상하죠."

그녀가 말했다.

"제가 심리학을 시작한 계기 말이에요. 제 두 번째 남편이 신경쇠약에 걸렸고 정신과 의사의 치료를 받았거든요. 물론 그를 치유할 수는 없지만, 저는 결정했어요……. 이상하긴 해도, 제가 심리학을 시작한 계기는 그래요. 제 이성을 구원해주었거든요. 제 남편은 아직 시설에 있어요. 물론 그 사람 누이도 거의 불치나 다름

---

* 집 안에서 이상한 소리가 나거나 가구가 옮겨지고 물건이 날아다니는 등의 괴현상을 말한다. 주로 유령의 소행으로 여겨진다. 독일어로 '쿵쿵 소리를 내다, 두들기다'라는 뜻의 'Poltern'과 '영혼'이라는 뜻의 'Geist'를 합성해 만든 단어다.

없는 상태가 됐죠. 제 **남편**의 정신이 명료해지는 순간이 있어요. 결혼 당시에는 당연히 깨닫지 못했지만 그 사람에게는 지금의 저라면 '오이디푸스적 전이'라고 부를 만한⋯⋯."

이런 표현들이 얼마나 따분하게 느껴졌던지! 우리는 호수에 다다랐다. 내가 몸을 구부리자 어두운 물속의 나 자신이 내게로 시선을 돌려주었다. 나는 그레이 박사의 반사된 얼굴을 보았고 그녀를 기억해냈다. 그 후 나는 선글라스를 썼다.

"제 이야기가 지루하신가요?"

그녀가 물었다.

"아뇨, 계속하세요."

"그 선글라스 꼭 쓰셔야 하나요⋯⋯. 검은 선글라스의 착용은 현대의 심리학적인 현상이죠⋯⋯. 비인격화를 지향하는 추세⋯⋯ 현대 심문관의 무기랄까요."

얼마간 그녀는 자신의 발걸음을 주시하며 나와 함께 호수를 돌았다. 그러다가 이야기를 계속했다.

"⋯⋯검안사였어요. 누이는 맹인, 아니 맹인이 **되어가는** 중이었죠. 제가 처음 진찰했을 때는요. 한쪽 눈에만 문제가 있었거든요. 그랬다가 사고, **심리학적인** 사고가 일어났죠. 훈련받은 조제사였던 그녀가 점안액을 잘못 조제했던 거예요. 그런 실수는 일어나기가 매우 힘든 게 정상이죠. 하지만 그녀의 잠재의식이 그런 실수를 하길 원했던 거예요. 그녀가 **원했던** 일이었죠. 그렇지만 그녀는 정상적이지 않았어요. 정상이 아니었죠."

"저도 정상적이었다고는 생각 안 해요."

"뭐라고 하셨죠?"

"분명히 정상이 아니었으리라고 했어요. 선생님께서 그렇게 말씀하신다면요."

"모든 것을 심리학적으로 설명할 수 있어요. 제 남편에게도 그걸 알려주려고 했죠. 제 남편에게 말하고 또 말했고, 또 충격 요법과 인슐린 요법을 포함해 시도하지 않은 치료법이 없어요. 그리고 따지고 보면, 그 일은 그의 누이에게 아무 영향도 끼치지 않았어요. 그녀가 완전히 시력을 잃은 건 급성 녹내장 때문이었다고요. 어쨌건 간에 그녀가 시력을 잃는 건 피할 수 없는 일이었어요. 그 여자는 완전히 맛이 가서 자기 형제가 일부러 병 속에 잘못된 약품을 넣었다는 혐의를 제기했지만요. 심리학적인 관점에서 보자면 여기가 재미있는 부분이죠. 그녀는 그가 자신에게 보여주고 싶어 하지 않았던 무언가, 불미스러운 무언가를 보았다고 말했죠. 그가 그걸 본 자기 눈을 멀게 만들고 싶어 했다고 말했고요. 그녀가 말하길……."

우리는 두 번째로 호수를 돌고 있었다. 물에 반사된 그녀의 얼굴을 보았던 지점으로 돌아왔을 때 나는 멈춰 서서 물을 살펴보았다.

"제 이야기가 지루하시군요."

"아뇨, 아니에요."

"선글라스를 벗어주시면 좋겠는데요."

나는 잠깐 선글라스를 벗었다. 순진하게도 날 알아보지 못하는 그녀가 제법 마음에 들었다. 비록 그녀는 지그시 날 바라보다가 이렇게 말했지만 말이다.

"선글라스를 끼는 데는 잠재의식적인 이유가 존재하죠."

"어두운 안경은 어두운 생각을 감춰줘요."

"그런 말이 있나요?"

"들어본 적은 없지만 이제부턴 있다고 치죠."

그녀는 나를 새로이 바라보았다. 하지만 날 알아보지는 못했다. 인간의 내면에 낚싯줄을 드리우기 바쁜 이들에게는 외부 세계에 대한 관찰력이 없다. 대신, 그녀는 내 내면을 '알아보고' 있는 것이다. 아마도 그녀 역시 나를 하나의 부류에 속하는 존재로 분류할 것이다.

나는 다시 선글라스를 끼고 걸음을 옮겼다.

"남편분께서는 누이의 혐의 제기에 어떻게 반응하셨나요?"

"놀랄 만큼 다정했어요."

"다정했다고요?"

"네, 상황을 고려했을 때요. 그 여자가 이웃들에게 험담을 퍼뜨렸거든요. 아주 작은 마을이었고요. 한참이 지난 후에야 저는 남편을 설득해 그녀를 맹인을 돌보는 시설로 보낼 수 있었답니다. 둘 사이 유대감이 지독하게 끈끈했거든요. 무의식적 근친상간이죠."

"결혼할 당시에는 그 사실을 모르셨나요? 누가 봐도 명백한 일이었으리라 생각하는데요."

그녀는 다시 나를 바라보았다.

"당시는 제가 심리학을 공부하기 전이었거든요."

나는 '나도 마찬가지예요'라고 생각했다.

호수를 세 바퀴째 도는 동안 우리는 침묵했다. 그러더니 그녀가 입을 열었다.

"제가 어떻게 심리학을 공부하고 실천하게 되었는지 말씀드리는 중이었죠. 누이가 떠난 뒤 제 남편에게 신경 쇠약이 찾아왔어요. 망상에 시달렸죠. 사방에서 수많은 눈이 자기를 지켜보고 있다고 믿었어요. 지금도 가끔 그는 그 눈들을 본답니다. 하지만 **눈**이라는 게, 아시다시피 의미심장하죠. 무의식적으로 그 사람은 자기가 누이의 눈을 멀게 했다고 생각한 거예요. 왜냐하면 무의식적으로 그러길 원했기 때문이죠. 남편은 계속해서 그 일이 자기가 저지른 일이라고 고백했어요."

"유언장을 조작하려고 시도했다는 것도요?"

내가 물었다.

그녀가 멈췄다.

"무슨 말씀을 하시는 거죠?"

"남편분이 어머니의 유언장 조작을 시도했다는 것도 인정하나요?"

"유언장에 대해선 말한 적이 없는데요."

"오, 하신 것 같아요."

"그런데 사실, 그게 그 누이가 제기했던 혐의예요. 왜 그런 말씀을 하신 거죠? 어떻게 아신 건가요?"

"제가 심령술사인가 보죠."

그녀가 내 팔을 붙잡았다. 나는 그녀에게 하나의 사랑스러운 사례 연구가 되어 있었다.

"정말 심령술사이신 게 분명해요. 본인에 대해 좀 더 말씀해주세요. 어쨌든, 그렇게 저는 지금 이 직업에 종사하게 된 거예요. 제남편이 망상에 시달리고 고백을 시작하자 정신의 작용 방식을 이해해야만 하겠다는 생각이 들더라고요. 그래서 공부를 시작했고요. 성과가 있었어요. 제 이성을 구원해주었고요."

"누이 쪽의 이야기가 사실일 거란 생각은 한 번도 안 해보셨나요? 특히나 남편분이 인정한다면요."

그녀가 팔을 거두고 말했다.

"네, 가능성을 고려해보긴 했죠. 깊이 고려했다는 걸 말씀드려야겠군요."

자기 얼굴을 살피는 나를 보는 그녀는 꼭 사적인 변명을 늘어놓는 중인 것 같았다.

"오, 제발요. 제발 그 선글라스 좀 벗으세요."

그녀가 말했다.

"왜 남편의 고백을 믿지 않으시는 거죠?"

"저는 정신과 의사고 우리가 고백을 믿는 경우는 드물어요."

그녀는 시계를 내려다보았는데, 흡사 내가 이 모든 대화를 시작해서 그녀를 지루하게 만들고 있다는 걸 전달하려는 듯했다.

나는 말했다.

"당신이 그의 말을 곧이들어줬다면, 남편분이 눈의 환영을 그만 보게 되었을지도 몰라요."

그녀가 소리쳤다.

"무슨 말을 하는 거예요? 무슨 생각을 하는 거냐고요? 그 사람은 경찰에 진술하려고 했어요. 지금 당신이 대체 무슨⋯⋯."

"그 사람이 유죄라는 걸 아시잖아요."

"그 사람의 아내로서는 그가 유죄라는 걸 알아요. 하지만 정신과 의사로서 저는 그가 결백하다고 간주해야만 해요. 그래서 이학문을 시작한 거라고요."

그녀는 갑자기 분노를 터뜨리며 소리쳤다.

"이 빌어먹을 심문관, 당신 같은 부류를 만나는 게 처음은 아니야."

나는 조금 전까지 그토록 차분했던 그녀가 소리를 지르고 있다는 걸 믿을 수 없었다.

"아, 물론 제가 상관할 바는 아니죠."

나는 그렇게 말한 뒤, 자발성을 보여주기 위해 선글라스를 벗었다.

그제야 그녀는 나를 알아보았던 것 같다.

오르몰루 시계

스트로 호텔은 루블로니치 게스트하우스와 나란히 서 있었고, 사이에 난 좁은 길은 오스트리아 쪽에 솟은 산과 유고슬라비아 국경으로 이어졌다. 오래된 호텔도 한때는 훌륭한 사냥 쉼터였을지 모른다. 그러나 오늘날, 스트로 호텔은 소수의 활기 없는 투숙객들에게 실망만 안겨주는 곳이 틀림없었다. 어두운 뒤편 베란다에서는 스트로 씨 소유의 방치된 들판이 보였고, 닦지 않은 테이블 위로 처진 피부를 늘어뜨린 투숙객들은 폭풍 앞의 새처럼 한데 모여 몸을 움츠렸다. 스트로 씨는 보통 그들과 어느 정도 떨어진 자리에서 코냑에 흐릿하게 취해 있었다. 벌건 목 위에 아래턱을 괴고, 답답한 셔츠 앞자락은 풀어 헤친 채였다. 손님들은 등산객이 아니라 단지 전망 때문에 찾아온 방문객들이었는데, 자리에 앉아 산세를 감상하며 주에 한 번 찾아오는 버스가 그들을 데려갈 때까지 허술한 접대를 받았다. 차를 가져온 사람들은 오래 머무는 경우가 드물었고, 희극 공연이라도 하듯 두 시간 내로 떠나는 것이

통례였다. 길 건너편 루블로니치 게스트하우스에서 유쾌하게 관찰할 수 있는 건 이 정도였다.

나는 베네치아로 가는 길에 나를 데려가기로 한 친구들의 도착을 기다리고 있었다. 루블로니치 부인은 직접 모든 투숙객을 맞이했다. 도착 당시에는 이게 얼마나 영광스러운 일인지 깨닫지 못했는데, 회색 머리를 뒤로 바짝 묶고, 소매를 걷어 올리고, 우중충한 원피스와 검은 스타킹과 부츠 차림으로 부엌에서 갈색 앞치마에 손을 닦으며 나오는 그녀가 통짜에 작달막한 현지 여인에 지나지 않아 보였기 때문이다. 외지인들은 오직 점진적으로만 그녀의 중요성을 깨달을 수 있었다.

루블로니치 씨가 존재하긴 했으나 그는 중요 인물이 아니었다. 배우자로서의 대우는 모두 누렸지만 말이다. 그는 술친구들과 함께 여관 앞 탁자에 비실대는 모습으로 앉아서, 오가는 투숙객들에게 인사를 건네고, 여직원들에게서 원하는 만큼의 관심을 받았다. 그가 아플 때면 루블로니치 부인이 직접 위층에 따로 마련한 병실로 식사를 가져다주었다. 그러나 그녀가 가장이라는 데는 의심의 여지가 없었다.

루블로니치 부인은 고용한 여직원들을 하루 열네 시간씩 부렸고, 그들은 쾌활하게 일했다. 누구도 부인이 불만을 표하거나 지시를 내리는 걸 듣지 못했다. 부인이 그 자리에 있는 것만으로도 충분했다. 언젠가 수프가 담긴 다섯 개의 머그잔을 나르던 여직원이 쟁반을 떨어뜨렸을 때, 루블로니치 부인은 직접 걸레를 가져다가 고분고분히, 젊었을 적 이보다 더한 일도 겪은 늙은 소농민처럼 엉망이 된 자리를 치웠다. 여직원들은 그녀를 지배인 마님이라고 불렀다.

"남편분의 복통이 심할 때는 지배인 마님께서 특별한 음식을 준비하세요."

여직원 중 한 명이 내게 말해주었다.

게스트하우스 곁에는 정육점이 붙어 있었는데 이 역시 루블로니치의 소유였다. 그 옆에는 식료품점이 자리 잡고 있었고, 역시 루블로니치의 소유지인 인접한 작은 대지 위에는 포목점이 거의 완성되어가고 있었다. 그녀의 아들 중 두 명은 정육점에서 일했다. 셋째는 식료품점을 담당했다. 이제 한자리 맡을 준비가 된 막내에게는 포목점이 예정되어 있었다.

정원의 탁자 장식용 꽃과 식용 채소 사이로 난 길 위, 열매가 주렁주렁 달린 과수원의 맞은편이자 야외에서 식사하는 사람들에게 지붕 역할을 하는 밤나무 아래에는 쓸모없고 기이한 존재 하나가 서 있었다. 작고 잘 가꾸어진 종려나무였다. 장소에 특색을 부여해주는 이 이국의 식물은 자그마했으나 우리가 식사하는 넓은 뒤쪽 포치에서 바라보노라면 저 먼 산봉우리만큼이나 높이 솟아 있는 것 같았다. 종려나무는 그렇게 조용히 경관을 압도했다.

보통은 일곱 시에 일어났으나, 어느 날 다섯 시 반에 눈을 뜬 나는 사람을 찾아 커피를 부탁하기 위해 이 층 방에서 뜰로 내려왔다. 햇살 속에서 루블로니치 부인의 뒷모습이 눈에 띄었다. 부인은 자신의 널따란 부엌 정원과 그 너머로 펼쳐진 들판, 여러 채의 별채, 두 명의 나이 든 여인이 일하고 있는 돼지우리를 바라보고 있었다. 아들 중 한 명이 기다란 소시지 몇 줄을 들고 별채에서 모습을 드러냈다. 다른 아들은 머리 위에 자루를 씌운 수송아지 한 마리를 나무로 끌고 가 사슬로 매어두었다. 도축업자를 기다리는 것이었다. 루블로니치 부인은 미동도 없이 계속해서 그녀의 사유지, 그녀의 돼지, 그녀의 돼지 치는 여인들, 그녀의 밤나무, 그녀의 콩줄기, 그녀의 소시지, 그녀의 아들들과 그녀의 키 큰 글라디올러스를 살펴보았고, 흡사 머리 뒤에도 눈이 달린 양 등 뒤의 훌륭하게 번영하는 게스트하우스와 정육점, 포목점과 식료품점까지도 염두에 두고 있는 듯했다.

　부인은 그날의 업무로 돌진하기 위해 돌아섰고, 그 순간 나는 그녀가 길 너머 딱한 스트로 호텔에 흘깃 시선을 주는 것을 목격했다. 그녀는 어떤 선견지명을 소유한 이의 즐거움을 담아 입꼬리를 늘어뜨렸다. 부인의 작고 검은 눈에서 나는 자신의 토지를 인식하는 소유주의 시선을 보았다.

　지역 사람들에게 굳이 듣지 않아도, 맨손에서 시작한 루블로니치 부인이 이 모두를 오직 그녀의 지혜와 근면함만으로 쌓아 올렸다는 것을 알 수 있었다. 그런데도 그녀는 측은할 정도로 열심히 일했다. 요리는 전부 부인이 했다. 집안일 감독은 물론이거니와 허둥지둥 움직이지 않으면서도 빈에서 와서 그녀 건물 앞 큰길을 내달리는 속도광 운전자들처럼 시설 운영에 달려들었다. 그녀는 통통한 팔을 둥글게 휘둘러가며 직접 커다란 냄비를 닦았는데, 여직원 중 누구도 그 일을 제대로 해낼 수 없다고 믿었던 게 분명하다. 그녀는 마루를 청소하고, 돼지를 먹이고, 정육점 손님이 냄새로 품질을 파악할 수 있도록 코 아래 커다란 소시지를 하나하나 참을성 있게 대주는 일도 마다하지 않았다. 부엌에서 저녁을 먹을 때를 제외하고는 동틀녘 일어나 일을 마치는 새벽 한 시까지 자리에 앉는 일도 없었다.

그녀는 왜, 무엇을 위해 이렇게까지 일하는 걸까? 아들들은 장성했고, 그녀에게는 게스트하우스와 고용인들, 상점, 돼지, 들판과 소가 있었다.

늦은 오후에 방문한 강 건너 카페에서 사람들은 말했다.

"루블로니치 부인이 소유한 건 그게 다가 아냐. 산으로 이어지는 땅 자락 전부가 그녀 거라고. 그녀는 세 군데의 농장을 갖고 있어. 아마 강을 넘어 이곳 시내까지 확장할지도 몰라."

"그렇게 악착같이 일하는 이유가 뭐지? 농사꾼 같은 차림을 하고서."

"냄비까지 직접 닦잖아."

그들은 입을 모았다. 루블로니치 부인은 그들이 가장 좋아하는 주제였다.

부인은 교회에 가지 않았다. 그녀는 교회를 초월한 존재였다. 나는 교회에서 다른 옷차림을 한 부인이 아마도 백작과 그의 가족 뒤 두 번째 열에, 약사와 치과 의사 부부와 함께 앉은 모습을 보게 되길 바랐다. 혹은 신도들 사이 눈에 덜 띄는 자리를 차지할 수도 있었을 것이다. 그러나 루블로니치 부인은 그녀 자체가 하나의 교회였으며, 체형조차 그녀 주변 교회들의 양파 모양 첨탑을 닮아 있었다.

등산화를 신은 전문가들이 본격적으로 구름 위 깎아지른 듯 험준한 바위를 타는 동안, 나는 완만한 산비탈을 올랐다. 비가 오면 그들은 돌아와서 보고했다.

"티토˙가 악천후를 보내고 있어요."

여직원들은 같은 농담에 질렸으면서도 매번 미소로 답했고, 그들에게 송아지 고기를 무한정 차려주었다.

산의 상층부에 가려면 나로서는 버스를 타는 수밖에 없었다. 그러나 내가 진정으로 그 드높음을 헤아리고 싶었던 존재는 루블로니치 부인이라는 거인이었다.

---

* 요시프 브로즈 티토. 유고슬라비아 연방의 전 대통령이다.

눈보라 몰아치는 불안한 밤이 지나고 모든 것이 미친 듯이 번쩍이던 어느 아침, 나는 커피를 찾아 일찍 아래층으로 내려왔다. 조금 전까지 뜰에서 들려오던 목소리들은 내가 나타날 때쯤 실내로 옮겨가 있었다. 나는 목소리를 따라 어두운 석조 부엌으로 가서 문 안쪽을 들여다보았다. 재잘대는 여직원들 너머로 또 다른 문이 보였다. 보통은 닫혀 있던 문이 지금은 열려 있었다.

그 안에는 집 깊숙한 곳으로 이어지는 침실이 있었다. 장엄하고도 호화로운 침실은 온통 붉은색과 금색이었다. 높이 지어진 닫집 침대에는 화려한 다홍색 이불이 덮여 있었다. 윗부분에 쌓인 약 네 개의 베개는 눈부신 흰색이었다. 머리맡 판자는 금박이 뿌려진 짙은 빛깔의 나무였다. 닫집에는 금빛 술이 늘어져 있었다. 어떤 면에서 침대는 내게 반 에이크가 아르놀피니 부부의 초상화 속에 그려넣은 붉은색 침대를 연상시켰다. 루블로니치 시설 내의 모든 것이 다듬고 광을 낸 현지 목재로 만들어졌지만, 이 침대만은 시적인 존재였다.

침실 바닥에 깔린 붉은 양탄자는 아마도 진홍색이었겠지만, 침대 위의 다홍색 때문에 보라색에 가까워 보였다. 침대 양쪽 벽에는 풍부하고 채도가 낮은, 좀 더 고전적인 붉은색의 터키 양탄자가 걸려 있었는데, 덮개가 그림자를 드리운 부분은 거의 검은색으로 보였다.

나는 이 광경에 감동했다. 밋지라는 이름의 소녀가 부엌 문간에서 있던 나를 바라보다 물었다.

"커피 드릴까요?"

"저 방은 누구 방인가요?"

"지배인 마님의 방이에요. 저기서 주무세요."

그러자 키가 껑충하고, 재기 넘치는 얼굴에 매사에 다소 익살스러운 대답을 내놓는 게르타란 소녀가 급히 침실 문으로 다가가더니 말했다.

"저희는 문을 닫아놓으라는 지시를 받았거든요."

그러나 그녀는 문을 닫기 전 좀 더 활짝 열어 내가 안을 잘 볼수 있게 해주었다. 현지식과는 다르게 모자이크 타일을 붙여 올린 난로가 눈에 띄었다. 광택이 흐르는 황토색과 녹색의 타일은 비잔틴 유적의 바닥에 깔린 타일을 연상시켰다. 난로는 신전처럼 보였다. 검은 옻칠을 하고 자개로 상감한 장식장도 보였는데, 게르타가 문을 닫기 직전 나는 그 위에 놓인 대형 장식용 시계의 존재를 알아챘다. 케이스에는 파스텔 세밀화가 삽입되고 분홍 에나멜이 씌워져 있었으며, 곡선과 나선형 부분 각각은 오르몰루라 알려진 도금된 청동 합금으로 덮여 있었다. 창문 벽걸이 사이로 비스듬히 쏟아져 들어오는 이른 아침 햇살을 받아 시계는 반짝반짝 빛을 냈다.

나는 윤이 나도록 닦인 식당으로 갔고, 밋지가 커피를 가져다주었다. 창문 너머로 어두운 원피스와 검은 부츠, 울 스타킹을 신은 루블로니치 부인이 보였다. 그녀는 깃털이 가득한 양동이 위에서 닭의 털을 뽑고 있었다. 그녀 저편 길 너머에는 목이 보이지 않을 정도로 뚱뚱한 스트로 씨가 면도도 하지 않은 채로 호텔의 열린 문 안쪽에 부루퉁하게 서 있었다. 그는 루블로니치 부인에 대해 고심하고 있는 것 같았다.

불쾌한 일이 일어난 건 바로 그날이었다. 내 방의 이중창은 스트로 호텔의 객실 창문과 마주하고 있었고, 그 간격은 6미터, 즉 국경으로 향하는 좁은 길의 너비를 넘지 않았다.

추운 날이었다. 나는 방에 앉아 편지를 썼다. 그러다 창밖을 내다보았을 때였다. 바로 맞은편 창문에서 스트로 씨가 나를 빤히 응시하며 서 있었다. 그의 관심에 짜증이 났다. 블라인드를 내리고 불을 켠 뒤 계속해서 편지를 썼다. 스트로 씨가 내게 들키기 전, 펜 끝으로 머리를 두드리거나 코를 긁거나 턱 끝을 잡아당기는 등 편지를 쓰다 보면 하게 마련인 별난 짓을 하는 내 모습을 보지나 않았을지 의심스러웠다. 닫힌 블라인드와 인공적인 불빛이 신경을 긁었고, 불현듯 누구의 구경거리도 되지 않고 햇빛 아래 편지를 쓰지 못할 이유가 없다는 생각이 들었다. 불을 끄고 블라인드를 올렸다. 스트로 씨는 사라진 후였다. 나는 그가 내 행동을 불만의 신호로 받아들였다고 결론지었고, 의자에 자리 잡고 다시 편지를 썼다.

얼마 후 나는 고개를 들었고, 이번에는 창문에서 조금 떨어진 의자 위에 앉은 스트로 씨를 발견했다. 그는 나를 정면으로 마주하고 눈에 쌍안경을 대고 있었다.

방을 나온 나는 루블로니치 부인에게 항의하러 아래층으로 내려갔다.

"부인께서는 장을 보러 가셨어요. 삼십 분 후에 오실 거예요."

게르타가 말했다.

그래서 나는 게르타에게 불만을 제기했다.

"제가 지배인 마님께 말씀드릴게요."

그녀의 태도에는 내가 질문할 수밖에 없는 뭔가가 있었다.

"전에도 이런 일이 있었나요?"

"올해 들어 한두 번요. 제가 지배인 마님께 말씀드릴게요."

게르타가 답했다. 그리고 그녀는 통속 희극 배우처럼 찡그린 얼굴로 덧붙였다.

"그 사람 아마 손님의 속눈썹을 세고 있었을 거예요."

나는 방으로 돌아갔다. 그는 여전히 그 자리에 앉아, 손에 든 쌍안경을 무릎 위에 올려놓은 채였다. 내가 시야에 들어오기가 무섭게 그는 쌍안경을 눈에 가져다 댔다. 나는 루블로니치 부인이 돌아와 문제를 처리할 때까지 그를 노려보아 단념시키기로 결심했다.

거의 한 시간가량 나는 창가에 참을성 있게 앉아 있었다. 스트로 씨는 한 번씩 팔을 내려놓긴 했으나 자기 자리를 떠나지 않았다. 나는 그를 똑똑히 볼 수 있었지만, 한 번씩 눈에 쌍안경을 가져다 댈 때마다 그의 얼굴에 떠오르던 미소는 내 상상의 산물이었으리라 생각한다. 그는 틀림없이 내 얼굴에 떠오른 분노를 마치 얼굴을 맞대고 있는 듯 볼 수 있었을 것이다. 둘 중 하나가 굴복하기엔 너무 늦었고, 나는 자꾸 스트로 호텔 입구를 내려다보며 루블로니치 부인이나 어쩌면 그녀의 아들 중 한 명 혹은 들판의 일꾼 중 하나가 불만을 전달하러 가는 모습이 내 눈에 띄길 바랐다. 그러나 우리 쪽에서 호텔의 앞쪽이나 뒤쪽을 통해 스트로 부지로 접근하는 사람은 아무도 없었다. 나는 노려보길 멈추지 않았고, 스트로 씨도 쌍안경으로 눈을 희번덕대길 멈추지 않았다.

그러던 그가 쌍안경을 떨어뜨렸다. 보이지 않는 손길이 그의 손에서 쌍안경을 홱 빼앗기라도 한 것 같았다. 창 가까이 다가온 그의 시선은 이제 내 방의 위편, 약간 왼쪽의 한 지점에 고정되었다. 약 이 분 뒤 그는 뒤돌아 자취를 감췄다.

바로 그때 게르타가 내 방문을 두드렸다.

"지배인 마님께서 항의를 전달하셨어요. 더는 곤란하실 일이 없을 겁니다."

그녀가 말했다.

"부인이 스트로 호텔에 전화를 거셨나요?"

"아뇨, 지배인 마님은 전화를 사용하지 않으세요. 마님을 혼란스럽게 만들거든요."

"그럼 누가 항의를 전달했다는 거죠?"

"지배인 마님께서요."

"하지만 저 사람을 만나러 가시지 않으셨잖아요. 제가 호텔을 지켜보고 있었는걸요."

"지배인 마님께서는 저 사람과 말을 섞지 않으세요. 하지만 걱정하지 마세요. 저 사람은 우리 투숙객을 귀찮게 해서는 안 된다는 걸 똑똑히 알고 있으니까요."

다시 창밖을 내다보니 스트로 씨 방의 블라인드가 내려가 있는 게 보였다. 내가 체류하는 내내 블라인드는 그 상태로 머물렀다.

그런 중에 호텔 반대편 길 건너로 우체통에 편지를 넣으러 갔다. 햇볕이 더 강하게 내리쬐는 가운데, 문간에 선 스트로 씨는 루블로니치 게스트하우스의 지붕 위를 눈을 깜빡이며 올려다보고 있었다. 깊이 몰두한 그는 나를 전혀 의식하지 않았다.

그 눈길을 쫓아 스트로 씨의 주의를 끌고 싶지는 않았으나 무엇 때문에 그가 우리 지붕을 그토록 최면에 빠진 듯 바라보고 있는지 궁금했다. 우체통에서 돌아오는 길에 그 이유를 눈으로 확인했다.

그 지방 지붕이 대부분 그렇듯 루블로니치 게스트하우스 지붕에는 겨울 동안 눈이 뭉텅이로 떨어지는 것을 방지해주는 처마 위로 약간 솟은 난간 턱이 있었다. 이 난간 턱 위, 다락방 창문 바로 아래, 내가 루블로니치 부인의 장려한 침실에서 보았던 금빛과 장밋빛의 오르몰루 시계가 서 있었다.

내가 막 모퉁이를 돌았을 때 스트로 씨는 올려다보길 그만두었다. 그는 시무룩하고 구부정하게 실내로 들어갔다. 차 두 대를 타고 오늘 아침 도착한 사람들이 호텔을 나서며, 떠나게 된 것이 반갑다는 속도와 기색으로 짐을 옮기는 중이었다. 나는 그의 호텔이 거의 비어 있다는 걸 알았다.

저녁 식사 전, 스트로 호텔을 지나 다리를 건너 카페로 걸어갔다. 다른 손님은 아무도 없었다. 주인은 내가 늘 앉는 자리로 지방 특산물인 독한 진을 가져다 주었고, 나는 손님이 더 오길 기다리며 이를 홀짝였다. 오래 기다릴 필요는 없었는데, 이 고장 여인 두 명이 들어와 마을 상점에서 일하고 집으로 돌아가는 사람들 대부분처럼 아이스크림을 주문했기 때문이었다. 그들은 거칠고 울퉁불퉁한 손에 기다란 숟가락을 쥐고 대화를 나눴고, 카페 주인도 하루 소식을 나누기 위해 그들 자리에 합류했다.

"스트로 씨가 루블로니치 부인에게 반항했다나 봐요."

여인 중 한 명이 말했다.

"또 그랬단 말인가요?"

"부인의 투숙객을 불쾌하게 했다는군요."

"늙고 추잡한 관음증 환자 같으니."

"단지 루블로니치 부인을 약 올리려고 그러는 거예요."

"지붕 위에 시계가 있는 걸 봤어요. 내 눈으로……."

"스트로는 끝났어요. 그 사람은……."

"무슨 시계 말인가요?"

"스트로가 돈에 쪼들리던 지난겨울에 부인이 산 시계죠. 제단 화처럼 온통 붉은색과 금색으로 된 아름다운 시계예요. 시대가 달라지기 전에는 그 사람 조부 소유였다나요."

"스트로는 끝났어요. 부인이 그 사람 호텔을 차지할 거예요. 그 사람은 부인에게……."

"그 사람은 부인에게 바지까지 벗어줘야 할걸요."

"스트로는 물러나야만 할 거예요. 부인은 원하는 가격에 호텔을 차지할 거고요. 그러고는 다리까지 사업을 확장하겠죠. 두고 봐요. 내년 겨울에 스트로 호텔은 부인 차지가 되어 있을 거예요. 지난겨울 부인은 시계를 차지했죠. 부인이 그 사람한테 담보 대출금을 준 지 이 년이 지났다고요."

"지금 부인 앞을 가로막는 건 스트로 호텔뿐이에요. 부인은 호텔을 허물고 말 거예요."

대화의 핵심적 구상에 매료된 두 여인과 주인 남자의 얼굴이 카페 탁자 위에서 거의 맞닿을 듯했다. 여인들의 숟가락은 입과 아이스크림을 오갔고, 남자는 탁자 위에 올려놓은 양손을 맞잡았다. 세 사람의 목소리가 호칭 기도를 하듯 이어졌다.

"부인은 다리까지 사업을 확장할 거예요."

"다리 너머로 확장할지도 모르죠."

"아니, 아니, 다리면 충분할 거예요. 부인도 나이가 있잖아요."

"불쌍한 스트로 영감!"

"부인은 왜 반대편으로는 확장하지 않는 거죠?"

"반대편에선 거래가 그다지 활발하지 않으니까요."

"장사가 되는 곳은 여기죠, 강 이쪽 말이에요."

"스트로 영감은 속이 상한 거예요."

"부인은 다리까지 사업을 확장할걸요. 스트로 호텔을 허문 다음 확장할 거라고요."

"다리 너머까지요."

"스트로 영감, 모두가 볼 수 있는 그런 곳에 자기 시계가 걸리다니."

"대체 뭘 기대했던 걸까요, 그 게으른 늙은이가?"

"쌍안경에 뭐가 보이길 기대했던 거죠?"

"관광객들이죠."

"그에게 관광객의 기쁨이 함께하길!"

낄낄대던 그들은 목소리가 닿는 거리에 내가 앉아 있다는 걸 깨닫고는 무아지경에서 빠져나왔다.

루블로니치 부인은 살벌한 전갈을 얼마나 우아하게 전달했던지! 내가 돌아갔을 때 오르몰루 시계는 여전히 지붕 난간 턱 위에 있었다. 바로 그렇게 부인은 스트로 씨에게 시간이 흐르고 있고, 여름의 끝이 머지않았으며, 그의 호텔 또한 그의 시계처럼 곧 그녀에게 속하리라 말했던 것이다. 내가 호텔 앞을 지나는 순간, 상당히 취한 모습의 스트로 씨가 입구로 발을 질질 끌고 나왔다. 스트로 씨는 나를 보지 못했다. 그는 저녁놀 속에 매달린 시계를 보고 있었다. 전율에 휩싸인 주님의 적들이 홀로페르네스*의 머리를 올려다보았듯 그는 그 시계를 올려다보았다. 나는 저 딱한 남자가 이번 겨울을 넘길 수 있을지 궁금해졌다. 그가 루블로니치 부인을 향해 미미한 최후의 저항을 마쳤다는 것은 분명했다.

부인으로 말할 것 같으면, 아마도 아흔이나 그 이상까지 살아남을 것이다. 일반적으로 추정되는 그녀의 나이는 쉰셋, 쉰넷에서 다섯, 여섯 정도였다. 부인은 건강한 여인이었다.

다음 날 시계는 자취를 감췄다. 그쯤이면 충분했다. 시계는 부엌 뒤의 사치스러운 방으로 되돌아갔다. 이른 시각, 루블로니치 부인은 패배한 존재처럼 무기력하게 누워 있기 위해서가 아니라 그녀를 떠받친 하얀 베개 위에서 나태함에 빠지려는 정신을 종교적 규율처럼 일깨우는 진홍색과 다홍색, 금빛과 장밋빛 색조에 둘러싸여 원대한 구상을 떠올리기 위해 그 방으로 물러났다. 부인이 야자수를 심고 상점들을 세운 건 바로 그곳에서부터였다.

* 구약 성서 외전인 〈유딧서〉에 등장하는 아시리아 군대의 수장으로, 이스라엘을 침략했다가 유대 여인 유디트에게 목이 잘려 죽었다.

다음 날 아침, 뜰에서 냄비를 문질러 닦고 부츠 신은 발로 뚜벅뚜벅 채소 사이를 누비는 그녀를 보고 나는 어쩐지 겁에 질렸다. 그녀는 다홍색과 금빛으로 자기 자신을 치장할 수도 있었고, 마을의 약제사에게 대적할 만한 작은 탑이 달린 대저택에 살 수도 있었다. 그러나 저주의 눈초리를 피하거나 순수한 무관심의 미학을 실천하려는 사람처럼 그녀는 갈색 앞치마와 부츠를 고수했다. 그리고 그녀는 틀림없이 보상을 거머쥘 것이다. 스트로 호텔은 그녀 차지가 될 것이다. 그녀는 다리뿐 아니라 다리 너머로까지 전진할 것이고, 카페와 수영장, 영화관까지도 수중에 넣을 것이다. 금색 술 달린 닫집 아래 다홍색 침대에 누운 그녀가 오르몰루 시계와 금고, 효력 없는 약병들을 마주한 채 숨을 거두기 전, 장터 전체는 그녀의 차지가 되어 있을 것이다.

마치 그 사실을 아는 것처럼, 스트로 호텔에 머물던 세 명의 관광객이 루블로니치 부인에게 남은 방이 있는지, 비용은 어떻게 되는지 알아보러 왔다. 그녀는 비싸지 않은 가격으로 그들 중 두 명에게 방을 내주었다. 세 번째 관광객은 그날 밤 오토바이를 타고 떠났다.

모두가 승자의 편에 서고 싶어 한다. 다음 날 아침, 나는 스트로 호텔에서 건너온 두 명의 투숙객이 루블로니치의 밤나무 아래 편안히 앉아 조식을 먹는 모습을 보았다. 스트로 씨는 전보다 술이 깬 모습으로 문간에 서서 그 광경을 지켜보고 있었다. 나는 생각했다. 잃을 것도 없는 마당에, 우리에게 침이라도 뱉지그래? 해 질 녘 장관 속에 높이 솟은 오르몰루 시계의 모습이 다시금 내 머릿속에 떠올랐다. 하지만 나는 여전히 그에게 방을 염탐당한 분노를 극복하지 못했고, 엄청난 경멸감과 깊은 연민, 뜨거운 승리감과 차가운 공포감이 일거에 나를 휩쓰는 것을 느꼈다.

포토벨로 로드

어리디어렸던 시절의 어느 한여름 날, 사랑스러운 벗들과 건초 더미 위에서 빈둥거리던 나는 바늘 하나를 발견했다. 내심으로는 이미 몇 년 동안이나 나 자신이 보통 사람들과 다르다는 걸 짐작 하고 있었지만, 바늘의 발견은 조지, 캐슬린, 스키니 모두에게 이 를 사실로 입증해준 셈이었다. 나는 엄지손가락을 빨았는데, 한가 롭던 손을 건초 깊숙이 찔러 넣었을 때 바늘이 꽂힌 곳이 바로 엄 지였기 때문이었다.

모두가 진정했을 무렵 조지가 말했다.

"엄지손가락을 찔러 넣은 그녀는 자두 하나를 꺼냈다네.'"

---

* 전승 동요인 〈꼬마 잭 호너*Little Jack Horner*〉 한 구절을 변형한 농담 이다. 원문은 다음과 같다.

꼬마 잭 호너가/구석에 앉아서/크리스마스 파이를 먹고 있었네/엄지손 가락을 찔러 넣은 그는/자두 하나를 꺼내 들고/말했다네. "난 정말 기특한 아 이야!"

그리고 우리는 또 한 번 사정없이 격렬한 웃음을 터뜨렸다.

바늘은 폭신한 엄지를 꽤 깊숙하게 파고들었고, 자그마한 상처에서 흘러나온 피는 작고 붉은 강줄기처럼 번졌다. 우리의 즐거운 기분이 처지지 않도록 조지가 재빨리 한마디 했다.

"그 더러운 손가락 내 셔츠 위에서 치워."

그리고는 헉헉 흐흐 하하, 우리의 요란한 웃음소리가 무더운 국경 지역의 오후로 퍼져나갔다. 정말이지 그토록 천진난만하던 시절로 다시 돌아가고 싶지는 않다. 오래된 서류들을 뒤적이다가 그날의 사진을 발견할 때마다 드는 생각이다. 사진 속에서 스키니와 캐슬린, 나는 건초 더미 위에 앉아 있다. 스키니는 막 내 발견에 대한 심층 분석을 마친 참이다.

"머리를 써서 할 수 있는 일이 아니야. 머리랄 것도 없는 조그만 게 운은 좋다니까."

모두가 바늘이 보기 드문 행운의 징조라는 데 동의했다. 대화가 진지해질 즈음 조지가 말했다.

"사진 한 장 찍자."

나는 엄지손가락에 손수건을 감고 매무새를 가다듬었다. 조지가 카메라 위쪽을 가리키더니 소리쳤다.

"저기 봐, 쥐가 있어!"

캐슬린이 비명을 질렀고 나도 비명을 질렀으나 우리 둘 다 쥐가 없다는 사실을 알고 있었다고 믿는다. 하지만 이 덕에 우리는 한 차례 더 하하 호호 소란을 피울 수 있었다. 우리 셋은 조지의 사진을 위해 가까스로 마음을 가라앉혔다. 우리는 사랑스러웠고 당시 정말 즐거운 하루를 보내기는 했지만, 그날을 다시 되풀이하고 싶은 마음은 없다. 그때 이후 나는 바늘이라고 불렸다.

최근 몇 년 중의 어느 토요일에 포토벨로 로드를 어슬렁대며, 좁은 보행로 위에 몰린 장 보는 사람들 사이를 이리저리 뚫고 가다가 한 여인을 보았다. 그녀는 근심과 걱정으로 초췌하면서도 부유한 인상이었고, 마른 몸에 비해 풍만한 가슴을 비둘기의 가슴처럼 높이 모아 올린 채였다. 그녀를 본 건 거의 오 년 만이었다. 얼마나 달라져 있던지! 그럼에도 나는 내 친구 캐슬린을 알아보았다. 나이에 비해 항상 늙어 보이는 운명을 타고난 사람들의 입과 코가 그러하듯, 그녀의 이목구비도 이미 움푹 꺼지고 돌출되기 시작한 터였다. 내가 마지막으로 그녀를 만난 약 오 년 전, 갓 서른이된 캐슬린은 말했다.

"내게는 이제 봐줄 만한 구석이 하나도 남지 않았어. 가족 내력이야. 여자들 모두가 어릴 때는 예쁘지만 금방 쇠하고 말아. 피부는 어두워지고 코만 툭 튀어나오지."

나는 사람들 사이에 말없이 서서 그녀를 지켜보았다. 차차 밝혀지겠지만, 내 처지로는 캐슬린에게 말을 걸 수 없었다. 좌판과 좌판 사이를 특유의 열의 가득한 태도로 밀고 나가는 그녀의 모습이 보였다. 캐슬린은 언제나 골동품 장신구와 할인 품목을 애호했다. 토요일 아침이면 느긋한 아침 산책을 즐기던 내가 이전에는 포토벨로 로드에서 그녀를 본 적이 없다는 것이 놀라웠다. 캐슬린의 뻣뻣하고 구부러진 손가락이 좌판 위에 뒤죽박죽 진열된 브로치, 펜던트, 오닉스, 월장석과 금붙이 사이에서 옥반지를 덮쳐서 낚아 올렸다.

"이거 어때?"

그녀가 물었다.

그제야 나는 캐슬린 곁에 누가 있는지 보았다. 그녀에게서 몇 걸음 뒤에 떨어져 있던 덩치 큰 남자를 반쯤 의식하고 있다가, 비로소 그를 주목한 것이다.

"괜찮은데. 얼마야?"

그가 답했다.

"이게 얼마죠?"

캐슬린이 노점상에게 물었다.

나는 캐슬린과 동행한 남자를 눈여겨보았다. 그녀의 남편이었다. 턱수염은 낯설었으나 그 아래 커다란 입과 밝은 빛깔의 육감적인 입술, 그리고 항상 비애가 넘실거리는 커다란 다갈색 눈은 알아볼 수 있었다.

캐서린에게는 도저히 말을 걸 수 없던 나는, 나를 사로잡은 갑작스러운 영감을 이기지 못하고 조용히 말했다.

"안녕, 조지."

거대한 체구의 남자는 내 얼굴이 있는 방향을 마주하기 위해 돌아섰다. 사람들이 정말 많긴 했으나 마침내 그는 나를 보았다.

"안녕, 조지."

내가 다시 말했다.

캐슬린은 옥반지 가격을 두고 예전과 같은 방식으로 노점상과 흥정을 벌이기 시작했다. 조지는 커다란 입을 살짝 연 채 계속해서 나를 바라보았고, 나는 금빛으로 무성한 턱수염과 콧수염 사이로 널찍한 붉은 입술의 틈과 새하얀 이를 볼 수 있었다.

"세상에!"

그가 말했다.

"왜 그래?"

캐슬린이 물었다.

"안녕, 조지!"

나는 이번에는 제법 큰 목소리로, 명랑하게 반복했다.

"저기 좀 봐! 저기 누가 있는지 보라니까, 저기 과일 좌판 옆에 말이야."

조지가 말했다.

캐슬린은 시선을 주었지만 아무것도 보지 못했다.

"누군데 그래?"

그녀가 조바심을 내며 물었다.

포토벨로 로드

"바늘이야. 바늘이 '안녕, 조지'라고 말했어."

조지가 답했다.

"**바늘**이라니. 누굴 말하는 거야? 설마 우리가 옛날에 알던 그 **바늘**……."

"맞아, 저기 바늘이 있다니까. 세상에!"

그는 굉장히 편치 않은 듯 보였다. 내가 충분한 친근감을 담아 "안녕, 조지!"라고 말했는데도 말이다.

"가여운 바늘과 손톱만큼이라도 비슷한 사람조차 없어."

캐슬린이 조지를 바라보며 말했다. 그녀는 그를 걱정하고 있었다.

조지가 나를 똑바로 가리켰다.

"**저기**를 봐. 저기 바늘이 있다니까."

"몸이 좋지 않은가 봐, 조지. 세상에, 헛것을 보는 게 분명해. 집에 가자. 바늘은 거기 없어. 자기도 나만큼 잘 알고 있잖아. 바늘은 죽었어."

내가 거의 오 년 전 삶을 뒤로했다는 걸 밝혀야겠다. 하지만 이 세상을 완전히 떠나지는 않았다. 유언 집행자가 제대로 해내지 못하는 바람에 처리해야 했던 몇 가지 별스러운 일이 있었다. 유언 집행자가 찢어버린 서류를 다시 살펴봐야 할 때도 있었다. 일요일과 의무 성일은 당연히 제외하고서라도 해야 할 일도, 당분간 관심을 기울여야 할 일도 많았다. 토요일 아침은 기분 전환을 위한 시간이다. 비가 내리는 토요일이면 내가 어리고 남들 눈에 보이던 시절에 그랬듯 울워스의 널따란 길을 거닌다. 이제는 판매대 위에 펼쳐진 근사한 물건들을 어느 정도 초탈한 태도로 인지하고 활용하는데, 그것이 내 삶의 조건에 적합하기 때문이다. 크림, 치약, 머리빗과 손수건, 면장갑과 얇은 꽃무늬 스카프, 편지지와 크레용, 아이스크림콘, 오렌지에이드, 스크루드라이버, 압정 상자, 물감, 통, 마멀레이드가 든 깡통. 나는 언제나 이런 물건들을 좋아했지만, 어떤 것도 필요치 않은 지금은 애정이 더 깊어졌다. 날씨가 좋은 토요일이면 어른이 된 뒤 캐슬린과 함께 누비던 포토벨로 로드로 갔다. 수레에 담긴 물건들에는 거의 변화가 없다. 사과, 범속한 파랑과 저급한 연보라의 레이온 러닝셔츠, 은접시와 쟁반, 찻주전자. 지난날의 주민들에게서 중개인에게로, 가게에서 새 아파트와 허물기 쉬운 집으로, 그러고는 수레의 가판대를 거쳐 다시금 중개인에게로. 수많은 손을 거친 오래된 물건들이었다. 조지 왕조 시대*의 숟가락, 반지, 나비 무늬 매듭 모양으로 터키석 혹은 오팔을 박아넣은 귀걸이, 상아 위에 세밀화로 귀부인을 그려넣은 거울 달린 작은 상자, 스코티시 페블**이 끼워진 은으로 된 코담배 갑.

* 영국 역사에서 조지 1세에서 4세 혹은 윌리엄 4세의 재위 기간까지를 포함한 1714년에서 1830~1837년의 시기를 일컫는다.
** 스코틀랜드의 빙하 퇴적물에서 산출되는 둥글고 매끈한 색색의 조

토요일 아침, 천주교도인 캐슬린이 내 영혼을 위한 미사를 봉헌할 때가 있고, 그러면 나는 성당에 참석한다. 하지만 대부분의 토요일에는 목적이 막연한 채로 영생을 목전에 둔 엄숙한 군중, 판매대, 가판대를 밀어젖히고 가거나 상품을 사용해보고, 구매하고, 훔치고, 만지고, 욕망하고, 탐욕 가득한 시선으로 바라보는 엄숙한 사람들 속에서 즐거움을 찾는다. 나는 금전 등록기가 짤그랑대는 소리와 동전이 쨍그랑대는 소리, 수다 떠는 소리와 만져보고 싶고 가지고 싶어 하는 아이들의 소리를 듣는다.

내가 조지와 캐슬린을 본 그 토요일 아침 포토벨로 로드에 있었던 것도 바로 그러한 연유에서였다. 영감이 나를 사로잡지 않았다면 아무 말도 하지 않았을 것이다. 사실 소리 내어 말하는 건 내가 더는 할 수 없는 일 중 하나였다. 영감이 있지 않고서는 말이다. 그리고 더욱 기가 막히게도, 소리 내어 말한 그날 나는 어느 정도의 가시성을 얻었다. 가엾은 조지의 관점에서, 그가 과일 수레 옆에 서서 친근한 태도로 "안녕, 조지!"를 반복하는 내 모습을 본 순간은 마치 유령을 본 것과 다름없었으리라.

우리는 남쪽으로 향했다. 북부에서 받을 수 있는 교육은 다 받았다고 간주되는 때가 왔고, 우리는 한 명씩 차례로 런던으로 보

내지거나 불려갔다. 우리가 스키니라고 불렀던 존 스키너는 고고
학을 계속 공부하러 갔다. 조지는 삼촌의 담배 농장에 합류했고,
캐슬린은 연줄이 있는 부유한 집에 머물며 때때로 그들 중 한 명
이 운영하는 메이페어의 모자 상점에 나가 빈둥거렸다. 얼마 지나
지 않아 나 역시 인생 경험을 위해 런던으로 향했는데, 내 야망은
인생에 대한 글을 쓰는 것이었고, 그러려면 일단 인생을 관찰해야
했기 때문이다.

"우리 넷은 멀어져서는 안 돼."

조지는 자주 특유의 갈망하는 듯한 어조로 말하곤 했다. 그는
언제나 뒷전으로 밀려나는 걸 극단적으로 두려워했다. 우리 넷의
향방은 달라질 가능성이 컸고, 조지는 나머지 셋이 자신을 완전히
잊지 않으리라 확신하지 못했다. 아프리카에 있는 삼촌의 담배 농
장으로 떠날 날이 가까워질수록 그는 더 자주 말했다.

"우리 넷은 꼭 연락하고 지내야만 해."

그리고 떠나기 전 그는 불안해하며 우리에게 각각 말했다.

"한 달에 한 번 정기적으로 편지할게. 옛 시절을 봐서라도 우리
는 멀어져서는 안 돼."

그는 건초 더미 위에서 찍은 사진의 음화 원판을 가지고 세 장
을 인쇄한 뒤 뒷면에 적었다.

"바늘이 바늘을 발견한 날 조지가 찍음."

그리고 우리에게 사진을 한 장씩 나눠주었다. 내 생각에 우리는

모두 그가 좀 둔감해지길 바랐던 것 같다.

　살아생전 나는 계획 없이 떠돌아다녔다. 친구들은 내 삶의 논리를 쉽사리 이해하지 못했다. 일반적인 추정대로라면 나는 굶주림과 파산에 직면했어야 하지만, 그런 일은 일어나지 않았다. 물론, 내가 원했던 것처럼 인생에 대한 글을 쓰는 삶을 살지는 못했다. 아마도 그것이 내가 지금 이 기이한 상황에서 그렇게 하고자 하는 이유이리라.

　나는 켄싱턴의 사립학교에서 거의 석 달 동안 아주 어린아이들을 가르쳤다. 너무 어려서 뭘 가르쳐야 할지도 몰랐지만, 소변을 참지 못하는 어린 소년들을 화장실에 데려다주고 어린 소녀들에게는 손수건을 사용하라고 이르면서 상당히 바쁜 시간을 보냈다. 그렇게 마련한 소규모 자본으로 런던에서 겨울 방학을 났는데, 돈이 다 떨어졌을 때 극장에서 발견한 다이아몬드 팔찌 덕에 50파운드의 사례금을 받았다. 그 돈마저 바닥난 후에는 광고업자와 함께 일하며 열정적인 기업가들을 위한 연설을 썼고, 인용구 사전 덕을 톡톡히 보았다. 그렇게 삶이 이어졌다. 나는 스키니와 약혼했지만, 얼마 뒤 약 여섯 달을 버티기에 충분한 소규모의 유산을 상속받았다. 그러자 어찌 된 일인지 스키니를 사랑하지 않는다는 결심이 섰고 나는 그에게 약혼반지를 돌려주었다.

　하지만 내가 아프리카에 가게 된 것은 스키니를 통해서였다. 그는 솔로몬 왕의 광산을 조사하는 연구단에 합류했는데, 그 고대 채굴장은 현재 베이라라고 불리는 고대 항구 오피르에서 포르투 갈령 동아프리카와 남부 로디지아를 거쳐, 고대 신성한 산의 진입로 곁에 사원 벽이 건재하며 주변 로디지아 황무지에 문명의 잔해가 흩어져 있는 거대한 정글 도시 짐바브웨에 걸쳐 있었다. 나는 일종의 비서로서 일행과 동행했다. 스키니는 내 신원을 보증해주었고, 여행 비용을 지불했으며, 입으로는 못마땅해하면서도 행동으로는 내 중요하지 않은 인생에 지지를 보내주었다. 나 같은 인생은 사람들 대부분을 불쾌하게 만든다. 매일같이 직장에 출근해 업무를 처리하고, 지시를 내리고, 타자기를 난타하고, 일 년에 이삼 주를 쉬는 그들의 눈에 그런 일을 하려고 들지 않으면서도 아무 불이익이 없이, 굶주리지도 않고, 그들의 표현을 따르자면 운 좋게 생활하는 이들은 짜증 나는 존재로 비친다. 약혼을 깬 내게 스키니는 이런 설교를 늘어놓았고, 내가 몇 달만 지나면 그의 연구단을 떠나리라는 걸 알면서도 나를 아프리카에 데려가 주었다.

도착한 지 몇 주 후 우리는 약 640여 킬로미터 북쪽에서 농장 일을 하는 조지에 대해 알아보기 시작했다. 그에게는 우리 계획을 사전에 알리지 않았다.

"조지에게 우리가 자기 사는 데로 간다고 말했다가는 첫 주부터 쫓아와서 성가시게 할 거야. 어쨌든, 우리는 일하러 가는 거잖아."

스키니의 말이었다.

우리가 떠나기 전 캐슬린이 말했다.

"조지에게 안부 전해주고, 내가 편지에 답장하지 않는다고 바로 정신 나간 것처럼 해외 전보를 보내는 짓 좀 그만두라고 전해 줘. 모자 가게에서 일하고 새로운 사람들을 만나느라 바쁘다고도. 걔가 수선을 피우는 꼴만 봐서는 세상에 다른 친구라곤 한 명도 없는 줄 알겠어."

우리는 우선 짐바브웨의 유적지에 접근하기 가장 가까운 장소인 빅토리아 항구에 정착했다. 그곳에서 우리는 조지에 대해 알아보러 다녔다. 그가 친구를 많이 사귀지 않았다는 것은 명확했다. 우리가 알게 된 바에 따르면, 오래된 정착민들은 조지가 동거했던 혼혈인 여성들에게는 더 관용적이었으나 너무나 전문가답지 못한 데다 어떤 불가사의한 측면에서 백인들에게 불충을 저지르는 그의 담배 재배 방식에는 분개했다. 우리는 어떻게 조지의 담배 재배 방식이 흑인들에게 자기들만의 견해를 갖게 해줬는지 결코 알아내지 못했지만, 어쨌든 그것이 오래된 정착민들이 주장하는 바였다. 새로운 이민자들은 조지가 비사교적이며, 그가 검둥이 여인과 동거하기 때문에 당연히 방문은 불가능하다고 여겼다.

나 역시 이 혼혈 여인들에 대한 소식에 조금 거북함을 느끼기는 했다. 나는 다양한 색조와 빛깔의 인도, 아프리카, 아시아 학생들이 공부하러 오는 대학 도시에서 자랐다. 또한 지역의 평판, 종교적 계율과 연관된 이유로 그들을 피하도록 교육받았다. 반역자의 천성을 타고나지 않은 이상 자라면서 받은 교육을 거스르기는 쉽지 않다.

어쨌든 우리는 북쪽으로 사냥길에 오르는 사람들이 제공해준 이동 수단을 이용해 결국 조지를 방문했다. 우리가 로디지아에 도착했다는 소식을 들었던 조지는 우리를 만나 반가워하는 것을 넘어 거의 안도하면서도, 처음 한 시간 동안은 목석같은 행동 원칙을 고수했다.

"우리는 너를 놀라게 해주고 싶었어. 조지."

"우리가 도착한다는 사실이 네 귀에 들어갔다는 걸 우리가 어떻게 알았겠어? 여기에선 소식이 빛보다 빠르게 이동하나보다, 조지."

"우리는 정말로 너를 놀라게 해주고 싶었어, 조지."

마침내 그가 입을 열었다.

"뭐, 너희를 보니 좋은 건 사실이야. 여기 캐슬린도 있으면 좋을 텐데. 우리 넷은 결코 멀어져서는 안 돼. 이런 장소에 있으면서 알게 되는 건, 옛 친구만 한 존재가 없다는 거야."

그는 우리에게 담배를 건조하는 헛간을 보여주었다. 또 말과 암컷 얼룩말을 교미시키려는 실험을 진행 중인 작은 방목장도 보여주었다. 두 마리는 즐겁게 뛰놀았으나 함께는 아니었다. 각자 놀다가 서로를 이따금 스쳐 지나가긴 했지만, 서로를 알은척하지도 적의를 보이지도 않았다.

"전에 성공한 적 있어. 노새보다 똑똑하고, 말보다 튼튼한 힘 센 짐승이 탄생하지. 하지만 이 둘로는 아무런 성과를 보지 못하고 있어. 서로 눈도 마주치지 않는걸."

조지가 말했다. 조금 뒤 그가 말을 이었다.

"들어와서 한잔하면서 마틸다와 인사해."

마틸다는 굴종적으로 푹 꺼진 가슴과 둥그스름한 어깨를 가진 짙은 다갈색 피부의 볼품없는 여인으로, 하인들에게 매우 딱딱댔다. 우리는 저녁 식사 전 포치에서 잔을 기울이며 다정한 말들을 건넸지만 조지는 비협조적이었다. 어떤 이유에서인지 그는 스키니와의 약혼을 파기했다는 이유로 내게 격분하기 시작했는데, 그 옛날 그 좋은 시간을 함께해놓고 무슨 더러운 장난질이냐는 것이었다. 나는 주의를 마틸다에게로 돌리며 말했다.

"내 생각에, 그녀는 이쪽 지방을 잘 알고 있을 것 같은데?"

"아니. 나는 한 평생 집 안에서 자랐어. 나 일하라고 내보내지 않았다. 내게는 절대 추잡한 계집들이 그렇듯 여기저기 싸돌아다니는 것 허용되지 않았어."

그녀는 말하는 내내 매 음절에 똑같은 강세를 주었다.

조지가 설명했다.

"저 사람 아버지는 나탈* 출신 백인 치안 판사였어. 그래서 보다

* 남아프리카공화국의 동부 주로 1910년 5월부터 1994년 4월까지 존

시피 다른 유색인들과는 달리 곱게 자랐지."

"나 검의 눈의 수잔* 같은 여자 아니야. 절대로 아니지."

마틸다가 말했다.

대체로 조지는 마틸다를 하녀처럼 취급했다. 그녀는 임신 사 개월 정도 된 몸을 이끌고 여러 번 자리에서 일어나 조지가 요구하는 것을 가져다 주어야 했다. 비누 또한 그녀가 가져와야 했던 물건 중 하나였다. 조지는 자신이 직접 만든 목욕 비누라며 자랑스럽게 내보였고, 우리에게 제조법을 알려주었지만 나는 굳이 기억하려 하지 않았다. 생전에 나는 질 좋은 비누의 애호가였는데, 조지의 비누는 포마드 냄새를 풍겼고 피부를 더럽힐 것처럼 보였다.

"당신도 갈색 돼?"

마틸다가 물었다.

"햇빛을 받으면 너도 살이 타느냐고 묻는 거야."

조지가 설명했다.

"아뇨, 저는 주근깨가 생겨요."

"내 시누이도 주근깨들 생겨."

마틸다는 스키니와 내게 더는 한마디도 건네지 않았고, 우리는 그 뒤로 다시는 그녀를 보지 못했다.

재했다.

    ＊ 검의 눈의 수잔Black-eyed Susan은 아프리카 나팔꽃, 툰베르기아 알라타라고도 불리는 아프리카 열대 지역의 야생화다.

몇 달이 흐른 후 스키니에게 말했다.

"야영지를 떠돌아다니는 거 이제 지긋지긋해."

그는 내가 연구단을 떠나려 한다는 것에는 놀라지 않았지만, 내가 이를 전달하는 방식은 싫어했다. 그는 내게 장로교파적인 시선을 보냈다.

"그런 식으로 말하지 마. 영국으로 돌아가는 거야, 아니면 여기 더 머무는 거야?"

"여기 좀 더 있으려고."

"그래, 너무 멀리 헤매고 다니지만 마."

나는 지역 주간지 가십난에 글을 기고하고 받은 원고료로 생계를 유지할 수 있었다. 물론 그것이 내가 생각하는 인생에 대한 글쓰기는 아니었지만 말이다. 고고학자로만 이루어진 스키니의 소규모 일행을 떠난 나는 감당할 수 없을 정도로 많은 수의 친구를 사귀었다. 내가 영국을 떠난 지 얼마 되지 않았다는 사실과 새로운 경험을 하고자 한다는 사실이 사람들의 마음을 끌었다. 로디지아 길 위에서 나를 차에 태워 수백 킬로미터나 이동시켜준 수많은 젊은이와 추진력 있는 가족 중, 고국으로 돌아온 뒤 계속 연락하고 지낸 건 오직 한 가족뿐이었다. 그들이 가진 전형성이 다른 모두를 대표할 만큼 가장 강력했기 때문인 것 같다. 그 지역 사람들에게는 서로 닮은 그곳 황무지의 선돌 무리처럼 한결같이 전형적인 구석이 있었다.

나는 불라와요*의 호텔에서 조지를 한 번 더 만났다. 우리는 하이볼을 마시며 전쟁을 주제로 이야기를 나누었다. 당시 스키니의 연구단은 이곳에 남을 것이냐 귀국할 것이냐를 결정 중이었다. 일행의 연구는 흥미로운 지점에 도달한 참이었다. 내가 짐바브웨를 방문할 기회가 있을 적마다 스키니는 나와 달밤에 사원 유적을 산책하면서, 우리 앞을 휙 스쳐 가거나 벽을 따라 미끄러지는 페니키아인 유령을 목격할 기회를 만들어주려고 했다. 나는 어느 정도 스키니와 결혼할 마음이 있었다. 어쩌면 그가 학업을 마치면 결혼할 수도 있었다. 우리는 직감적으로 전쟁이 임박했다는 것을 느꼈다. 눈부시게 화창하던 그해 칠월 겨울, 호텔 포치에 앉아 하이볼을 마시며 나는 조지에게 그렇게 말했다.

조지는 스키니와 나의 관계를 꼬치꼬치 캐물었다. 반 시간가량 이어진 그의 질문 공세 끝에 내가 말했다.

"조지, 너 공격적으로 굴고 있어."

조지는 그제야 질문을 멈췄다. 갑작스레 가련해진 모습으로 그가 말했다.

"전쟁이 나든 말든 여길 뜰 거야."

"더위는 사람을 극단적으로 만들지."

"어쨌거나 나는 뜰 거야. 담배 사업에서 거금을 잃었다고 삼촌이

---

* 짐바브웨 남서부에 있는 도시다.

야단법석이야. 그 망할 농장주들 탓인데 말이야. 이 광활한 대륙에 서는 한 번 그 사람들 눈 밖에 나면 결딴이 난 것과 다름없다고."

"마틸다는 어쩌고?"

내가 물었다.

"괜찮을 거야. 친척이 수백 명은 되거든."

나는 벌써 그녀가 딸을 출산했다는 소식을 들은 터였다. 풍문으로는 석탄처럼 검은 피부에 조지의 이목구비를 가졌다고 했다. 게다가 사람들은 둘째도 태어날 예정이라 말했다.

"애는 어쩌고?"

조지는 아무 대답도 하지 않았다. 하이볼을 더 주문한 그는 막대로 도착한 음료를 장시간 휘저었다. 그러고는 그가 물었다.

"왜 네 스물한 살 생일에 나를 부르지 않았어?"

"부르고 말고 할 만한 게 없었어, 조지. 파티도 안 했는걸. 우리끼리 조용히 한잔한 게 다야. 스키니랑 나이 든 교수들이랑 교수 아내 두 명이랑 내가 전부였다고."

"너는 네 스물한 살 생일에 날 초대하지 않았어. 캐슬린은 내게 정기적으로 편지를 써줘."

그건 사실이 아니었다. 캐슬린은 내게 꽤 자주 편지를 보냈는데 거기에는 이런 말이 적혀 있었다.

"조지에게는 내가 너에게 편지 쓴다고 말하지 마. 내 소식을 기다리고 있는데 솔직히 나는 굳이 연락하고 싶지 않거든."

"하지만 너는, 너와 스키니는 오래된 친구에 대한 의리도 없는 것 같아."

조지가 입을 열었다.

"오, 조지!"

"우리가 함께했던 시간을 기억해."

조지가 말을 이었다.

"우리는 함께 시간을 보내곤 했잖아."

그의 커다란 갈색 눈동자에 눈물이 고이기 시작했다.

"나 이제 슬슬 가 봐야 할 것 같아."

"제발 가지 마. 벌써 날 두고 가지 마. 네게 들려줄 얘기가 있어."

"좋은 소식이야?"

나는 얼굴 위에 고대하는 미소를 덧칠했다. 조지에게는 항상 과장된 반응을 보여주어야만 했다.

"너는 네가 얼마나 운이 좋은지 몰라."

조지가 말했다.

"무슨 뜻이야?"

내가 물었다. 때로 나는 모두에게 운이 좋다는 소리를 듣는 데 신물이 났다. 홀로 인생에 대한 글을 습작하면서 내 운의 쓰라린 측면을 깨달은 순간들이 있었다. 인생을 어떤 만족스럽고 완벽한 형태로 재현하는 데 실패하고 또 실패할수록, 근심 걱정 없는 삶에도 불구하고 나는 충족감을 향한 갈망 속에서 한층 더 꼼짝달싹

못하게 되었다. 때때로 나의 무능과 열망에서 분비된 원한이 며칠
간 내 존재 전반에 스며들어, 스키니 혹은 나와 마주치는 사람들
에게 무차별적으로 뿜어져 나가기도 했다.

"너는 누구에게도 매여 있지 않아. 네가 원하는 대로 어디든 오
갈 수 있지. 네게는 항상 기회가 찾아와. 너는 자유롭고, 네가 얼마
나 운이 좋은지 몰라."

조지가 말했다.

"너는 나보다 훨씬 자유로워. 네게는 부유한 삼촌이 있잖아."

나는 날카롭게 대꾸했다.

"삼촌은 갈수록 내게 관심이 없어. 질린 거지."

"뭐, 너는 아직 젊잖아. 하고 싶다던 말은 뭐였어?"

"비밀이야. 우리끼리 비밀을 공유하곤 했던 거 기억하지."

"맞아, 그랬지."

"다른 사람한테 내 비밀 말한 적 있어?"

"오, 아니, 조지."

사실 나는 우리가 학창 시절부터 줄곧 교환했던 수십 가지의 비
밀 중 어떤 특정한 내용도 기억할 수 없었다.

"이건 진짜 비밀이야. 아무에게도 말하지 않겠다고 약속해."

"약속할게."

"나 결혼했어."

"결혼이라니, 조지! 누구랑?"

"마틸다."

"끔찍한 일이네!"

생각하기도 전에 튀어 나간 말이었지만, 그는 내게 동의했다.

"맞아. 끔찍하지. 하지만 내게 무슨 수가 있었겠어?"

"내게 조언을 구할 수도 있었잖아."

내가 거만한 태도로 말했다.

"내가 너보다 두 살이나 많은 거 알지. 나는 너한테 조언을 구하지 않아, 바늘, 이 조그만 망나니야."

"그럼 동정을 바라지도 말아야지."

"너는 정말 좋은 친구야. 그 긴 세월이 지났는데도 말이야."

"가여운 조지!"

"이 나라에는 백인 남자 세 명당 한 명의 백인 여자가 있을 뿐이야. 외떨어진 곳에 사는 농장주는 백인 여자를 만날 기회가 없고, 설령 만난다 한들 그 여자는 그 남자를 만나주지 않아. 내게 무슨 수가 있었겠어? 나는 그 여자가 필요했어."

나는 속이 다 울렁거렸다. 일단은 내가 받은 스코틀랜드식 가정교육 때문이었고, 다음으로는 조지가 두 번이나 반복한 "나는 그 여자가 필요했어" 따위의 진부한 표현을 향한 강한 반감 때문이었다.

"게다가 마틸다가 세게 나왔어. 너와 스키니가 우리를 방문한 다음에 말이야. 선교단에 아는 사람이 있었는데, 짐을 싸서 거기로 가 버렸지 뭐야."

조지가 말을 이었다.

"가게 내버려 뒀어야지."

"그 여자를 쫓아갔어. 결혼해야겠다고 우기기에 결혼했지."

"그럼 제대로 된 비밀도 아닌 거네. 다른 인종 간의 결혼 소식은 금방 퍼지잖아."

"그건 내가 수를 썼어. 미친 일이었지만, 그 여자를 콩고로 데려가서 거기서 결혼했어. 그 여자도 입 다물고 있기로 약속했고."

"설마 이제 와 그 여자를 두고 여기를 뜨려는 건 아니겠지."

"이곳을 떠날 거야. 더는 그 여자도 이 나라도 못 견디겠어. 이럴 줄은 상상도 못 했어. 이 나라에서 이 년, 아내와 석 달을 보낸 걸로 충분해."

"이혼할 거야?"

"아니, 마틸다는 천주교도야. 이혼하려 하지 않을 거야."

조지는 하이볼을 여러 잔째 빠르게 비웠고, 나 역시 그에 뒤지지 않았다. 삼촌에게 편지로 자신의 처지를 알렸다고 말하는 그의 갈색 눈동자가 허공에서 촉촉하게 반짝였다.

"당연히 우리가 결혼했다고는 말하지 않았어. 삼촌이 받아들이기에는 너무 버거운 소식이었을 거야. 삼촌은 편견으로 굳어진 식민지 노인이잖아. 그냥 나와 유색인 여인 사이에 아이가 한 명 있고, 또 한 명이 태어날 예정이라고만 했더니 삼촌은 전적으로 이해하셨어. 바로 비행기를 타고 방문하신 게 몇 주 전이야. 그 여자가 나와의 관계를 떠벌리지 않는다는 조건으로 합의를 해주셨어."

"그 여자가 그렇게 하겠대?"

"오, 당연하지. 그러지 않으면 돈을 못 받는걸."

"하지만 어쨌든 네 아내로서 권리가 있는 거잖아."

"내 아내로서 권리를 주장한다면 훨씬 적은 액수를 받게 될 거야. 마틸다는 자기가 뭘 하는지 알아. 탐욕스러운 계집이거든. 입을 놀리지 않을 거야."

"다만, 너는 다시는 결혼을 못 하게 되겠네, 그렇지, 조지?"

"그 여자가 죽지 않는다면. 그런데 그 여자는 짐수레용 소처럼 튼튼해."

"흠, 유감이야, 조지."

"그렇게 말해줘서 고마워. 하지만 네 턱만 봐도 날 못마땅해한다는 걸 알 수 있어. 나이 든 삼촌도 이해하시는데 말이야."

"오, 조지. 나도 당연히 이해해. 너도 외로웠겠지."

"너는 네 스물한 살 생일에 날 부르지 않았어. 너랑 스키니가 내게 좀 잘해줬더라면 내가 이성을 잃고 그 여자랑 결혼하는 일은 없었을 거야. 절대로."

"너도 네 결혼식에 날 초대하지 않았잖아."

"바늘, 넌 정말 모진 년이야. 우리에게 네가 지은 이야기를 들려주던 어린 시절과는 달라졌어."

"나 이제 가 봐야겠어."

"비밀 지키는 거 잊지 마."

"스키니에게도 말하면 안 돼? 너를 정말 안쓰럽게 생각할 텐데, 조지."

"아무한테도 말하면 안 돼. 비밀로 지켜줘. 약속해."

"약속할게."

나는 그가 이 비밀을 이용해 우리 사이에 어떤 유대를 강요하고 자 한다는 걸 이해했고, 속으로 생각했다.

'뭐, 외로워서 그런가 보지. 비밀을 지켜준다고 무슨 큰일이 나 겠어.'

나는 전쟁 직전 스키니의 연구단과 함께 영국으로 돌아왔다.

조지를 다시 만난 건 오 년 전, 내가 죽기 직전의 일이었다.

전쟁이 끝난 뒤 스키니는 학업으로 돌아갔다. 그는 일 년 반 동 안 두 번의 시험을 더 치러야 했고, 나는 그 시험이 끝나면 그와 결 혼해야겠다고 생각했다.

"넌 스키니보다 좋은 남자를 못 만날 수도 있어."

골동품 상점과 잡동사니 가판대로 나들이를 나선 토요일 아침 에 캐슬린은 내게 말하곤 했다.

그녀 역시 나이를 먹고 있었다. 스코틀랜드에 남은 가족들은 우 리가 남편을 구해 정착해야 할 때가 되었다는 의중을 넌지시 비쳤다. 캐슬린은 나보다 약간 어렸는데도 훨씬 나이 들어 보였다. 그녀는 자신의 가능성이 줄어들고 있다는 걸 알았지만 당시 나는 그녀가 이 문제를 크게 신경 쓴다고 믿지 않았다. 나로 말하자면, 스키니와의 결혼에 끌린 주된 이유는 그가 메소포타미아로 탐험을 떠날 예정이었기 때문이다. 바빌론과 아시리아에 관한 지속적인 독서로만 그와 결혼하고자 하는 내 의욕을 고취할 수 있었다. 스키니도 이를 감지했던지, 내게 책을 제공해주었을 뿐 아니라 쐐기문자판을 해독하는 법을 가르쳐주기까지 했다.

캐슬린은 내 예측보다 훨씬 더 결혼에 관심이 많았다. 나와 마찬가지로 전시 동안 그녀 역시 꽤 흥청망청 지냈다. 그녀는 사실 미 해군 장교와 약혼했었지만, 그는 전사하고 말았다. 이제 그녀는 램버스 근처에서 매우 성공적인 골동품 상점을 운영하며 첼시 광장 근처에 살았는데, 그럼에도 불구하고 결혼과 아이를 원했던 것이 틀림없다. 그녀는 엄마들이 상점 밖이나 지하층 출입문 밖에 세워눈 유모차를 들여다보려고 걸음을 멈추곤 했다.

"시인 스윈번*도 그런 행동을 했대."

내가 그녀에게 말한 적이 있다.

"그래? 그 사람도 아이를 가지고 싶어 했어?"

---

* 앨저넌 찰스 스윈번Algernon Charles Swinburne(1837-1909). 영국의 시인, 극작가, 소설가이자 평론가로 동성애, 사도마조히즘, 카니발리즘 등 금기시되는 소재를 다룬 작품을 썼다.

"그건 아닐 거야. 그냥 아기를 좋아했나 봐."

스키니는 마지막 시험 전 병을 얻었고, 스위스의 요양원으로 보내졌다.

"걔와 결혼하지 않았으니 어쨌든 넌 운이 좋구나. 아니면 결핵에 걸렸을 수도 있잖아."

캐슬린이 말했다.

운이 좋다, 행운이 따른다……. 모두가 기회 있을 때마다 내게 반복하는 말이었다. 들을 때마다 짜증이 나긴 했으나, 나는 그들이 옳다는 걸 알고 있었다. 비록 그들이 의미하는 바와 다른 측면에서 그랬지만 말이다. 나는 그리 거창한 노력을 들이지 않아도 삶을 꾸려갈 수 있었다. 책 비평, 캐슬린이 부탁한 별난 일들, 그러다가 또다시 광고업자와 일하고는, 기업 거물들을 위한 문학, 예술과 인생에 관한 연설문을 쓰는 몇 달. 나는 인생에 대한 글을 쓰기 위해 준비 중이었고, 그게 언제가 되건 행운은 바로 여기에 깃들어 있는 듯했다. 그리고 그때까지 내게는 마법으로 보호받는 것만 같은 삶이 보장되었으며, 나는 생활을 위한 필수품을 남들보다 훨씬 여유롭게 획득할 수 있었다. 천주교 신자가 되어 견진 성사를 받은 후 내 운의 유형을 고찰해보았다. 주교는 기독교인이 짊어져야 할 고난에 대한 상징적인 암시로서 지원자의 뺨을 만진다. 나는 생각했다. 얼마나 운이 좋은가, 본질은 지옥과도 같은 폭력을 이토록 깃털 같은 상징이 대신하다니.

나는 이 년간 두 차례 요양원에 있는 스키니를 방문했다. 거의 회복한 그는 몇 달 안에 집에 돌아가리라 기대하고 있었다. 마지막 방문 후 나는 캐슬린에게 말했다.

"어쩌면 스키니와 결혼할지도 몰라. 개가 회복하고 나면."

"확실하게 해, 바늘. 어쩌면 소리는 이제 그만두고. 너는 네가 얼마나 복에 겨운지 모르지."

그녀가 답했다.

이것이 오 년 전, 내 생애 마지막 해의 일이다. 캐슬린과 나는 매우 가까운 친구가 되었다. 우리는 매주 몇 번씩 만났고, 토요일 아침 포토벨로 로드로 짧게 나들이를 다녀온 다음이면 켄트에 있는 그녀의 숙모 댁에 가서 긴 휴일을 보내기를 자주 반복했다.

그해 유월의 어느 날 점심 식사를 위해 캐슬린과 특별히 만났다. 그녀가 내게 전화를 걸어 전할 소식이 있다고 했기 때문이었다.

"오늘 낮에 가게에 누가 왔었는지 맞춰봐."

"누구?"

"조지."

우리는 반쯤 조지가 죽었다고 여겼었다. 지난 십 년간 우리는 편지를 받지 못했다. 전쟁 초기에 그가 더반*에 나이트클럽을 운영하고 있다는 소문이 들려왔으나 그 이후로는 감감무소식이었다.

---

* 남아프리카 공화국 제2의 항구 도시다.

여기저기 알아볼 수도 있었지만 그렇게 할 마음이 들지 않았다.

한 번은 조지에 대해 이야기하다가 캐슬린이 이런 말을 꺼냈다.

"가엾은 조지에게 연락해봐야 하는데. 하지만 그럼 답장을 쓸 거 아니야. 그러고는 정기적으로 편지를 쓰자고 조를 테고."

"우리 넷은 멀어져서는 안 돼."

나는 그의 흉내를 냈다.

"힐책하는 듯한 그 초롱초롱한 눈동자가 눈에 선하다."

캐슬린이 말했다.

"아마 완전히 토착민이 되었을지도 몰라. 커피색 피부를 가진 첩 사이에서 마호가니색 피부의 아이를 열 명쯤 두고 말이야."

스키니가 덧붙였다.

"어쩌면 죽었을 수도 있지."

캐슬린이 말을 이었다.

나는 조지의 결혼 사실도, 불라와요의 호텔에서 그가 내게 털어놓은 비밀도 일절 발설하지 않았다. 해가 지나며 우리는 그를 입에 올리지 않게 되었고, 한다 해도 우리가 아는 한 거의 죽은 것과 다름없는 사람처럼 지나가듯 언급하는 게 전부였다.

캐슬린은 조지의 출현에 흥분한 상태였다. 자신이 이전에 조지를 얼마나 짜증스럽게 여겼는지도 잊었다. 그녀가 말했다.

"오랜만에 조지를 보니 정말 좋더라. 친구가 필요한 것처럼 보였어. 뒷전으로 밀려났다고 느끼고, 물정에도 어둡고."

"보살펴줄 사람이 필요한 것 같네."

캐슬린은 내 악감정을 눈치채지 못하고 선언했다.

"조지가 필요로 하는 게 바로 그거야. 항상 그랬지, 이제야 그걸 알겠어."

그녀는 조지에 관해 언제라도 새롭고 행복한 결론을 내릴 결심이 선 것 같았다. 그 오후 중에 조지는 캐슬린에게 전시에 운영하던 더반의 나이트클럽과 그 이후의 사냥 원정에 관해 이야기해주었다고 했다. 그가 마틸다를 언급하지 않았다는 것은 분명했다. 캐슬린은 조지가 살이 쪘지만, 보기 싫은 모습은 아니라고 말해주었다.

조지의 새로운 모습이 궁금하긴 했으나 다음 날 스코틀랜드로 떠나야 했던 나는 그해 구월 죽기 직전까지 그를 만나지 못했다.

스코틀랜드에 있는 동안 캐슬린의 편지를 통해 그녀가 매우 자주 조지와 만나고, 유쾌한 시간을 보내며, 그를 돌봐주고 있다는 것을 알 수 있었다.

"조지가 발전한 모습을 보면 놀랄 거야."

보아하니 조지는 캐슬린의 가게에 자주 드나드는 모양이었다.

"쓸모 있는 사람이 된 기분이 든대."

모성애가 느껴지는 설명이었다. 조지는 주말에 켄트에 있는 나이 든 친척을 방문했다. 이 노부인은 캐슬린의 숙모와 몇 킬로미터 떨어진 곳에 거주 중이었고, 덕분에 둘은 토요일마다 함께 켄트로 가서 시골길로 긴 산책을 나갈 수 있었다.

"조지가 정말 달라졌다는 걸 확인할 수 있을 거야."

구월에 런던으로 돌아간 내게 캐슬린이 말했다. 토요일인 그날 저녁에 나는 조지를 만날 예정이었다. 캐슬린의 숙모는 해외에 있었고, 가정부는 휴가를 떠났으며, 나는 빈집에서 캐슬린과 함께 지내기로 했다.

조지는 며칠 앞서 런던을 떠나 켄트에 가 있었다.

"사실은 거기서 수확을 도와주고 있대!"

캐슬린이 애정 어린 어조로 말했다.

캐슬린과 나는 함께 켄트에 내려갈 계획이었으나 토요일 당일 예기치 못하게 캐슬린을 런던에 붙잡아두는 일이 생겼다. 나는 파티 음식 준비를 위해 이른 오후 먼저 출발하기로 했다. 그날 숙모 댁에서의 저녁 식사에 캐슬린이 조지를 초대했던 것이다.

"일곱 시면 도착할 거야. 정말 빈집에 혼자 가도 괜찮겠어? 나는 빈집에 들어가는 게 싫더라."

그녀가 말했다.

나는 괜찮다고, 빈집을 좋아한다고 답했다.

도착했을 때 나는 정말 빈집이 마음에 들었다. 이 집에 그때보다 호감을 느꼈던 적은 없었다. 1만여 평에 조금 못 미치는 조지 왕조풍의 목사관으로, 방 대부분은 폐쇄해서 가구 위에 천을 덮어두었고, 하인은 단 한 명뿐이었다. 나는 장을 보러 갈 필요가 없다는 걸 알았다. 캐슬린의 숙모는 다양한 별미 품목을 마련해 쪽지를 붙여두었다.

"이걸 먹어준다면 기쁘겠구나. 냉장고 안도 확인하렴."

"세 명의 굶주린 이들을 위한 선물. 뒤쪽 탁자에 파티를 위한 와인도 두 병 있다."

시원하고 조용한 가사용품 구역을 따라 단서들을 쫓아가며 보물찾기를 하는 기분이었다. 거주 흔적은 남아 있지만 사람은 없는 집은 더없이 평온하고 훌륭한 장소다. 집 안에서 사람들은 그들의 몸집과 균형이 맞지 않는 공간을 차지한다. 이전 방문에서 내 눈에는 캐슬린과 그녀의 숙모, 작고 뚱뚱한 가정부로 방이 만원을 이룬 듯 보였다. 그들은 한시도 쉬지 않고 움직였다. 집 안의 개방된 구역을 돌며 창문을 열어 구월의 연한 금빛 공기를 들이는 동안, 나는 나 자신, 바늘이 공간을 차지하고 있다는 것을 전혀 의식하지 못했다. 나는 유령이었을 수도 있었다.

단 하나 사 와야 했던 건 우유였다. 나는 젖짜기가 끝나는 네 시까지 기다린 다음, 과수원 뒤쪽 두 곳의 들판 건너편에 있는 농장으로 출발했다. 그곳에서 외양간 일꾼이 넘겨주는 병을 건네받다가 조지를 보았다.

"안녕, 조지."

내가 인사했다.

"바늘! 여기서 뭘 하고 있어?"

그가 물었다.

"우유 사는 중이야."

"나도 마찬가지야. 이렇게 널 보니 좋네."

농장 일꾼에게 값을 치른 뒤 조지가 말했다.

"길이 겹치는 데까지 함께 걸어가자. 하지만 멈출 시간은 없어. 내 나이 든 사촌이 차에 넣을 우유를 기다리고 있거든. 캐슬린은?"

"런던에 붙잡혀 있어. 좀 이따 올 거야. 일곱 시쯤 도착할 거라 예상하더라고."

우리는 첫 번째 들판의 끝자락에 다다랐다. 조지는 왼쪽으로 꺾어 큰길로 가야 했다.

"오늘 밤에 보는 거지?"

내가 물었다.

"그럼, 옛 시절 이야기도 하고."

"기대된다."

그런데 조지는 나와 함께 울타리의 계단식 문을 넘었다.

"바늘, 잠깐만. 네게 할 말이 있어."

"오늘 저녁에 얘기하면 되잖아, 조지. 네 사촌이 우유를 기다리고 있다며."

나는 내가 꼭 아이를 대하는 것 같은 말투를 사용하고 있다는 사실을 깨달았다.

"아니, 너랑 단둘이 이야기하고 싶어. 지금이 좋은 기회야."

우리는 두 번째 들판을 가로지르기 시작했다. 몇 시간 더 집을 독차지하고 싶었던 나는 조금 초조해졌다.

"봐. 그 건초 더미야."

그가 갑자기 말했다.

"그러네."

나는 망연하게 답했다.

"저기 앉아서 얘기하자. 네가 다시 건초 더미 위에 앉아 있는 걸 보고 싶어. 나 아직 그 사진 가지고 있거든. 그때 기억해? 네가……."

"바늘 찾았던 날 말이지."

나는 얼른 끝내버릴 심산으로 재빨리 말했다.

하지만 쉬게 된 것은 기뻤다. 건초더미는 부서진 채였지만 우리는 그 안에서 은신처를 찾아냈다. 나는 우유병을 서늘하게 보관하기 위해 건초 안에 묻었다. 조지는 자기 우유를 건초더미 아래쪽에 조심스레 내려놓았다.

"내 늙은 사촌은 정말 흐리멍덩해. 불쌍한 사람. 정신이 불명확하달까. 시간 개념이라곤 없는 사람이야. 내가 떠난 지 십 분 만에 돌아왔다고 하면 그렇게 믿을걸."

나는 낄낄대며 그를 바라보았다. 그의 얼굴은 훨씬 커져 있었고, 두툼하고 폭넓은 입술은 남자에게 어울리지 않는 농익은 색깔이었다. 그의 갈색 눈동자에는 전과 마찬가지로 어떤 불분명한 간

절함이 넘쳐흘렀다.

"그래서 그렇게 오랜 세월 끝에 스키니랑 결혼하는 거야?"

"모르겠어, 조지."

"걔를 제대로 가지고 놀았네."

"네가 판단할 일이 아냐. 내가 하는 일에도 나름의 이유가 있어."

"날카롭게 굴지 마. 그냥 장난 좀 친 거야."

자기 말을 증명이라도 하듯 그는 건초 다발을 들어 올려 내 얼굴을 가볍게 쓸었다.

"있지, 로디지아에서 스키니랑 네가 나에게 그리 친절했다고 생각하지 않아."

"우린 바빴잖아, 조지. 그리고 그때 우리는 어렸어. 해야 할 일도 많았고 봐야 할 것도 많았다고. 어쨌든 넌 그때가 아니라도 만날 수 있었잖아."

"좀 이기적인 행동이었어."

그가 응수했다.

"나 가 봐야 할 것 같아."

나는 건초에서 내려가려고 했다.

그가 나를 주저앉혔다.

"잠깐, 나 너한테 할 말이 있어."

"알았어, 조지. 말해."

"일단 캐슬린에게 말하지 않겠다고 약속해줘. 캐슬린은 비밀로

해달라고 했거든. 자기가 너에게 직접 말하겠다면서."

"알겠어, 약속할게."

"나 캐슬린이랑 결혼할 거야."

"하지만 넌 벌써 결혼했잖아."

나는 계속 연락하고 지내던 로디지아의 일가로부터 이따금 마틸다의 소식을 들었다. 그들은 마틸다를 "조지의 검은 여인"이라 불렀지만, 그가 그녀와 결혼했다는 사실은 당연히 알지 못했다. 조지 덕에 한몫 단단히 잡은 듯한 마틸다는 잔뜩 치장하고 돌아다니며 일은 하나도 하지 않아서, 점잖은 이웃 유색인 소녀들을 노상 뒤숭숭하게 만든다고 했다. 목격담에 따르자면, 그녀는 조지처럼 행동하는 것의 어리석음을 보여주는 살아 있는 예시였다.

"마틸다와 결혼한 건 콩고에서였지."

조지가 말을 이어갔다.

"중혼인 건 마찬가지야."

내가 말했다.

내가 중혼이란 단어를 사용하자 조지는 분노했다. 그는 내 얼굴에 던지려는 듯 한 움큼의 건초를 집어 들었지만, 스스로를 제어하고는 대신 나를 향해 장난스럽게 부채질을 했다.

"콩고에서 한 결혼에 정당성이 있는지 모르겠어. 어쨌든, 내가 알기로는 아니야."

그가 계속 말을 이었다.

"그런 짓을 해서는 안 돼."

"난 캐슬린이 필요해. 캐슬린은 내게 잘해줬어. 나는 우리가 언제나 함께할 운명이었다고 생각해. 나랑 캐슬린 말이야."

"나 정말 가 봐야 해."

하지만 그는 내가 움직이지 못하도록 자기 무릎을 내 발목 위에 올려놓았다. 나는 가만히 앉아 허공을 응시했다.

조지는 건초 가닥으로 내 얼굴을 간지럽혔다.

"바늘, 좀 웃어봐. 예전처럼 대화해보자고."

"뭘?"

"아무도 내가 마틸다와 결혼한 걸 몰라. 너와 나를 제외하면 말이야."

"마틸다도 알고 있지."

"돈을 받는 한 마틸다는 침묵을 지킬 거야. 삼촌이 그 목적으로 연금을 남겨두셨고, 삼촌 변호사가 그 문제를 처리하고 있어."

"날 보내줘, 조지."

"비밀로 하겠다고 약속했잖아. 너는 약속을 했어."

"맞아, 난 약속을 했지."

"그리고 너는 이제 스키니와 결혼할 거잖아. 우리가 드디어 제대로 짝을 맺는 거지. 벌써 몇 년 전에 이렇게 해야만 했어. 진작 이렇게 해야만 하지만, 젊음! 젊음이 우리를 방해했지, 그렇지 않아?"

"인생이 우리를 방해했지."

"하지만 이젠 모든 게 제대로 될 거야. 너는 내 비밀을 지켜줄 거고. 그렇지 않아? 내게 약속했잖아."

그는 이미 내 발을 놓아주었다. 나는 그에게서 약간 물러났다.

"만일 캐슬린이 너와 결혼할 작정이라면, 나는 네가 이미 결혼했다고 걔에게 말해줄 거야."

"바늘, 네가 그런 더러운 장난질을 칠 리 없잖아? 너는 스키니와 행복하게 살 거고, 괜히 끼어들어서 나와……."

"말해줘야만 해. 캐슬린은 나랑 가장 친한 친구니까."

나는 신속하게 말했다.

그는 나를 죽여버리려는 듯 보였고 정말 나를 죽여버렸다. 내 입 안에 더는 들어갈 수 없을 정도로 건초를 쑤셔 넣고는, 내가 움직이지 못하게 몸 위에 무릎을 꿇고 앉아 커다란 왼손으로 내 양 손목을 움켜쥐었다. 내가 이 세상에서 마지막으로 본 것은 그의 입이 그리는 붉고 탐스러운 윤곽과 그 틈으로 보이는 새하얀 이였다. 그가 내 시체를 건초 더미에 밀어 넣고, 내 시체를 위한 깊은 둥우리를 만들고, 건초를 갈기갈기 찢어가며 내 시신의 길이에 맞춘 홈을 판 다음, 마지막으로 이 은폐의 현장 위에 따뜻하고 건조한 것들 뭉텅이를 부서진 건초더미 내부에 더없이 자연스럽게 어울리는 모양으로 쌓아 올릴 동안 지나가는 사람은 아무도 없었다. 그 후 조지는 건초 더미에서 내려가 우유병을 챙겨 집으로 돌아갔다. 거의 오 년이 흐른 뒤 포토벨로 로드의 수레 옆에 선 내가 아무렇지도 않은 말투로 "안녕, 조지!"라고 말했을 때, 그가 그토록 편치 않아 보였던 이유는 바로 이 때문일 것이다.

건초 더미 살인 사건은 그 해 가장 악명 높은 범죄 중 하나였다.

내 친구들은 말했다.

"살아갈 이유가 넘치는 애였는데."

스무 시간에 걸친 수색 끝에 내 시신이 발견되자 석간신문은 "'바늘' 발견되다: 건초 더미 안에서!"라고 기사를 썼다.

캐슬린은 어느 정도 익숙해져야만 이해할 수 있는 천주교도적인 관점에서 말했다.

"그 애는 죽기 전날 고해 성사를 했어요. 정말 운이 좋지 않나요?"

지역 경찰, 이어서 런던 경찰국이 우리에게 우유를 팔았던 가없은 외양간 일꾼을 끝없이 닦달했다. 조지도 마찬가지였다. 그는 건초더미까지 나와 함께 걸어왔다는 건 인정했지만, 거기 머무른 사실은 부인했다.

"친구를 십 년 만에 만났다는 말입니까?"

조사관이 물었다.

"그렇습니다."

조지가 대답했다.

"그런데도 멈춰서 대화를 나누지 않았습니까?"

"아뇨. 잠시 뒤 저녁 식사 자리에서 만날 예정이었거든요. 제 사촌이 우유를 기다리고 있어서 멈출 수가 없었습니다."

조지의 나이 든 친척은 그가 십 분 이상 집을 비우지 않았다고
단언했으며, 몇 달 뒤 숨을 거둘 때까지 그것을 사실이라 믿었다.
물론 조지의 겉옷에서 미량의 건초가 발견되긴 했으나 풍작이었
던 당해 그 지역 모든 남성의 겉옷에 같은 증거가 존재했다. 공교
롭게도 그 외양간 일꾼의 손은 조지보다도 억세고 강력했다. 부검
이 완료되었을 때 실험실 기록이 명시하는 바로는, 내 손목에 자
국을 남긴 건 바로 그런 손이었다. 하지만 손목에 남은 자국만으
로는 둘 중 어느 남자에게도 혐의를 적용할 수 없었다. 사람들은
내가 소매가 긴 카디건을 입고 있지 않았더라면, 타박상이 누구의
손가락과 겹치는지 제대로 확인할 수 있었을 것이라고들 했다.

캐슬린은 조지에게 아무런 동기가 없었다는 것을 증명하기 위
해 경찰에게 자신이 그와 약혼한 사이라고 말했다. 조지는 그것이
조금 어리석은 행동이라 생각했다. 그들은 아프리카에서 조지의
행적을 확인했고 마틸다와의 동거 사실까지 밝혀냈다. 하지만 결
혼 사실은 밝혀지지 않았다. 누가 콩고의 혼인 신고 기록을 확인
해볼 생각을 했겠는가? 그것이 살인 동기를 입증할 리도 없었다.
아무튼, 마틸다와 결혼했다는 사실이 들통나지 않은 채 조사가 종
료되자 조지는 안심했다. 그는 캐슬린과 동시에 신경 쇠약을 앓았
고, 둘은 함께 회복한 뒤 결혼식을 올렸다. 경찰 조사가 캐슬린 숙
모의 집에서 8킬로미터 떨어진 공군 캠프로 옮겨간 지 한참이 지

난 후였다. 그 조사는 굉장한 흥분과 술자리로 이어졌을 뿐이다. 건초 더미 살인 사건은 그 해 미결 사건 중 하나로 남았다.

얼마 안 있어 외양간 일꾼은 새로운 시작을 위해 캐나다로 이민을 떠났다. 그를 안쓰럽게 여긴 스키니의 도움을 받아서였다.

포토벨로 로드에서 캐슬린이 조지를 집에 데려가는 모습을 본 토요일 이후, 나는 어쩌면 비슷한 상황에서 그를 더 자주 마주치게 될지도 모른다고 생각했다. 다음 주 토요일에 그를 찾아보았고, 마침내 그가 모습을 드러냈다. 캐슬린 없이 나타난 그는 반쯤 걱정스럽고, 반쯤 기대에 찬 모습이었다.

나는 그의 기대를 깨부수었다.

"안녕, 조지!"

그는 북적이는 길거리 위 넘쳐나는 상인들 사이에 뿌리박은 듯 서서 내가 있는 방향을 바라보았다. 나는 생각했다.

'쟤 입안 가득 건초가 들어 있는 것처럼 보이네.'

그의 거대한 입 주위 새로 뻣뻣하게 자라난 옥수수 빛깔의 턱수염과 콧수염 때문에 떠오른 이 생각은 삶처럼 활기차고도 서정적이었다.

"안녕, 조지!"

내가 다시 말했다.

그 기분 좋은 아침 그 이상의 말을 할 수 있는 영감이 나를 찾아

올 수도 있었건만, 그는 나를 기다려주지 않았다. 그는 옆길로 빠져나가 다른 골목으로 그리고 또 다른 골목으로 갈지자로 움직이며, 할 수 있는 한 에둘러서 포토벨로 로드에서 멀어졌다.

그럼에도 불구하고 그는 다음 주에 또다시 돌아왔다. 가엾은 캐슬린이 그를 차에 태워 데려온 것이다. 그녀는 차를 길 어귀에 주차하고는 그의 팔을 꼭 붙잡고 함께 나섰다. 가판대 위에 가득한 반짝임을 무시하는 캐슬린을 보니 가슴이 아팠다. 그녀의 취향에 부합할 만한 배터시* 상자와 에나멜 은귀걸이를 보아두었던 터였다. 하지만 그녀는 이런 물건에 전혀 주의를 기울이지 않고 조지에게 꼭 붙어 있었다. 가엾은 캐슬린, 그녀가 어때 보였는지는 말하고 싶지 않다.

조지는 초췌했다. 눈은 최근 병을 앓기라도 한 것처럼 작아진 듯했다. 그와 그의 팔짱을 낀 캐슬린은, 남편은 이리저리 휘청이고 곁에 선 아내는 아래위로 꺼덕이며, 통행권을 주장하는 군중들을 헤치고 길을 나아갔다.

"오, 조지! 몸이 정말 안 좋아 보이네."

내가 말했다.

"저길 봐! 저기 철물 수레 있는 곳. 저기 바늘이 있어."

---

* 18세기 영국에서 유행한 에나멜 공예로, 보통 흰 바탕에 색을 칠하거나 디자인을 옮겨 그려서 완성한다.

조지가 말했다.

"집으로 가자, 자기."

캐슬린이 울며 말했다.

"오, 몸이 안 좋아 보인다, 조지!"

내가 다시 말했다.

조지는 요양소로 보내졌다. 그는 대체로 조용히 지냈지만, 요양소 사람들은 토요일 아침마다 그가 포토벨로 로드에 가지 못하도록 실내에 붙잡아두느라 애를 먹었다.

하지만 몇 달 후 그는 탈출했다. 그날은 월요일이었다.

사람들은 포토벨로 로드로 그를 찾아 나섰으나 사실 그는 켄트의 건초 더미 살인 사건이 일어났던 장소 근처 마을에 가 있었다. 조지는 경찰서에 가서 자수했지만, 경찰들은 그가 말하는 것만 듣고도 제정신이 아닌 남자라는 사실을 알 수 있었다.

"삼 주 내리 토요일마다 포토벨로 로드에서 바늘을 봤어요. 저를 독방에 넣었지만, 간호사들이 새로운 환자를 돌보는 동안 탈출했지요. 바늘 살인 사건 기억하시죠. 네, 제가 범인입니다. 이제 여러분께서 진실을 아셨으니, 그 망할 바늘은 이제 입을 다물 겁니다."

조지가 설명했다.

살인 사건이 벌어질 때마다 자백하는 광인이 수십 명이다. 경찰은 구급차를 불러 그를 다시 요양소로 보냈다. 그는 그곳에 오래 있지 않았다. 캐슬린은 가게를 접고 집에서 그를 돌보는 데 전념했다. 하지만 토요일 아침마다 그녀는 시련을 겪었다. 조지는 포토벨로 로드로 나를 보러 가겠다고 우겼고 돌아와서는 자신이 바늘을 살해했노라고 주장했다. 한 번은 마틸다에 대해 뭔가 말하려고 했으나 캐슬린이 너무나 다정하고 사려 깊었던 탓에, 조지가 자신이 해야 했던 말을 기억할 용기를 냈을 것 같지는 않다.

살인 사건 이후 스키니는 줄곧 조지와 상당히 서먹하게 지냈다. 하지만 캐슬린에게는 상냥했다. 조지가 포토벨로 로드에서 확실하게 멀어질 수 있도록 두 사람에게 캐나다로 이민을 가라고 설득한 것도 그였다.

조지가 캐나다에서 어느 정도 회복하긴 했으나 옛날의 모습을 되찾을 수는 없을 거라고, 캐슬린은 스키니에게 보내는 편지에 적었다.

"그 건초 더미 살인 사건이 조지를 망가뜨렸어. 가끔은 불쌍한 바늘보다 조지가 더 안쓰럽단 생각이 들어. 하지만 바늘의 영혼을 위해 자주 미사를 올리곤 해."

조지가 다시 포토벨로 로드에서 나를 볼 일이 있을 것 같지는 않다. 건초 더미 위 우리를 찍은 구겨진 사진을 앞에 두고 그는 자주 깊은 생각에 잠기곤 한다. 캐슬린이 그 사진을 싫어하는 것도 당연하다. 내 의견을 말하자면, 꽤 잘 찍은 사진이긴 하지만 우리

중 누구도 사진 속에 나온 것만큼 사랑스럽지는 않았다고 생각한
다. 옥수수가 무르익은 들판을 태연하게 쳐다보며 익살맞은 표정
을 짓고 있는 스키니, 남들과 다르다는 확신에 가득 찬 나, 한 손에
머리를 예쁘게 괴고 있는 캐슬린. 조지의 카메라를 마주한 우리
각자는 세상의 찬란함을 담대하게, 마치 영원히 스러지지 않으리
란 듯 반사하고 있다.

운전기사 없는 111년

조모, 증조부와 조상들 전부가 평범한 삶을 살았다는 것을, 고통을 겪고, 직장에 가고, 대화를 나누고, 분주히 삶을 꾸리고, 섹스를 하며 긴긴낮과 긴긴밤을 보냈다는 것을 기억하라. 나로서는 그들을 두고 호들갑을 떨어야 할 이유를 모르겠다. 그들은 우리를 두고 호들갑을 떨지 않았다. 그럴 의사와 상상력이 있었다면 미래와 후세대를 그려보기야 했겠으나 세상의 이치상 당연하게도 전혀 구체적인 형태로는 아니었을 것이다.

우리는 그들이 쓴 회고록과 서신이 파편적이라는 것을 안다. 사진과 함께 이런 말을 했다더라, 저런 습관이 있었다더라 하는 이야기만이 전해지면 우리의 지식은 한층 더 제한된다. 그들은 우리에게 출생과 결혼 기록, 타국 교회의 묘석으로 남아 있으며, 이는 내 조상도 마찬가지다.

내 전기 작가인 조에게 사진을 제공해야 했을 때 내놓을 만한 건 거의 없었다. 마지막으로 사진을 들여다본 것이 적어도 이십 년 전이었다. 사진은 태엽을 감아 아직도 딸랑대는 선율을 연주할 수 있는 작은 오르골, 양철통에 담긴 비너스 연필(새것으로 굉장히 유용한 발견이었다)과 함께 손님용 침실의 서랍 안에 쑤셔박혀 있었다. 유물 발굴 현장에서 나온 조각돌도 있었는데, 정확한 출처가 어디였더라? 다른 물건들로 넘어가자.

나는 사진들을 꺼내 탁자 위에 펼쳐놓았다. 이게 전부란 말인가? 분명 더 많은 사진이 있었다고 맹세도 할 수 있었건만. 실제로 나는 더 많은 사진이 있었다는 것을 알았다. 그 사진들은 다 어디로 갔을까? 대체 누가, 무슨 소용이 있어 빛바래고 케케묵은 사진을 가져가 버렸단 말인가?

이게 꿈이 아니라는 걸 확실히 하기 위해 사진을 한 장 한 장 살펴보았다. 사람들, 심지어는 친구들조차도 뭔가를 훔쳐 가곤 한다. 심지어 손님방에 있는 책도 사람들의 손을 타긴 하지만 사진, 그것도 넉넉지 못한 사정의 별 볼 일 없는 사람들이 담긴 오래된 사진은 예외가 아닌가.

그중에는 글래디스 외숙모의 사진도 있었다. 외숙모는 어머니의 형제인 짐과 결혼했다. 무릎에 손을 얹고 앉은 짐 삼촌의 배 위에는 회중시계의 줄이 늘어져 있었고, 글래디스 외숙모는 그의 어깨에 한 손을 얹고 서 있었다. 외숙모 곁에 놓인 기둥은 사진사의 소품으로 위에 꽃다발이 놓여 있었다. 약 1880년경의 사진이었다.

다음은 매리앤, 낸시와 모드, 그리고 105세까지 사셨던 나의 증조할머니 사라 로우보텀의 사진으로, 사진 속 예순다섯 살의 모습에서 그녀는 이미 장수의 가능성을 보여주고 있다. 가장 좋은 드레스를 차려입은 그들은 허리를 코르셋으로 졸라맸고, 당시 흉부라 불렸던 가슴은 불룩하며, 층층의 레이스에 휩싸인 채 목에는 항상 로켓 목걸이를 걸었다. 가슴의 온기로 데워진 그 자그마한 로켓에 누구의 사진이, 누구의 머리칼이 담겨 있는지는 오직 하늘만이 알 것이다. 가장 먼저 결혼한 매리앤은 어두운 빛깔의 브로치를 달았다. 머리는 모두 가지런히 틀어 올려 손질했다. 출세를 꿈꾸는 당대 중하류층의 모습이다. 그들은 곡물상이었고 제법 성공을 거뒀다.

이제 그들 모두는 왓퍼드 비커리지 로드의 교회 묘지에 잠들어 있으며, "깊은 애도를 담아"라고 적힌 두 개의 묘비가 그 장소를 기리고 있다.

나는 조에게 이들을 한 명씩 소개하며, 내가 아는 한에서 가족 내에 구전되는 일화도 들려주었다.

다음은 111년 전에 탄생해서 돌아가신 지 이십칠 년이 되는 내 어머니의 사진이었다. 그리고 이름은 기억나지 않지만 대단한 야심을 품었던 것으로 아는 사촌도 한 명 있었다. 전속 기사가 운전해주는 롤스로이스를 타고 상점에서 상점으로 이동하는 것이 가능하던 시절이었다. 그러한 롤스로이스를 한 대 소유하겠다던 야심을, 오호통재라, 그녀는 결코 이루지 못했다. 그 사촌의 이름이 뭐였더라? 어쨌든 그녀는 회계사와 결혼해서 헨더슨 부인이 되었고, 어느 해인가 골든 애로우 기차*에 올라 파리를 방문하기까지 했다. 롤스로이스와 기사는 얻지 못했다. 하지만 헨더슨 부인은 입버릇처럼 롤스로이스와 기사를 원한다고 말했다.

그건 그렇고 헨더슨 부인의 다른 사진은 어디에 있을까? 보기 드물게 일상적이었던 까닭에 내가 똑똑히 기억했던, 재봉틀을 내려다보고 선 그녀를 담은 사진은? 허리가 날씬하고 아름다운 그녀는 옆모습을 보인 채 몸을 살짝 구부리고 있었다. 아끼던 페달식 싱어 재봉틀의 실패를 살피는 그녀를 누군가 카메라로 포착했던 것이다. 문제가 생긴 재봉틀을 유심히 바라보는 헨더슨 부인, 도대체 그녀의 이름이 **뭐였더라?** 아무튼 매혹적인 사진이었다. 그 사진이 사라졌다. 누군가 가져가 버린 것이다.

그제야 기억난 다른 사람들의 사진도 마찬가지였다. 리투아니아 유대인 가족 출신인 내 할머니는 흠 없는 금발에 폴란드인의 외모를 가졌고, 금발을 땋아 틀어 올린 모습은 수염 속에 근사한 미소를 감춘 할아버지와는 달리 전혀 유대인처럼 보이지 않았다. 아버지는 그런 할아버지를 매우 닮긴 했으나 항상 말끔하게 면도를 했다. 헨리에타 할머니의 아름다운 사진도 사라졌다. 살아 계

---

* 20세기 중반 런던과 파리를 연결했던 임항 열차를 말한다.

실 적 할머니를 알지 못했으므로, 나는 사진 속 그녀의 모습을 기억 깊이 새겨두었다. 나는 그녀가 내게 물려준 미간 넓은 눈을, 그녀의 파란 눈동자를 기억했다. 그녀는 어디로 사라졌을까?

나는 이 방에 묵었던 사람 전부와 이 방에 쉽게 접근할 수 있었던 이들을 떠올려보았다. 수년 동안 수십 명의 친구가 이 방을 거쳐 갔다. 그중 누가 이 쓸모없는 사진에 관심을 가졌을까? 가끔 내가 작가라는 이유로 허락 없이 내 사진을 가로채는 기자들이 있긴 했지만, 이 빛바랜 빅토리아 시대와 에드워드 시대의 예술적 가치도 없는 사진들을 대체 왜……?

나는 수중에 남은 사진 묶음에 집중했다. 선별한 결과는 나쁘지 않았고 나의 출생, 때로는 기억을 거슬러 올라가기에 부족함이 없었다. 사진을 조에게 넘긴 나는 나머지를 치웠다. 내게는 신경 써야 할 다른 일들이 있었다.

데미안 드 도허티. 데미안 드 도허티라. 세상에, 지난 오 년간 그를 잊고 지냈다. 그 이전에는 매일은 아니더라도 매달 그를 떠올릴 수밖에 없도록 만든 사람이었다. 당시 나는 파리에 거주 중이었다.

그의 주장 혹은 그의 주장 중 하나에 따르면, 그는 프랑스로 망명한 아일랜드의 위그노 가문 출신이었다. 이후 가문 구성원들은 오스트리아의 마리아 테레지아 밑에서 공을 세우고 공국을 수여

받았다. 겸손했던 그들은 한갓 남작 작위를 기꺼이 받았고, 그는 그런 가문의 마지막 생존자인 데미안 드 도허티 남작이었다. 데미안이 굉장히 재미있는 사람이었던 것만은 인정한다. 정확히 말하자면, 그는 저녁 식사 자리를 즐겁게 만들었으나 다른 자리에서 선사하는 즐거움은 그만 못했다. 그는 특히 해변에서 따분하기 짝이 없었는데, 동행이 누구였건 간에 내버려 두고(그는 남녀를 가리지 않았다) 나긋하고 근사한 몸을 일으켜 반짝이는 바다에서 현현한 낯선 신을 뒤따르곤 했기 때문이다.

갑자기 잠드는 버릇은 그가 가진 다수의 기이한 특성 중 하나였다. 이를 수면 발작이라 부르는 것으로 안다. 친구들끼리 둘러앉아 가볍게 한잔하는 조용한 모임일 수도, 그가 책을 펴놓고 필기하던 서재일 수도(그는 공부하는 걸 좋아했다), 누군가의 곁에 앉은 소파 위일 수도 있었다. 그는 갑작스럽게 잠에 빠져들곤 했다. 수면의 질은 꽤 좋았고, 나중에 이르러서는 그의 친구들도 놀라는 걸 그만두었다. 나는 항상 머릿속에서 어렴풋하게 이러한 특성을 현실에 대한 반발로 이해했다. 내가 느끼기로는 뭔가가 그를 용인할 수 없는 진실에 직면하게 만드는 순간이 있었고, 그러면 그는 그냥 현실과의 연결을 끊어버렸다. 아직도 그 부분에서는 내가 옳았다고 여긴다. 그의 혼수상태는 적어도 일부분 심리적이었다.

데미안과 처음 친분을 쌓았을 무렵 나는 그의 이야기를 매력적인 액면가 그대로 받아들였다. 그에게 보내는 편지 봉투 위에는 이상함을 느끼면서도 도허티 남작이라고 적었다. 유럽의 오래된 가문과 작위를 담은 참고 도서 어디에서도 그의 이름은 찾을 수 없었다. 그는 어딘가에서 틀림없이 찾을 수 있다고 주장했지만 말이다. 누구도 구하려 들지 않은 이 정보는 내가 아는 한 이 시점까지도 확인된 적이 없다. 나는 다른 일로 바빴다. 몇 년 전 그를 알았던 이들에 따르면, 그는 부유한 페루 여인과 결혼했다가 갈라섰다고 했다. 그 여인은 재능 있는 사진사로, 파리에서 여전히 활동 중이라는 말이 있었다. 나는 이 사실을 막연하게만 받아들였다. 이를 상기할 이유가 생긴 건 시간이 흐른 뒤였다.

나는 데미안의 진실한 인물됨을 알아보려 했지만 얼마 후 그런 건 존재하지 않는다는 사실을 깨달았다. 사실 그는 거짓 그 자체였다.

내 생각에 데미안은 상당 정도 자신이 꾸며낸 이야기를 믿었다. 그는 자서전을 쓰려고 했고, 내게 주기적으로 전화하거나 나를 방문했던 건 그 때문이었던 것 같다.

"내가 스위스에서 학교에 다닐 적 숙모인 클레망틴 드 베비 백작 부인께서 찾아오셨던 일을 쓰는 중이야."

"당신이 솔트레이크시티에서 학교를 다녔다고 알고 있는데."

그의 학창 시절 친구가 그렇게 말해주었던 것이다.

"아, 그건 이 이전이었어."

데미안의 문학적 조언자로서 나는 그에게 자서전을 소설로 바

꿀 것을 제안했다. 그는 이 제안을 받아들였다.

또 하나 이상한 사실이 있다. 데미안이 살아 있을 당시에는 모두가 그와 함께 시간을 보내고 싶어 했다. 사람들은 주말, 저녁 파티, 시골에서의 소박한 피크닉을 위해 앞다투어 그를 찾았다. 그러나 분명한 인기에도 불구하고, 그는 사후 살아생전 발휘했던 매력의 힘에 턱없이 못 미치는 애도를 받았다. 누구도 그의 죽음을 비통해하지 않았다. 그는 여기 있었고, 우리를 미소 짓게 했으며, 누구도 그의 말을 믿지 않았고, 다음 순간 떠났다.

그가 죽은 뒤 얼마 후, 겐트의 한 서점에서 오래된 사진들을 뒤지던 중이었다. 그러다 우연히 꽤 화려하게 장식된 액자 속에 담긴 한 무더기의 사진을 발견했다. 서점 주인이 설명하길 모두가 다름 아닌 액자 때문에 이 사진들을 구매한다고 했다.

"하지만 개인적으로는 사진 자체도 굉장히 매력적이고, 향수를 불러일으킨다고 생각합니다."

내가 보고 있던 건 나의 근면한 할머니, 대고모 낸시와 샐리였다. 매리앤도 있었다. 튼튼하고 대담한 사라 로우보텀도, 가슴에 장엄한 띠를 두른 글래디스도 있었다.

하지만 사진들은 원래의 빛바랜 적갈색이 아니었다. 금갈색을 입히려는 시도가 엿보이는 흑백에 가까웠다.

"이 사진들은 출처가 어디죠?"

내가 물었다.

"영국입니다. 하우스 세일*에서 샀죠."

내 조모에게는 이상한 구석이 있었다. 세상에, 그녀는 티아라를 쓰고 있었고, 목에 건 양가죽이 매달린 화려한 목걸이는 틀림없는 황금 양털 훈장이었다. 대고모인 낸시도 마찬가지였다. 흑단 로켓이 사라진 자리를 차지한 건 이후 검은 독수리 훈장으로 밝혀진 메달로, 이는 왕족에게만 수여되는 프로이센 훈장이었다. 훈장과 여러 줄의 진주(헨리에타 할머니는 일곱 줄의 진주를 걸고 있었다), 보석 박힌 티아라가 나의 미천한 친척들을 한 명씩 신분 상승 시켜주었다. 종조부 짐은 용이 새겨진 만주국의 훈장을 가슴에 달고 있었다.

"이 사람들은 누구인가요?"

내가 물었다.

"아, 고인이 되신 도허티 남작의 귀족 친척분들이십니다. 이 사진들은 그분의 서재에 걸려 있었죠. 액자를 빼면 별 흥미를 끌지는 못합니다. 물론 연줄이 대단한 사람들이었으니까 아마 역사학자들에게는……."

나는 액자를 제외한 사진들을 너무 높은 가격에 구매했다. 비록

---

* 가정에서 필요하지 않은 가구, 장식품, 책 등을 내놓고 판매하는 것을 말한다.

주인은 너무 낮은 가격이라 했지만 말이다. 흔한 일이다.

사진 전문가의 검토와 도난당하지 않은 사진들과의 비교를 거쳐, 사진들은 데미안이 일가견 있던 가짜 훈장들과 함께 재촬영한 결과물이라는 것이 드러났다. 그가 페루 사진사에게서 배운 게 있는 모양이었으니 결혼이 완전한 실패는 아니었던 셈이다. 그러나 그가 평생 추구했던 건 사진 속에 있었다. 헨리 사자 훈장, 성십자 훈장, 심지어는 붉은 깃발 훈장까지⋯⋯.

나는 이 가짜 사진들이 전부 마음에 든다. 그러나 가장 마음에 드는 건 어머니의 사촌인 날씬한 헨더슨 부인의 옆모습이 찍힌 사진이다. 이 사진에서 부인은 재봉틀을 점검하기 위해서가 아니라 이중 인화한 롤스로이스에 타기 위해 몸을 굽히고 있고, 차 문 옆에는 이중 인화한 운전기사가 서 있다. 그녀의 평생소원이 이루어진 것이다.

작품 해설

운전석으로의 초대
로브그리예적 글쓰기와 누보로망

《운전석의 여자》는 시작부터 끊임없는 의문을 자아내는 작품이다. 한바탕 난동을 부린 뒤 옷 가게를 박차고 나온 이 여자는 도대체 무슨 사연을 가지고 있을까? 어째서 이런 행동을 하는 걸까? 어떤 의문은 비교적 초반에 해소된다. 가령, 어떤 운명이 이 기이한 주인공을 기다리고 있을지 궁금해하던 독자들은 예상보다 훨씬 빨리 그 답과 마주치게 될 것이다. 총 7장으로 이루어진 이 소설은 2장에서 이미 독자들에게 주인공 리제의 사진이 곧 신문에 실릴 것이며, 경찰이 그녀가 남긴 흔적을 뒤쫓고 있다는 사실을 알려준다. 휴가를 떠난 그녀에게 과연 무슨 일이 일어난 걸까? 3장의 도입부가 기다렸다는 듯 이 질문에 답한다. 내일 아침이면 그녀는 다수의 자상을 입은 채, "현재 14번 탑승구에서 탑승 중인 비행기를 타고 도착할 낯선 도시의 공원 안 텅 빈 저택의 장원에서 시체로 발견"될 것이라고 말이다.

사람들의 눈길을 끌뿐 아니라 조롱의 대상이 되기도 하는 리제의 현란한 옷차림, 읽기 위해서가 아니라 남들에게 보이기 위해서 들고 다니는 것이 분명한 "관계자들의 주의를 환기"하는 밝은 표지의 책, 택시 의자의 등받이 밑에 숨겨둔 여권, 여행 내내 그토록 애타게 찾아다니던 남자친구의 정체에 관한 궁금증 또한 결말에 이르면 대부분 해결된다. 하지만 몇몇 의문은 책장을 덮은 후에도 남아 독자를 괴롭힌다. 우리는 여전히 리제라는 인물에 대해 아는 것이 없으며, 그녀가 왜 이런 선택을 내렸는지는 더더욱 알 길이 없다. 그리고 이렇게 풀리지 않는 답답함은 무엇보다도《운전석의 여자》에 리제가 어떤 인물인지, 어떤 생각을 하고 있는지에 대한 묘사가 철저히 배제되어 있다는 사실에서 기인한다. 작품은 내내 리제의 여행 혹은 기행奇行을 카메라로 촬영하듯 보여줄 뿐 결코 리제의 배경을 설명하지 않으며, 리제의 내면으로는 더더욱 진입하지 않는다.

작가 뮤리얼 스파크는 2005년 학술지《살마군디Salmagundi》와의 인터뷰에서 자신이 집필한 최고의 소설이자 가장 좋아하는 작품으로 바로 이《운전석의 여자》를 꼽았다.*《운전석의 여자》가 화두가 될 때면 대개 그렇듯 이 인터뷰에서도 2차 세계대전 이후 프랑스에서 등장한 문학 사조인 누보로망Nouveau roman과 작가 알랭 로

---

* Dame Muriel Spark and ROBERT HOSMER, "An Interview with Dame Muriel Spark" *Salmagundi*, no. 146/147 (2005): 127 – 58, 135.

브그리예가 스파크에게 끼친 영향이 논의되는데, 그녀는 이 작품에 대한 로브그리예의 영향을 인정할 뿐 아니라 직접적으로 이 작품을 '매우 로브그리예적'이라고 묘사한다. 그러니 이 작품을 제대로 이해하기 위해서는 알랭 로브그리예에 대한 이해가 선행되어야 한다고 해도 과언이 아니다. 실제로, 앞서 언급한 이 작품의 독특한 서술 기법은 알랭 로브그리예, 또 누보로망과 밀접한 관련이 있다. 그렇다면 누보로망은 무엇이며, 알랭 로브그리예는 누구인가?《운전석의 여자》는 과연 어떤 면에서 로브그리예적인가?

《운전석의 여자》와 로브그리예

프랑스어로 '새로운 소설'이라는 뜻의 누보로망 사조는 1950년대 프랑스에서 시작되었으며, 앙티로망Anti-roman, 반소설이라는 또 다른 명칭에서도 드러나듯 19세기의 전통적 줄거리 위주 소설에 대한 반발로서 탄생했다. 알랭 로브그리예는 이러한 누보로망의 주창자이자 대표 작가로, 1950년대에《고무지우개Les Gomme》(1953),《엿보는 자Le Voyeur》(1955),《질투La Jalousie》(1957) 등의 대표작을 연달아 발표했으며, 1963년에는 누보로망 이론서인《누보로망을 위하여》를 펴낸 바 있다. 이 책에 실린 에세이 중 하나인 〈새로운 소설, 새로운 인간〉에서 그는 누보로망의 특징을 발자크 소설과 비교하며 설명한다. 발자크 소설에서는 전지적이며, 도처에 편재하는 신적인 화자가 세상을 묘사한다. 그러나 누보로망 작가들의 작품에서 보고, 느끼고, 상상하는 것은 공간과 시간 속에 자리하며 열정으로 조건 지어진 로브그리예 자신과 다를 바 없는 하나의 인간이다. 누보로망 작품은 오직 이러한 인간의 제한되고 불확실한 경험만을 이야기하며, 이로써 바로 여기, 지금 존재하는 인간은 자기 자신의 서술자가 된다.[*]

누보로망 작가들은 하나의 유파로 분류되기를 거부했으며, 1950년대 등장한 후 60년대를 거쳐 누보로망이 퇴조한 70년대에 이르기까지 사조 내에서도 다양한 변화를 겪었다. 로브그리예의 작품 세계도 마찬가지였다. 그럼에도 뮈리얼 스파크의 《운전석의 여자》를 작가의 자평처럼 '매우 로브그리예적'이라 부를 수 있다면, 이는 아마도 신적인 화자가 부재하며 인간의 눈으로 관찰할 수 있는 제한된 정보만을 제공하는 서술상의 기법 때문일 것이다. 물론 로브그리예의 실험적 소설과 달리 《운전석의 여자》에는 리제를 관찰하고 묘사하는, 따지자면 전통적 소설에 가까운 서술자의 목소리가 존재하긴 한다. 그러나 이 서술자는 도처에 존재하며 리제의 의중까지 관통해 들어갈 수 있는 신적인 존재가 결코 아니

---

[*] Alain Robbe-Grillet, "Nouveau Roman, Homme Nouveau" in *Pour Un Nouveau Roman* (Paris: Minuit, 1963), 149-150.

다. 리제의 불가해한 행동 앞에서 서술자는 독자와 마찬가지로 그저 의문을 품을 뿐이다. "누가 그 의중을 알겠는가?", "그녀가 무슨 생각을 하는지 대체 누가 알겠는가?"

비록 《운전석의 여자》를 로브그리예적이라 평하긴 했으나, 뮤리얼 스파크 역시 이 작품이 누보로망에 대한 로브그리예의 구상에 완전히 부합하지 않는다는 사실을 잘 알고 있었다. 위에 언급한 인터뷰에서 인터뷰어는 로브그리예에게는 스파크의 작품들이 가진 운율이나 유머가 없다는 점을 지적했고, 스파크는 이에 동의했다. 또한 《운전석의 여자》를 로브그리예적이라 표현한 직후에, 등장인물의 필요성마저 배격한 로브그리예와 달리 자기 작품에는 많은 인물이 등장하며, 자신은 큰 의미 없이 '스쳐 지나가는 장면' 묘사를 즐긴다고 덧붙이기도 했다. 영국의 문학 평론가 프랭크 커모드는 《운전석의 여자》 비평에 이렇게 썼다. "뮤리얼 스파크는 로브그리예의 소설을 주의 깊게 연구한 끝에 (…) 그의 방법론이 집착적이거나 광적인 정신 상태를 그려낼 때 유용하다는 결론을 내렸다."[*]

---

* Frank Kermode, "Sheerer Spark" *The Listener*, September 24, 1970, 425.

여성의 광기와 비정상성 그리고 새로운 글쓰기

상술한 인터뷰에서,《운전석의 여자》초반에 독자들에게 리제의 죽음을 미리 공개한 이유를 질문받은 스파크는 이것이 의도적인 기법이었다고 답한다. 주인공의 운명을 마지막 순간까지 비밀로 하는 대신 낯설고 기이한 방식으로 긴장감을 창출하고자 했다고 말이다. 광기에 사로잡힌 주인공 혹은 주인공의 광기를 로브그리예적으로 묘사한 것은 커모드가 표현한 것처럼 이 서술 방식이 자신의 의도에 부합한다는 판단이 있었기 때문이리라. 그 결과는 성공적이었다고 해야 할 것이다. 작품 전체에 걸쳐 그 근원도, 이유도, 마지막에 이르기 전까지는 목적조차 불분명한 광기가 남쪽의 이름 모를 도시를 폭풍처럼 휩쓸고 다니는 광경을 지켜보는 것은 확실히 긴장의 끈을 놓을 수 없는 경험이니 말이다.

리제의 광기와 관련하여, 그녀를 현대 물질 사회에서 존재론적 의미를 잃고 소외된 개인으로 간주하는 해석도 존재한다. 그녀를 광기로 내몬 것은 인간을 부속품으로 전락시키는 극한의 소외이며, 그녀의 마지막 선택은 이러한 거대한 사회적 힘에 주도권을 뺏긴 무력한 개인이 통제를 되찾으려는 최후의 적극적 시도라는 시각이다. 하지만 이러한 해석은 이 작품 속 주인공의 캐릭터를 구성하는 매우 중요한 부분을 간과하고 있다. 바로 리제가 남성 중심적이며 정상 이데올로기가 팽배한 가부장적 사회를 헤쳐

나가는 미친 **여자**라는 점 말이다.

리제가 정신적 문제를 겪고 있다는 사실과 이러한 정신적 문제를 가진 존재 그 자체로서 '정상적'인 사회와 구성원들에게 위협이 된다는 사실은 초반부의 옷 가게를 나온 직후부터 암시된다. 금요일 오후 리제에게 반차를 주는 그녀의 상사는 "두려움을 머금은" 안경알을 통해 그녀를 바라보며, 리제가 터뜨린 "발작적인 웃음" 앞에서 떨면서 뒷걸음질 친다. 리제가 "병가를 냈던 몇 달을 제외하고는 열여덟 살 때부터, 즉 십육 년 하고도 몇 달간 줄곧 근무해온 회계 사무소"는 리제의 광기를 시스템에 대한 위협으로 간주하는 사회의 축소판이다(병가를 냈던 몇 달간 리제에게 무슨 일이 있었던 걸까? 이 기간은 병가를 내기 직전 리제가 겪은 어떤 사건에서 회복하는 데 필요했던 시간이었을까? 아니면 열여덟 살 이전부터 반복되었던 건강상의 문제가 재발했던 걸까? 소설의 어디에서도 이 의문스러운 '병가'에 대한 답을 찾을 수는 없다).

잠시 작품 속에 공들여 묘사된 그녀의 아파트를 들여다보자. 한 장으로 포갤 수 있는 여섯 개의 의자, 소나무 벽 속에 숨길 수 있으며 식탁으로 늘릴 수도 있는 책상, 낮 동안에는 책상 달린 의자로 활용 가능한 침대 등 모든 것이 "소나무 본연의 위엄 아래 자취를 감추도록 고안"되었다. 욕실에는 바닥에 널브러져 있는 물건이 하나도 눈에 띄지 않는다. 아파트의 모든 가구는 소나무로 만들어졌는데, "솔방울이 나뒹구는 숲속에서 몸을 흔들던 장신의 소나무들"은 모두 "순종적인 부피"만을 남겨놓고 있다고 표현된다. 극히 실용적이며, 지저분하고 거추장스러운 모든 것이 깔끔한 외양 아래 매끄럽게 감춰지도록 설계된 이 아파트 역시 자연마저 통제하에 두고 관리하려는 획일적인 현대 문명 사회를 상징한다고 볼 수 있다. 시스템과 불화하는 리제가 이 아파트에서 "지쳐 곯아떨어진 듯한 숨소리"를 내면서도 결코 완전히 잠들지 못하는 건 어쩌면 당연한 일이다.

하지만 리제가 이 시스템을 위협하는 존재인 동시에 끊임없이 위협에 노출되는 존재이기도 하다는 점에 주목해야 한다. 그리고 리제가 겪는 위기 대부분은 그녀가 여성이라는 점과 관계된다. 리제는 하룻밤 사이에 두 번이나 강간당할 위기에서 가까스로 빠져나온다. 그녀를 해하려던 두 남자는 공교롭게도 모두 리제가 여행길에서 알게 된 인연이다. 이러한 이유로 이 작품은 여행지를 배경으로 한 로맨스 소설 장르를 패러디했다고 평해지기도 한다. 그중 첫 번째 남자인 빌은 작품 초반 비행기 탑승 전부터 "굶주린 표정"으로 그녀의 뒤를 쫓는데, 아마도 평생을(혹은 정신적 문제가 발발한 이후부터 줄곧) 이런 포식자에게 시달려왔을 리제는 그의 속셈을 단번에 알아보는 예리함을 발휘한다. "《빨간 망토》의 할머니를 닮으셨네요. 절 잡아먹고 싶으신가요?"

그렇다. 1972년 발표된 필리스 체슬러의 《여성과 광기》 이후, 정신적 문제가 있는 여성에 대한 성적 착취나 학대와 관련된 수많은 후속 연구가 이어졌다. 하지만 여성의 정신 문제와 성적 취약함의 상관관계를 떠올리지 않더라도, 《운전석의 여자》를 읽다 보면 어느 시점에서인가 절로 불길한 예감에 마음을 졸이게 된다. 이는 서술자가 계속해서 우리에게 전혀 낯설지 않은 방식으로 리제의 겉모습, 특히 눈에 띄는 옷차림과 행동거지를 묘사한다는 사실과도 무관하지 않다. 리제의 남다른 치마 길이를 들어 대놓고 그녀가 "길거리 매춘부"처럼 보인다는 점을 지적하는 이 작품은 많은 독자에게 익숙할 어떤 어조와 서술 방식을 노골적으로 모방하고 있다. 객관성을 가장하는 묘사 아래 숨겨진 음습한 질문, 즉 이런 비정상적인 옷을 입고, 이런 비정상적인 말을 하며, 이런 비정상적인 행동을 하는 여자는 스스로 범죄를 부추기는 것과 다름없지 않은가? 결국, 범죄를 자초한 것은 여자 본인이 아닌가? 이것이야말로 황색 언론의 시대를 살아가는 우리에게 가장 익숙하고도 오래된, 가해자와 피해자의 경계를 교묘하게 흐리는 수법이 아닐까?

뮤리얼 스파크는 1969년 에이전트에게 보낸 편지에서 《운전석의 여자》에 대해 이렇게 썼다. "소설 속에 어떤 진실이 있다고 생각해요. (…) 어떤 살인 사건에 대해 읽을 때는 일종의 공모를 감지하게 되고, 때때로 어느 쪽이 '피해자'인지 의문을 품기도 하죠." 여기서 주목해야 할 것은 살인 사건을 '읽는다'는 표현이다. 우리가 범죄를 읽는 것은 사건에 대한 보도, 즉 누군가가 사건에 대해 작성한 글을 통해서다. 그리고 이러한 글에는 앞서 논한 피해자와 가해자를 교묘하게 뒤섞어 자극적으로 만든 글도 포함된다. 왜 이런 수법을 사용하는가? 아마도 자극적인 사건을 원하는 독자의 구미를 돋우기 위해서일 것이다. 그러므로 범죄를 다루는 글에서 뮤리얼 스파크가 감지한 일종의 '공모'에는 가해자와 피해자뿐 아니라 자극적인 기사를 쓰는 기자 그리고 자극적인 읽을거리를 원하는 독자도 포함되어 있을지 모른다.

이 지점에서 《운전석의 여자》와 누보로망의 또 다른 연결 고리가 발견된다. 누보로망은 무엇보다도 소설에 관한 소설이었으며, 쓴다는 행위를 성찰하는 쓰기였다. 만일 우리가 《운전석의 여자》를 '로브그리예적'만이 아닌 '누보로망적'인 작품이라 부를 수 있다면, 그 근거는 이 소설이 좁게는 여성의 광기, 넓게는 여성의 비정상성이 쓰여오거나 쓰인 방식을 돌아본다는 데 자리할 것이다. 더해서 로브그리예는 누보로망 작품에 다수의 사물이 등장했다는 이유만으로 비평가들이 사물 쪽으로 돌아섰다는 뜻에서 사용한 '객관성'이란 단어에 이의를 제기한 바 있다. 그는 자신의 소설을 예로 들어 소설 속에서 묘사를 담당하는 건 하나의 인간, 그것도 가장 객관적이지 못하고 가장 공평하지 못한 인간이며 누보로망은 오직 전적인 주관성만을 목표로 한다고 썼다.[**] 객관적인 관

---

*   Muriel Spark, The Driver's Seat (Polygon, 2018), xii.

찰자인 양 리제의 일거수일투족을 묘사하면서도 주관성과 편견을 내비치는《운전석의 여자》서술자 역시 이런 점에서 '로브그리예적'이라 할 수 있으리라.

　최후를 맞기 직전 리제는 이제까지 황색 언론을 닮은 교묘한 서술에 말려든 독자의 속마음을 꿰뚫어 보기라도 하듯, 빌에게 발휘한 예리함을 한 번 더 발휘해 외친다. "나를 죽여요." 이 순간, 피해자와 가해자의 경계를 흐리는 것은 악의적 암시가 내포된 서술자의 목소리가 아니라 주인공 리제의 목소리다. 작품의 마지막 장인 7장에서 리제는 자신의 이야기가 쓰이는 방식에 대한 통제권을 획득할 뿐 아니라 여행 내내 자기 운명에 대한 통제권은 줄곧 그녀 자신에게 있었다는 사실을, 그녀는 한 번도 운전석을 떠난 적이 없다는 사실을 천명한다. 이 소설의 반전이자 가장 전복적인 면모는 관습적 서술에 맞서 리제의 무고함을 증명하려 애쓰지 않고 여성을 억압하고 대상화하는 수단으로 사용되어온 광기와 비정상성을 리제가 재전유하게 함으로써, 그녀 자신의 목적을 이루는 수단으로 뒤바꾸어 놓았다는 데 있다.

＊＊　Robbe-Grillet, ibid, 148-149.

뮤리얼 스파크와 자전적 단편들

신경증적이고 비이성적인 여성 혹은 여성에 대한 이러한 편견을 좀 더 가벼운 필치로 다룬 작품이 단편 소설인 〈핑커튼 양의 대재앙〉이다. 줄거리는 다음과 같다. 어느 날 로라 핑커튼 양의 거실에 작은 비행 물체가 나타난다. 침착하게 이 비행 물체가 영국산 스포드 도자기라는 걸 알아본 핑커튼 양과 달리, 이 물체에 잔뜩 겁을 먹은 그녀의 동거인 조지는 도자기를 가까이서 관찰하려는 핑커튼 양을 말리려다 집안을 엉망으로 만들고 만다. 물체가 사라진 뒤, 두 사람의 제보를 받은 지역 신문사의 기자와 사진사가 현장을 방문한다. 그러나 기자와 사진사가 관심과 신뢰를 보이는 건 혼란스러운 상황에서도 냉철함을 유지한 핑커튼 양이 아닌 조지의 증언이다.

조지는 억울함과 도자기에 대한 전문 지식을 피력하는 그녀를 신경이 과민한 상태로 몰아가고, 이성적으로 굴라며 윽박지른다. 기자는 그녀가 환영을 봤을 가능성을 제기한다. 세 남자는 그녀를 두고 은밀히 속삭이며 웃어대기까지 한다. "여자들이란!" 이 속삭임을 들은 핑커튼 양은 즉시 "신속한 결정"에 도달하고, 재빨리 태도를 전환한다. 의자에 몸을 늘어뜨린 그녀는 "이제껏 조지가 본 적 없는 모습"으로 세 남자의 편견에 걸맞은 비이성적이고 미성숙한 여성을 연기하기 시작한다. 그녀가 조지와 자신이 술을 몇

잔 했다고 털어놓으며 비행 물체 출현은 두 사람이 술김에 꾸며낸 거짓말이라는 듯 암시하자, 핑커튼 양의 전문적인 증언에는 영 무관심하던 기자와 사진사는 비로소 그녀의 거짓말에 귀를 기울이고 현장을 떠난다. 틀림없이 비행 물체를 목격했다는 조지의 확언에도 불구하고 말이다.

《운전석의 여자》와는 전혀 다른 분위기에서 진행되긴 하나 〈핑커튼 양의 대재앙〉에서도 여성 주인공은 자신을 억압하고 통제하기 위해 남성들이 동원한 신경증적이라는 정신적 낙인을 전유하여 상황의 주도권을 쥐는 데 성공한다. 뮤리얼 스파크는 이 두 작품 이외에도 다수의 작품에서 신경증을 포함한 여성의 정신적 문제를 다뤘다. 스파크의 본격적 작가 활동의 시발점이 되었으며 에블린 워, 그레이엄 그린 등에게 호평받았던 1957년작 《위로자들 *The Comforters*》과 단편인 〈따라와요, 마저리*Come Along Marjorie*〉도 그렇다. 이 주제에 대한 스파크의 관심은 작가 본인이 겪은 약물과 정신적 문제와도 무관하지 않을 것이다. 많은 작가가 그렇듯 스파크 역시 작품 속에 정신적 문제를 포함한 자전적 요소를 꾸준히 그리고 다수 반영했다.

아프리카를 배경으로 한 작품에서도 자전적 색채가 짙게 배어난다. 1937년 시드니 오즈월드 스파크와 약혼한 뮤리얼 스파크는 같은 해 팔월 그와 함께 남로디지아(현 짐바브웨)로 이주한다. 결혼한 후에야 알게 된 남편의 조울증과 폭력적 성향에 고통

받던 그녀는 1940년 이혼했지만, 전쟁 때문에 귀국하지 못하다가 1944년이 되어서야 영국으로 돌아온다. 2차 세계대전 때문에 영국에 돌아오지 못한 채 아프리카에 머물러야 했던 시절의 경험은 단편 〈고어웨이 새 The Go-Away Bird〉에 잘 묘사되어 있다. 이 책에 수록된 〈치품천사와 잠베지강〉 역시 아프리카를 배경으로 하며, 〈포토벨로 로드〉에서도 아프리카가 비중 있는 배경으로 등장한다.

앞서 언급한 인터뷰의 한 대목에서 스파크는 아프리카를 배경으로 한 다수의 단편을 집필해왔으면서 왜 아프리카를 배경으로 한 장편 소설은 쓴 적 없느냐는 질문을 받았다. 이에 스파크는 자신이 장편을 써도 될 만큼 오랜 세월을 아프리카에서 보낸 것은 사실이나 아프리카라는 장소에 그다지 매력을 느끼지는 못했다고 답한다. 또 아프리카에서의 삶이 풍부한 소재를 제공하긴 하지만, 그 소재는 필연적으로 자신에게 너무 정치적이고, 이를 다루기에는 도리스 레싱의 소설이 더 적절하며, 레싱은 이에 매우 능하다고 생각한다고 덧붙이기도 했다.[*] 그러나 스파크가 정치적 소재를 직접적으로 다루지 않았음에도 〈치품천사와 잠베지강〉 속 기독교 토착민과 일꾼들 사이의 충돌, 〈포토벨로 로드〉 속 조지의 혼혈인 부인 마틸다 등은 제국주의하의 아프리카에 대해 다양한 생각할 거리를 던져준다.

* Spark and HOSMER, ibid, 137.

〈포토벨로 로드〉에서 크게 강조되지는 않지만, 스파크의 생애를 아는 사람이라면 주목할 만한 또 다른 내용은 바로 주인공이 견진 성사를 받고 천주교 신자가 되는 부분이다. 주인공과 마찬가지로 스파크도 1954년 5월 1일 로마 가톨릭교로 개종한 후 독실한 천주교 신자로 살며 천주교적인 작품을 여럿 발표했다. 영국 문학사에서 스파크가 에블린 워와 그레이엄 그린의 계승자라 불리는 이유는 이런 종교적 성격의 작품들 때문일 것이다. 그러나 독실한 신자로 살았다는 것이 교리를 충실히 따랐다는 의미는 아니다. 일례로 스파크는 매번 설교가 끝난 후에야 미사에 참석했다고 알려져 있는데, 설교로 시간을 낭비하는 것은 대죄Mortal sin라고 여긴 까닭이라 한다. 종교 교리의 이런 자의적 해석은 〈이교의 유대 여인〉의 "감리교, 침례교와 퀘이커교의 모든 사교 행사에 참석"하며, "사업상 합리적이고 좋은 행동 방침은 뭐든 전능자에 눈에 좋은 것"이라고 믿었던 유대교인 할머니를 떠오르게 한다.

뮤리얼 스파크는 종교뿐 아니라 믿음을 요구하는 모든 체계에 대한 맹종을 경계한 듯하다. 《운전석의 여자》에서 매크로바이오틱의 신봉자로 나오는 빌이라는 인물을 상기해보자. 리제의 노골적인 무관심과 무시에도 아랑곳없이 틈만 나면 막무가내로 이론을 설파하는 우스꽝스러운 모습과 요법에 따라 하루 한 번 오르가슴을 느껴야만 한다며 리제를 강간하려 드는 장면에 대한 묘사는 얼마나 냉혹하고도 신랄한가. 학문의 영역도 예외는 아니다. 〈검은 선글라스〉에서 아내로서는 남편이 유죄라는 걸 알지만 정신과 의사로서는 그가 결백하다고 간주해야만 하고, 그 이유로 심리학을 시작했다는 궤변을 늘어놓는 정신과 의사 그레이 박사에게 학문은 이미 합리성과는 무관한 맹목적 믿음의 대상이며, 스파크에게는 풍자의 대상이다.

이처럼 무조건적 믿음을 경계하라는 스파크의 경고와 함께 해제를 마무리하고 싶다. 로브그리예는 서술자의 역할이 축소된 누보로망이 전통적 소설과 달리 작품을 읽는 독자의 창조적 개입을 중시한다고 쓴 적이 있다. 《운전석의 여자》가 끝까지 해소해주지 않으며, 이 해제에서 다 다룰 수 없었던 무수한 의문점을 작품이 독자의 참여를 요청하며 열어놓은 공간으로 여긴다면, 남부 도시 곳곳에 리제가 남긴 '자취'를 좇는 재독의 과정이 훨씬 더 흥미로워지리라 생각한다. 단편들도 마찬가지다. 비록 앞서서 개인을 획일화하려는 사회에 대한 은유로 설명하긴 했으나 매끄러운 표면 아래 겹겹의 가구가 숨겨진 리제의 아파트는 깔끔한 문장 아래 겹겹의 내용과 의미를 숨겨놓은 스파크의 작품과도 닮았다. 리제의 아파트에 감춰진 가구는 여섯 개의 의자와 침대 겸 책상, 탁자 등이 전부지만 창조적 능력을 발휘할 준비를 갖춘 독자들에게 스파크의 작품은 훨씬 더 많은, 깜짝 놀랄 만한 발견을 허락할 것이다.

옮긴이

뮤리얼 스파크의 생애

뮤리얼 스파크는 1918년 2월 1일 에든버러에서 태어났다. 그녀는 리투아니아 혈통의 유대인 기술자인 버나드 캠버그와 씨시 부부의 두 번째 아이였다. 1992년 출판된 자서전《커리큘럼 비테 *Curriculum Vitae*》에서, 스파크는 어린 시절을 애정 어리고 세심한 필치로 소환한다. 스파크 가족은 노동자 계급으로 형편은 빠듯했으나 궁핍하지는 않았다. 사교적이고 외향적인 어머니는 언제나 노래를 부르고 이야기를 들려주었으며, 칙칙한 옷차림의 브런츠필드의 이웃 여인들 사이에서 존재감을 드러내는 종류의 옷을 입었다.

스파크는 다섯 살 때 제임스 길레스피 여자 중등학교에 입학해서 열여섯 살까지 교육받았다. 그녀는 이 시기의 기억에 굉장한 애착을 가지고 있다. 스파크는 학교의 '시인이자 몽상가'로 불렸으며 학교 잡지에는 그녀의 초기 운문이 다수 실렸다. 1929년에 영감을 주는 교사를 만났는데, 크리스티나 케이라는 이름의 독신녀는 스파크의 성장기에 중요한 영향을 끼쳤다. 예를 들어, 가장 출중한 학생이었던 스파크와 그녀의 친구들을 도시의 구도심과 전시, 공연과 시 낭송에 데려가고, 스파크가 작가가 되어야만 한다고 주장한 건 케이 선생이었다. 이후 스파크는 "내게는 선택의 여지가 거의 없다고 느껴졌다"라고 썼다. 스파크의 여섯 번째이자 가장 유명한 소설인《진 브로디 선생의 전성기_The Prime of Miss Jean Brodie_》에는 미스 케이를 있는 그대로 혹은 근접하게 본뜬 인물이 등장한다. 비정통적인 브로디 선생처럼 케이 선생 역시 이탈리아 애호가이자 무솔리니의 순진한 찬미자였으며, 그의 초상을 르네상스 대가의 그림들과 나란히 벽에 걸어놓기까지 했다.

학교를 떠난 스파크는 헤리엇-와트대학교의 요점 필기 과정에 등록했다. 이후 스코틀랜드 수도의 주요 도로인 프린스 거리에 있는 백화점주의 비서로 취직했다. 어느 날 한 무도회에서 유대교를 버린 유대인인 시드니 오즈월드 스파크_Sydney Oswald Spark_를 만났는데, 훗날 스파크는 그의 이니셜인 SOS를 그에게서 멀어지라는 경고로 받아들였어야 했다고 언급했다. 스파크 아버지의 부모님처럼 'SOS'는 리투아니아 출신이었다. 그녀는 열아홉 살, 그는 서른두 살이었다. 그는 아프리카에서 교편을 잡을 계획이었고, 에든버러를 떠나 새로운 삶에 뛰어들길 간절히 열망하던 스파크는 약혼에 동의했다. 1937년 8월, 스파크는 그를 따라 현 짐바브웨인 남로디지아로 갔고 다음 달에 결혼했다. 1938년에는 아들 로빈을

낳았다. 그 후 얼마 지나지 않아 부부는 헤어졌다. 이듬해 전쟁의 발발로 바라던 대로 고향에 돌아올 수 없었던 스파크는 아프리카에 머물 수밖에 없었다. 그러나 1944년, 이혼한 스파크는 군인 수송선을 타고 영국으로 돌아왔다. 이후 부모님에게 아들을 맡기고 공습으로 전역이 파괴된 런던으로 향했다. 《가난뱅이 소녀들*The Girls of Slender Means*》 속 메이오브텍 클럽의 원형인 헬레나 클럽에 하숙하며, 독일인 사이에서 반나치 선전을 퍼뜨리는 일을 존재 이유로 삼았던 외무성 정치 정보국에 일자리를 얻기도 했다.

전쟁 직후 몇 년간은 작가로서 생계를 꾸리기 위해 애썼다. 1947년 포에트리 소사이어티The Poetry Society의 사무국장이자 협회 잡지인 《포에트리 리뷰*Poetry Review*》의 편집장으로 임명되었으나, 산아제한계의 선구자인 마리 스토프스를 포함한 전통주의자와 부딪쳤다. 스파크는 "그녀 아닌 그녀의 어머니가 산아 제한을 생각하지 않았다는 건 안타까운 일"이라 말하기도 했다. 당시 연인이던 데릭 스탠퍼드와 공저한 첫 번째 책 《워즈워스에게 바치는 헌사*A Tribute to Wordsworth*》는 1950년에 출간되었다. 일 년 후에는 〈치품천사와 잠베지강〉으로 영국 〈옵서버〉 단편 소설 공모전에서 수상했다. 1952년에는 첫 시집인 《팡파를로*The Fanfarlo and Other Verse*》를 출판했다.

스파크가 천주교로 개종한 1954년은 그녀가 1957년에야 마침내 세상의 빛을 본 첫 장편 소설 《위로자들》 집필을 시작한 해

이기도 하다. 그레이엄 그린과 이블린 워 등에게 호평받은 이 작품 덕에 스파크는 기간제 비서를 그만두고 집필에만 몰두했다. 《로빈슨*Robinson*》, 《메멘토 모리*Memento Mori*》, 《페캄 라이의 발라드*The Ballad of Peckham Rye*》, 《독신남들*The Bachelors*》 등 네 권의 소설과 단편 소설집인 《고어웨이 새》가 빠른 속도로 연이어 출간되었고, 스파크는 독창성과 재치를 인정받으며 명성을 다졌다.

그러나 스파크를 일약 국제적 베스트셀러 작가로 만들어준 작품은 1961년 출판된 《진 브로디 선생의 전성기》였다. 이 작품은 연극으로 상연되었고 영화화되었다. 진 브로디 선생을 연기한 매기 스미스는 오스카 여우주연상을 받았다. 스파크는 스미스가 이 역할과 너무 긴밀하게 연결된 나머지 많은 독자가 그녀를 진 브로디의 창조자로 생각하는 것 같다고 말하기도 했다. 스파크가 자신의 '젖소milch cow'*라 즐겨 일컫던 이 소설은 비평적 성공뿐 아니라 상업적 성공까지 거두었으며 스파크의 오랜 경력 내내 계속해서 판매되었다. 미국에서는 《뉴요커》가 이 소설을 처음 출간했고, 편집장인 윌리엄 숀은 스파크에게 집필을 위한 사무실을 마련해주었다. 스파크는 그곳에서 《가난뱅이 소녀들》과 《맨들바움 게이트*The Mandelbaum Gate*》 두 편의 소설을 썼고, 1965년에 오랜 역사를 가

---

* 'Milch cow' 혹은 'Milk cow'는 돈줄을 가리키는 속어로, 비슷한 표현으로는 'Cash cow'가 있다.

진 권위 있는 문학상인 제임스 테이트 블랙 메모리얼 상을 수상했다.

1966년, 뉴욕의 야단법석과 밀실 공포증적 삶에 지친 스파크는 이탈리아 로마로 떠났다. 같은 해에 대영 제국 훈장 장교 서훈을 받았고, 첫 번째 단편 소설집과 시 모음집을 출간하기도 했다. 스파크는 정기적으로 소설을 출간했다. 1968년에 출간된《대중적 이미지The Public Image》는 부커상 최종 후보에 올랐다. 스파크가 자신의 최고 작품이라 여긴《운전석의 여자》는 1970년에 출간되었다. 1974년에는 워터게이트 사건에 영감을 받아 수녀원을 배경으로 한 풍자 소설인《크루의 수녀원장The Abbess of Crewe》을 출판했다.

1970년대 중반, 스파크는 로마를 떠나 토스카로 가서 친구이자 예술가인 페넬로페 자딘이 깊숙한 시골에 소유한 오래되고 불규칙한 형태의 집에 정착했다. 그곳에서는 포도와 올리브밭에 둘러싸여 방해받지 않고 집필에 집중할 수 있었다. 스파크의 최종적 거처가 된 이곳에서 머물던 초기에 펴낸 소설로는《탈취The Takeover》,《영토권Territorial Rights》, 부커상 최종 후보에 오른《목적 있는 서성임Loitering with Intent》이 있다. 스파크는 잉거솔 T. S. 엘리엇 상, 스코틀랜드 예술 위원회 상, 보카치오 유럽 문학상, 데이비드 코언 영국 문학상 평생 공로상, 골든 펜 어워드 등 다양한 상을 받았고, 1993년에는 여성에게 수여되는 영국의 기사 작위인 데임

작위를 받았다.

스파크는 말년에 병으로 고통받으면서도 절대 집필을 멈추지 않았다. 글쓰기는 스파크의 소명이었고 그녀는 글쓰기에 한결같은 헌신을 바쳤다. 그녀는 언제나 시를 쓰는 중이었으며 소설과 단편 소설, 연극에 대한 착상이 부족한 적은 없었다. 스파크의 후기 소설로는《켄싱턴과의 간극*A Far Cry from Kensington*》,《심포지엄*Symposium*》,《현실과 꿈*Reality and Dreams*》,《교사와 방조*Aiding and Abetting*》가 있다. 스파크는 2004년 출판된, 대부분 등장인물이 작가 지망생인《교양 학교*The Finishing School*》를 마지막으로 작가의 삶에 작별을 고했다. 이 년 뒤에 여든여덟 살의 나이로 영면했고, 이탈리아의 발 디 치아나the Val di Chiana의 올리베토Oliveto에 있는 벽으로 둘러싸인 묘지에 묻혔다. 스파크의 묘비에는 단 하나의 이탈리아 단어가 그녀를 설명하고 있다: poeta*.

---

* 시인이라는 뜻의 이탈리아어 단어다.

운전석의 여자
뮤리얼 스파크 중단편선

1판 1쇄 발행   2023년 10월 30일

지은이   뮤리얼 스파크
옮긴이   이연지
펴낸곳   (주)문예출판사
펴낸이   전준배

편집   박해민 백수미 이효미
디자인   최혜진
영업·마케팅   하지승
경영관리   강단아 김영순

출판등록   2004.02.12. 제 2013 - 000360호 (1966.12.2. 제 1 - 134호)
주소   04001 서울시 마포구 월드컵북로 21
전화   393 - 5681
팩스   393 - 5685
홈페이지   www.moonye.com
블로그   blog.naver.com/imoonye
페이스북   www.facebook.com/moonyepublishing
이메일   info@moonye.com
ISBN   978-89-310-2335-0 03840